VIRGINIE BRAC

Scénariste pour la télévision et le cinéma, Virginie Brac a notamment adapté pour le grand écran un roman de George-Jean Arnaud, *Les jeudis de Julie.* Plus récemment, elle a travaillé sur le scénario d'une mini-série sur France 2. Virginie Brac s'est très vite assuré une place de choix parmi les auteurs de polars féminins ; elle a publié *Sourire kabyle* et *Mort d'un fauve* (Fleuve noir, 1982 et 1983), *Miss Monde chez les anges* (Seuil, 1984), et *Cœur-caillou* (Fleuve noir, 1997). Ses ouvrages suivants, *Tropique du pervers* (Fleuve Noir, 2000), *Notre-Dame des barjots* (Fleuve Noir, 2002, Prix des Ancres Noires du Festival du polar du Havre) et *Double peine* (Fleuve Noir, 2004, Grand prix de littérature policière) mettent en scène la psychiatre urgentiste Véra Cabral, qui évolue dans un milieu que l'auteur connaît bien, puisqu'elle a observé le travail d'un centre d'intervention psychiatrique durant plusieurs semaines.

NOTRE-DAME DES BARJOTS

DU MÊME AUTEUR
CHEZ POCKET

TROPIQUE DU PERVERS
DOUBLE PEINE

VIRGINIE BRAC

NOTRE-DAME DES BARJOTS

FLEUVE NOIR

ISBN : 2-266-15214-9

Que soit remerciée ici
le docteur Pascale Cervera-Pierot
pour son aide précieuse.

1

Aujourd'hui, rien. La routine. Le fil des nuits, le rythme des saisons que l'on traverse en apnée. Il y a toujours des gens qui vont mal quelque part, des tas de gens qui souffrent. C'est triste à dire mais tant mieux. Qu'est-ce qu'on ferait sans eux ? A quoi ressemblerait un monde où chacun se sentirait merveilleusement bien ? A un enfer sous Prozac.

La radio de ma voiture crachouille, la régulatrice me prévient qu'on m'attend pour une urgence quelque part dans la nuit et c'est presque un soulagement. Ouf. Nous ne sommes pas seuls.

Un cordon de CRS a bouclé tout le quartier. Ma voiture reste bloquée à l'entrée d'une rue, derrière une meute de journalistes qui tentent de percer le mur des boucliers en hurlant des insultes. Je baisse ma vitre pour tendre ma carte tricolore à un guerrier en armes.

— Docteur Cabral, Centre d'Intervention Psychiatrique.

— Garez-vous, fait-il en me rendant ma carte. On va vous faire passer.

Abandonner ma voiture à cette meute écumante n'a rien d'emballant. Des visages s'écrasent contre mes vitres, des exclamations fusent. On veut savoir si je suis quelqu'un d'important, quelqu'un de connu. En voyant s'extirper de la voiture une fille aux longues jambes avec une mallette en cuir et un blouson d'aviateur, les protestations s'amplifient :

— Mais c'est qui ? Pourquoi elle ? Salauds !

Des bras me happent et me projettent à l'intérieur de la ligne de défense qui se reforme aussitôt derrière moi.

— Venez avec moi, ordonne Robocop. Je vais vous escorter.

A mesure que nous avançons dans la rue, le bruit et la fureur décroissent pour s'éteindre peu à peu.

— On a reçu des ordres pour interdire aux médias d'approcher, explique-t-il. Ça les rend fous furieux.

Nos pas résonnent dans la nuit. Des rideaux s'écartent brièvement sur notre passage, des silhouettes sortent sur les balcons. Partout des yeux nous guettent. Au carrefour, l'inquiétude est palpable.

Devant l'école, une centaine de parents tiennent des bougies allumées. Certains prient à genoux. Personne ne parle.

En contournant le car des Unités Spéciales, j'aperçois un matériel de communication ultra-sophistiqué. Concentrés sur leurs appareils, casques sur les oreilles, deux hommes en uniforme noir nous suivent des yeux pendant que nous entrons dans l'école.

Sous le préau, des veilleuses bleues agrandissent les ombres des fusils sur les murs couverts de dessins colorés. Les techniciens et les policiers qui manipulent les systèmes de surveillance évitent de se regarder quand, arrivant de l'étage au-dessus, des sanglots d'enfants trouent le silence.

Autour d'une table, plusieurs civils discutent à voix basse, parmi lesquels je reconnais mon patron, Edouard Russel, chef du Service de Psychiatrie d'Urgence de l'hôpital Saint-Guy. Au sein de ce service, il a formé le Centre d'Intervention Psychiatrique, une petite unité à laquelle j'appartiens, réservée aux interventions d'extrême urgence. Dans des affaires comme celle-ci, où le CIP est appelé en tant que consultant des Unités Spéciales, Russel sélectionne personnellement les psychiatres de son équipe.

Donc il m'a choisie, moi. Considérant que je n'ai qu'une année d'ancienneté dans son service, j'en suis étonnée, flattée, voire éperdue de reconnaissance.

Il vient à ma rencontre, la main tendue, énergique, trapu, maquillant ses manières brusques sous une bonhomie de façade. Il a beau essayer de se démarquer des grands patrons coincés, on ne tape pas sur le bide de Dédé le Pitt-Bull, comme l'appellent ses étudiants. Quelque chose en lui vous décourage d'approcher trop près.

— Ça va mal, Véra. Il faut une femme.

Ah d'accord. Je comprends mieux. Je suis la gonzesse de service.

Russel me présente aux autres psychiatres appelés en consultation, issus respectivement de la RATP et du CIP de Mantes-La-Jolie, célèbres pour leur expérience en matière de terrorisme et de prises d'otages. En comparaison, notre Centre serait plutôt moins qualifié mais Edouard Russel possède une sorte de génie pour se mettre en première ligne.

Le premier psy, une cinquantaine d'années, hirsute et mal rasé, m'explique brièvement comment une première intervention ratée de la police judiciaire, tout au début de la prise d'otages, a durci les exigences du forcené et aggravé sa paranoïa au point que rien n'a pu être tenté depuis plusieurs heures.

J'accroche mon blouson au dossier d'une chaise.

— Et maintenant ?

— Il est mûr pour un peu d'action, répond le second psy.

Il est aussi chauve que son collègue est hirsute mais il porte la même veste en tweed et le même pull en cachemire couleur muraille. On dirait des intellectuels new-yorkais des années cinquante.

Ils se poussent pour me faire une place, me collent dans les mains un gobelet de café bouillant. S'il m'arrive parfois de sentir une certaine rivalité entre nous, ce n'est pas le cas aujourd'hui. L'ambiance est au serrage de coudes.

— Il a demandé qu'on éteigne toutes les lumières, résume le Mal Rasé. On a accepté. On accepte quasiment toutes ses conditions histoire de le ramollir.

— Le problème, c'est que les enfants ne peuvent

plus tenir sans eau, coupe Russel. Or il refuse qu'on leur apporte à boire ou à manger. Il n'accepte même pas de les laisser aller aux cabinets. Personne n'a pu entrer ni sortir de la classe depuis…

Il consulte sa montre mais il est devancé par le psy de Mantes-La-Jolie, le chauve aux lunettes sans monture.

— Dix heures. Ça fait dix heures qu'ils sont là-dedans.

— Les pédiatres ont calculé que la plupart d'entre eux doivent arriver au seuil limite de déshydratation, explique Russel, mais les Unités Spéciales ne peuvent pas intervenir sans savoir où se trouvent les enfants à l'intérieur de la classe.

— On ne peut rien voir, je suppose ?

— Il a tiré les rideaux. Il est très coordonné, lucide, intelligent. Il nous a signalé qu'il aurait pu tuer l'enseignante au lieu de la laisser sortir mais qu'il s'est abstenu en gage de bonne volonté…

— Pour lui, la situation est très simple, renchérit le Mal Rasé. Une décision de justice l'a privé de ses enfants, il faut qu'on les lui rende. Il prétend qu'il devrait déjà être parti et que la police est responsable de tout ce bordel…

— Paranoïaque ?

— Sur une structure psychopathique. On retrouve le moi grandiose et un gros déficit d'affect. Il nie les actes de cruauté qu'il a commis sur ses enfants, mais dans son dossier ça va des brûlures de cigarette pour un pipi au lit au supplice de la baignoire pour un jouet mal rangé.

— Charmant monsieur.

— Bien entendu, il n'éprouve aucune affection pour ses gosses. Il les considère plutôt comme des objets qui lui appartiennent et il n'y a pas de raison pour que sa bonne femme les ait !

Tout en sirotant mon café, je suis de plus en plus certaine d'une chose : ils ont une idée derrière la tête. Le portrait psychologique du forcené est bien trop affiné pour que je leur sois d'une quelconque utilité dans ce domaine. Ils savent déjà qui est ce type et comment il faut s'y prendre avec lui.

— Les deux choses qu'il adore, explique le Chauve, c'est faire mal aux enfants et passer à la télé. C'est pour ça qu'on a interdit les médias. Il a pris son pied comme jamais en dénonçant devant les caméras le grand complot des juges en matière de garde d'enfants. Il s'érige en héros, surpuissant, porteur d'un message universel.

J'aborde enfin le fond du problème :

— Est-ce qu'il est prêt à tout pour obtenir ce qu'il veut ? Est-ce qu'il est capable de se foutre en l'air par exemple ?

— Sûrement pas, affirme Russel, catégorique. Il a une bien trop haute opinion de lui-même.

— Désolé, s'interpose le Chauve, on n'a aucune garantie là-dessus.

— Ses explosifs ne sont pas ce qui nous inquiète le plus, résume le Mal Rasé. On estime à quatre-vingts pour cent les chances qu'il s'aime trop lui-même pour tout faire sauter. Le danger c'est plutôt qu'il tire sur les enfants…

— On l'a isolé, histoire de le faire redescendre un peu sur terre. Plus de médias, plus de communications sauf quand il nous appelle de son portable.

Nous, on n'appelle plus. Il devrait bientôt commencer à s'agiter…

Je les observe tour à tour, faussement innocente :

— Qu'est-ce que je viens faire là-dedans ?

Russel se lève, remontant son pantalon sur un début de bedaine. Il pose sur moi un regard bienveillant :

— Vous allez monter lui parler…

Le Mal Rasé allume sa cigarette sans filtre, plissant les yeux pour me fixer à travers la fumée :

— Tu es une femme donc tu es une merde. Une merde, ce n'est pas une menace, c'est juste une merde…

Voilà qui est réconfortant.

2

On commence à parler cuisine tous les quatre, schémas comportementaux et structure de la personnalité, sans chercher à dissimuler qu'on a la trouille au ventre et qu'on ne sait pas vraiment ce qui peut marcher. Ce qui nous aide, c'est de ne pas avoir le choix.

Vingt minutes plus tard, après avoir défini une stratégie qui tient à peu près la route, je décide qu'il est temps.

— Pas de regret, Véra ? demande Russel, la main sur mon épaule. Vous n'êtes pas obligée d'y aller, vous savez… Je comprendrais très bien.

Bien sûr. Je m'imagine un instant en train de lui expliquer que non, finalement, je ne le sens pas. Après ça, je pourrais toujours aller distribuer mes cartes de visite à la sortie des métros pour racoler quelques clients.

On me tend une blouse blanche qui descend à mi-mollets et cache sous son col un minuscule micro. J'attache mes cheveux en un catogan bien serré qui m'enlaidit à plaisir, histoire de n'avoir aucun rapport, proche ou lointain, avec une bombe sexuelle. Enfin, après avoir reçu cinq bouteilles d'eau minérale des mains d'un homme en cagoule, je m'engage dans l'escalier qui conduit au premier.

J'avance à tâtons le long du couloir qui dessert les salles de classes quand les sanglots indistincts d'un enfant me parviennent, coupés d'un aboiement. Le gosse ne doit pas se taire assez vite, le bruit d'une claque me cloue sur place. Le petit tente de se contrôler mais cela ne suffit toujours pas, un autre bruit se fait entendre, suivi d'un hurlement de douleur. Je dois me retenir pour ne pas faire irruption comme une furie dans la salle de classe.

Au contraire, je toque.

Ou plutôt, fidèle au scénario que nous avons mis au point, je toque et j'ouvre la porte simultanément, mes bouteilles bien en évidence, à la façon discrète d'une femme de ménage qui ne veut pas déranger.

— J'ai un message de la police, monsieur.

L'effet de surprise joue à plein. L'homme lâche le petit garçon à demi fou de terreur qu'il tenait par les cheveux à un mètre du sol et le laisse tomber. La tête de l'enfant heurte brutalement le carrelage. Il reste allongé, inerte.

— Bordel ! Qu'est-ce que vous foutez ici ? hurle son bourreau.

Il saute derrière une barricade de tables empilées sur laquelle plusieurs enfants, couchés ou assis, forment une sorte de bouclier humain. Une pathétique odeur d'urine flotte dans l'air.

— Je suis venue vous apporter à boire…

Il beugle sans me laisser le temps de terminer ma phrase :

— Foutez le camp d'ici ! Foutez le camp ou je descends un chiard sous vos yeux !

Il s'est rué sur une petite fille et braque sur elle le canon de son arme automatique. Je me transforme en véritable carpette :

— Vos enfants sont en bas, monsieur.

Avec les « moi grandioses », il y a intérêt à se montrer très, très poli.

— Quoi ?

— Vos enfants attendent. Ils peuvent monter si vous voulez…

Il reste un instant sans voix, me toisant d'un œil soupçonneux. Autour de nous, des petits visages pétrifiés d'angoisse.

— Je dois distribuer l'eau, monsieur.

Tout en parlant, je me suis agenouillée devant un petit groupe nauséabond tassé par terre, au pied de la barricade.

Premier échec. Le gobelet que je viens de remplir vole en l'air. Un gosse glapit comme un animal blessé en recevant l'eau froide en plein visage.

— Mais pour qui tu te prends, pouffiasse ? De quoi tu te mêles ?

— Excusez-moi, je pensais que vous étiez d'accord. Les enfants se déshydratent très vite.

— Qu'est-ce que c'est que ces conneries ? Je connais les enfants, moi ! J'ai deux enfants ! Et il y a intérêt qu'on me les rende !

— Ils vous attendent en bas, monsieur.

— Mais qu'est-ce que tu racontes, là ? Tu te fous de ma gueule ?

— Non, monsieur. La police attend que vous disiez comment vous comptez procéder.

— Comment je compte procéder ? répète-t-il. Comment je compte procéder ? Mais putain, je prends mes gosses et je me tire ! Voilà comment je compte procéder !

— Oui, monsieur, c'est ce que je pensais. Est-ce que je peux donner à boire aux enfants maintenant ?

Imperturbable, je recommence à verser de l'eau dans un gobelet. Puis deux, puis trois. L'homme m'examine, un peu comme un pou qu'il aurait trouvé sous son ongle. Il n'en revient pas. En même temps, il n'a communiqué avec personne depuis plusieurs heures et il n'est pas si pressé de se débarrasser de moi.

— Attendez, qu'est-ce que vous magouillez là ? C'est quoi, cette embrouille de merde ? Pourquoi c'est pas les flics qui sont venus ?

— A cause des petits, expliqué-je, en désignant les gosses qui boivent leur gobelet d'eau sans un mot. Il faut que ça se passe en douceur.

— Il y a un truc, conclut-il.

Je me suis accroupie à côté du petit corps qui gît par terre, inanimé. J'ai envie de le serrer contre moi, de l'embrasser, de lui jurer que c'est fini. Où est son pouls ? Il ne doit pas me voir trembler. Tandis que mes doigts palpent désespérément le minuscule poignet, je me sens sur le point de craquer. Si je ne trouve pas ce pouls je vais me mettre à hurler, me précipiter dans le couloir en appelant au secours…

Et ils mourront tous.

Sans lever les yeux, je réussis à articuler :

— Je peux transmettre votre réponse à la police si vous voulez…

Le pouls bat sous mes doigts, très lent, imperceptible. L'enfant est vivant. J'effleure son front d'une caresse involontaire. Merci mon Dieu. Je me charge du reste.

— Vous avez un message ?

Je me tiens devant lui, calme, un peu bornée, débordante de bonne volonté. Une vraie femme.

L'éclat d'un sourire passe dans ses yeux en forme de trou noir. Il n'y a aucune mansuétude à attendre d'un tel regard, aucun espoir.

— Tu te fous de ma gueule, c'est ça ?

— Vous détenez vingt-trois otages, monsieur. Ça ne fait rire personne.

— Putain, il y a intérêt ! Demande à qui tu veux, tout le monde te dira que je ne suis pas un rigolo ! C'est moi qui commande et t'as intérêt à t'en souvenir, grognasse de merde !

— Je peux vous accompagner en bas si vous voulez.

— Tu sais ce que j'ai envie de faire quand j'entends ça ? articule-t-il avec un grand sourire. J'ai envie de te foutre une balle dans la tête.

— Au premier coup de feu, ils donneront l'assaut.

Pas de réponse.

Malgré l'envie qu'il a de me tuer pour me punir de mon audace, il perçoit que je suis la réponse que la police a choisie et la seule. Le calme surnaturel qui règne sur l'école depuis que je suis entrée dans la classe lui prouve que, aussi incroyable que cela paraisse, c'est moi qui négocie. Désormais, je suis sa seule chance d'en sortir sans trop de dégâts.

— Mes enfants sont dehors ? demande-t-il, incrédule.

— C'est ce qu'on m'a dit.

Comme prévu, ça l'embête. Ce qui lui plaît c'est l'odeur de la peur, les yeux qui se baissent quand on lui parle, les flics qui reculent, les micros qui se tendent, les caméras. Mais il ne peut pas l'avouer, même pas à lui-même. Il a besoin de son image de « père-prêt-à-tout-pour-ses-gosses » pour se sentir un héros.

— C'est bidon ! crache-t-il avec mépris. Complètement bidon ! Pourquoi vous ne les avez pas amenés avec vous ?

— La police attend un geste de votre part. Ils sont prêts à faire un échange.

Tout en lui voudrait faire marche arrière mais je l'emmène sur la voie qu'il a lui-même tracée.

— D'accord, admet-il d'un air bravache, donnez-moi mes gosses et reprenez ceux-là. Ils puent la merde.

— Bien. Comment on fait ?

Il me regarde, interloqué par le côté concret de la manœuvre. Qu'est-ce qu'il croyait ? Qu'il allait pouvoir s'envoler ? S'évanouir en fumée ? Il y aura toujours un moment où il faudra qu'il sorte.

— Je veux les voir, exige-t-il d'une voix moins assurée.

— Ils sont dans la cour. N'ouvrez pas les rideaux, les flics vont tirer.

Il me lance un regard torve.

— Pour qui vous me prenez ? Vous croyez que j'ai peur de prendre une balle ?

Combien de temps lui faudra-t-il pour élaborer une sortie héroïque ?

Je ne suis pas censée lui fournir une solution, ni même accélérer les choses. Le dos tourné pour dissimuler les sourires d'encouragement que je prodigue aux enfants, je m'occupe de la distribution d'eau. Les bouteilles sont vides en un temps record.

Ensuite, je me poste près de la porte et j'attends. J'ai reçu de Russel l'ordre formel de ne pas parler aux enfants, ni les toucher, une crise de larmes risquant de réactiver la violence de cet homme. Ils se tiennent sages, attentifs. On dirait qu'ils ont compris.

Au bout d'une éternité, il me lance :

— T'as pas fini ? Qu'est-ce que t'attends pour te casser ?

— Vous n'avez plus besoin de moi, monsieur ?

— Putain mais j'ai jamais eu besoin de toi !

— Vous ne voulez pas sortir ?

— Je sors quand je veux !

— Je peux garantir votre sécurité.

— Tu ne peux pas garantir qu'ils ne vont pas me choper, connasse !

Je ne bronche pas, l'observant tandis qu'il reprend sa marche de long en large devant les fenêtres aux épais rideaux noirs. De temps en temps, il jure d'un air de dégoût. Soudain, il traverse la pièce à grands pas pour se planter devant moi :

— Je veux la télé, sinon je ne bouge pas.

— Ce n'est pas moi qui commande, monsieur. Il faut appeler la police en bas.

Il se jette sur son portable, vocifère un moment, engueule les flics, me traite de tous les noms puis raccroche en ricanant.

— Ils ont dit oui, ces enculés. Mais je ne suis pas con, je ne vais pas me précipiter. Je vais attendre que les mecs des télés arrivent…

Il faut encore patienter pendant une heure, immobile, le regardant gesticuler et s'exciter à travers la pièce.

Soudain, parvenu à un paroxysme dans son fantasme personnel, il charge dans ma direction.

— On y va, ordonne-t-il en pointant son arme sur moi. Tu passes en premier. S'il y a un pet, c'est toi qui morfles.

— D'accord.

Mais il sait qu'il a perdu. Quand deux hommes en cagoule postés dans l'escalier lui tombent sur les épaules, il se laisse désarmer sans se défendre.

Une seconde plus tard, une meute de blouses blanches se rue à l'assaut de l'escalier, bousculant les flics, se frayant bruyamment un passage jusqu'à la salle de classe dans une confusion de brancards et d'appareils de toute sorte. Mes deux collègues en tweed grimpent les marches au pas de course, partageant l'obsession de tous : comment vont les enfants ?

Avec autorité, Russel m'extirpe de la cohue et me pousse dans un coin. En réaction au stress, mon visage et mon corps ruissellent de sueur.

— Bien joué, Véra. Je vous félicite.

— Je… Je n'ai fait que suivre…

Franchement je ne sais plus ce que je dis.

— C'était parfait. Ils sont verts, les deux autres. Ce n'est quand même pas deux abrutis qui vont nous apprendre notre métier !…

Sans les idées et la stratégie des abrutis, je n'en serais pas sortie vivante mais je ne résiste pas au vil plaisir d'être pour une heure la chouchoute du patron.

— Ce sont des gens comme vous qu'il me faut, Véra. Des cracks, des surhommes. J'ai de grands projets, vous savez ?

Je préférerais qu'il me serve un alcool bien fort ou n'importe quel truc sucré. Je n'ose pas lui avouer que mes jambes ne me portent plus et que ce n'est pas le fait d'avoir chaud qui me fait transpirer. Dédé-le-Pitt prendrait ça pour de la faiblesse. Je ne peux pas être faible. Je suis un crack.

Je grimace un sourire :

— Excusez-moi, j'en ai pour une minute…

Je titube jusqu'aux toilettes pour trouver un peu d'intimité mais les dix petits sièges de porcelaine blanche, alignés le long d'un mur aux carreaux roses, réduisent cet espoir à néant. Toute honte bue, je m'agenouille pour vomir. L'héroïsme est un gaz volatil.

3

Il est sept heures du matin quand je rentre enfin au Centre. Le jour rechigne à se lever sur le parking de l'hôpital, jetant sur ma fatigue et les voitures éparses l'éclairage blafard d'un film en noir et blanc.

L'intervention à la maternelle de Villepinte a été suivie par ce qu'il est convenu d'appeler un débriefing, terme anglais plutôt obscur signifiant qu'on en a causé. Edouard Russel s'est comporté comme s'il venait de remporter un combat de boxe, assurant sa promotion personnelle et celle du service au point qu'en écoutant les infos ce matin, on peut légitimement croire qu'il a envoyé une poupée téléguidée dans la salle de classe.

Non que cela me dérange. Je tire même une certaine fierté du fait qu'un homme pour qui j'éprouve respect et admiration s'associe aussi étroitement à une de mes interventions. Quant à sa guéguerre contre les autres services d'urgence, j'y suis tellement habituée qu'elle ne me choque même plus.

C'est un jeu auquel les patrons jouent entre eux, réservé aux initiés.

— Véra !

Une voix joyeuse au milieu de cette grisaille, celle d'Antoine, psychiatre au CIP, qui vient de terminer sa garde et qui avance vers moi, brandissant à bout de bras sa vieille serviette de cuir.

— Tu rentres chez toi ?

— J'ai eu ma dose d'humanité souffrante. Pas toi ?

Il fouille dans sa serviette :

— Oh si. Tiens, le CD dont je t'ai parlé… Nakariakov à la trompette, tu verras, c'est splendide.

Malgré moi, je note que sa tignasse a encore blanchi, contrastant avec les sourcils très noirs audessus des yeux verts. Une mâchoire carrée, une grande bouche, une silhouette longiligne… Malgré la cinquantaine qui approche à grands pas, sa femme et ses trois enfants, il reste indubitablement un très bel homme.

Je demande avec une pointe d'aigreur :

— Tu ne pourrais pas faire un effort et ressembler à une serpillière comme nous tous ? Tu as toujours l'air en forme !

Une ombre passe sur son visage, et brusquement, je note les poches sous ses yeux, les rides de chaque côté de la bouche. J'aurais sans doute mieux fait de me taire.

— Je peux te parler ? demande-t-il brusquement.

Comme si c'était très important tout à coup.

— C'est un peu… personnel, ajoute-t-il avec le sourire en biais qu'il prend pour aborder les choses graves.

— Tu ne préfères pas qu'on aille prendre un café quelque part ?

Il hausse les épaules :

— Ce n'est pas grand-chose. J'ai juste besoin de parler à un psy…

Nous nous tassons sur le siège avant de ma voiture, engoncés dans nos manteaux. Je glisse le CD dans la fente de mon auto-radio mais il m'arrête.

— Véra, je suis dans la merde.

Je m'entends bien avec Antoine mais nous ne sommes pas intimes pour autant. Son entrée en matière m'inquiète un peu.

— Je suis pédé, annonce-t-il en se forçant à sourire.

Je ne sais pas ce qui me choque le plus, qu'il le soit ou qu'il me le dise. Toujours cette vieille idée qu'il y a des choses qu'on garde pour soi. Des choses qui doivent rester secrètes pour ne pas faire trop de mal.

— C'est tout ce que tu trouves à dire ?

— Euh… Je… C'est nouveau ?

— C'est arrivé la semaine dernière après une intervention chez un petit vieux. Il s'était barricadé chez lui avec son fusil et il attendait les Allemands. Les pompiers l'ont emmené à l'hôpital, le petit-fils est arrivé pour s'occuper de l'appartement… Il est styliste, musicien… J'avais l'impression de le connaître depuis toujours, d'être amoureux de lui depuis des années…

— Alors tu es amoureux ?

— Comme un fou. Lui aussi.

— Alors, tant mieux pour vous…

Une pause. Ce n'est pas la réponse qu'il attendait.

— Tu te souviens du jour où on s'est disputés tous les deux et où tu m'as jeté ton café à la figure ? demande-t-il.

— Tu as insinué que j'avais trouvé mon diplôme dans une poubelle !

— Tu m'as reproché d'être frileux.

— Antoine, tu n'es pas frileux ! Je ne sais même plus pourquoi j'ai dit ça ! Tu es tout sauf frileux !

— Mais si. La preuve, c'est que je n'ose pas parler à ma femme.

— Eh bien, ne dis rien ! Bon Dieu, si tu veux rester avec elle, elle n'a pas besoin de le savoir !

— Quoi ? C'est toi qui me dis ça ?

Moi, la grande experte en problèmes conjugaux.

— Est-ce que je t'ai jamais parlé de moi, Antoine ? Est-ce que je t'ai jamais fait des confidences ?

— Non.

— Je ne t'ai jamais raconté de bobards non plus ?

— Pas à ma connaissance.

— Eh bien, tu vois : ni confidences ni mensonges. Tout homme a sa part d'ombre, toute femme aussi. Il faut respecter ça…

Impasse sur les années de souffrance et de thérapie que cela m'a coûté.

— C'est facile pour toi, remarque-t-il. Tu vis seule, tes choix n'engagent que toi. Dans mon cas, le silence même est un mensonge. Je suis marié depuis vingt ans. J'adore ma femme.

— Je sais.

Je sais aussi que tu es un cœur à prendre, bébé, depuis le premier jour où je t'ai vu.

En attendant, marche arrière toute :

— Excuse-moi. Je ne sais pas ce que je raconte, ni pourquoi je te parle de moi… Tu as raison, ça n'a aucun rapport.

— Je vais parler à ma femme, déclare-t-il en sortant de la voiture. Il faut qu'elle sache.

Je peux être satisfaite, j'ai bien joué mon rôle. En sortant de chez leur psy, la plupart des gens font exactement le contraire de ce qu'il faudrait.

— Mon canapé est disponible à toute heure du jour et de la nuit, dis-je. Si elle te jette, ne va pas sous les ponts…

Il éclate d'un rire bref :

— Eh bien, merci ! Quel optimisme !

Pile poil.

J'arrive enfin chez moi, au deuxième étage d'une maison divisée en appartements avec vue sur le Sacré-Cœur. Ce matin, les cars de touristes s'enlisent dans les rues mouillées. Devant ma fenêtre, le dôme tremblote sur le ciel barbouillé, pâle, fantomatique. Mon bain coule pendant que je lis les journaux du matin. La maternelle de Villepinte occupe un paragraphe de cinq lignes et encore, pas partout. C'est aussi bien. Les psychopathes n'ont pas besoin qu'on leur donne des idées.

Le bourdonnement de l'interphone m'interrompt alors que je suis en train d'enduire mes cheveux d'une pâte chimique qui leur donne leur couleur cuivre entièrement naturelle. Sachant qu'à cette heure cela ne peut être qu'un membre de ma famille venu m'emprunter quelque chose ou simplement perturber mes projets, j'appuie sur le bouton sans poser de questions.

— Docteur Cabral ?

Cette fois je bondis hors de la salle de bains, les épaules couvertes d'un torchon, les mains gantées de plastique transparent. Une dame en tailleur vert se tient sur le seuil de la porte d'entrée, un sac en bandoulière, deux chemises cartonnées à la main. Ses cheveux frisés s'échappent d'une grosse barrette sur la nuque pour former de petits ressorts autour de sa figure sans maquillage. Nous nous toisons, aussi stupéfaites l'une que l'autre.

— Vous m'avez oubliée ? Nathalie Maignan, Trésor Public.

Mon contrôle fiscal. Pétrifiée, je me souviens enfin lui avoir fixé rendez-vous ce matin. Heureusement, elle fait preuve de sang-froid pour deux.

— Je vais m'asseoir en vous attendant. Vous pouvez peut-être m'indiquer où sont vos dossiers ?

— Sur la table derrière vous. Prenez du café, je crois qu'il en reste.

Je retourne dans la salle de bains, direction l'armoire à pharmacie où se trouvent des cachets permettant de pallier le manque de sommeil, puis la douche. Quelques minutes plus tard, je réapparais dans le salon vêtue d'un jean et d'une chemise, mes cheveux mouillés peignés en arrière.

— Je suis désolée, nous avons des gardes très chargées en ce moment… Je perds la notion du temps.

Elle sourit, je suis tout excusée.

— Vous avez compris que le contrôle de l'administration fiscale va porter sur les trois dernières années ?

Cela comprend une période où, avant de travailler à l'hôpital, j'exerçais en libéral, avec un cabinet et une plaque en cuivre en bas de l'immeuble.

Après une demi-heure de questions et d'interrogations en tout genre, je m'aperçois qu'il manque plusieurs dossiers que je devais rapporter de la cave de mes parents en prévision de ce rendez-vous. Très embêtée, je me sens obligée de m'expliquer :

— Je crois que je ne veux surtout pas me rappeler cette période. Alors, je zappe.

— Qu'est-ce qu'elle avait de si terrible cette période ? fait-elle poliment.

— J'avais l'impression d'être enterrée vivante. De taper sur le couvercle d'un cercueil pour qu'on me sorte de là. Vous n'avez jamais eu cette impression ?

Pas vraiment. Elle a une tête à partir en randonnée dès qu'elle a trois jours de congé, pas à se trouver prisonnière d'un cercueil.

On fixe un nouveau rendez-vous. Avant de la raccompagner, je lui pose la question qui me turlupine depuis un moment :

— Comment êtes-vous tombée sur moi ? Je veux dire, pourquoi moi parmi tous les psychiatres de la place de Paris ? Vous mettez des petits papiers dans un chapeau et puis vous tirez au sort ?

— Votre nom est apparu il y a six mois au cours d'une enquête de la brigade financière.

— Pardon ?

— Une affaire de ventes d'armes à un pays sous

embargo… Vous ne voyez pas ? Je pensais que vous étiez au courant.

— Attendez. Vous rigolez, là ? C'est une blague ?

Elle voit bien que je ne fais pas semblant. Elle boutonne son imperméable par-dessus son tailleur en laine, son visage rond empreint d'un réel désir de m'éclairer :

— Albert Sergent, ça vous dit quelque chose ?

Un spasme noue mes tripes.

— C'est mon expert-comptable.

— Il est à la Santé.

— Mais c'est le comptable de mon frère Alexis ! C'est lui qui me l'a recommandé.

— C'est bien le problème.

J'ai dû pâlir car elle piétine sur le pas de ma porte, craignant d'en avoir trop dit.

— Notez qu'on ne vous prend pas pour des complices, hein ? Mais il faut bien qu'on sache par quels comptes ont transité les fonds…

Et devant mon mutisme, elle ajoute gentiment :

— Avec le métier que vous exercez, vous ne devez pas vous inquiéter. S'il y a une petite ardoise, vous aurez toujours les moyens de payer. Les gens vont de plus en plus mal, vous ne trouvez pas ?

Les arbres n'ont plus de feuilles et je ne les ai pas vues tomber. C'est seulement en cette fin d'après-midi morose, alors que ma voiture traverse lentement le parc de l'hôpital, que je remarque les grandes branches noires tordues sur le ciel gris. Même la pelouse a pris une teinte marronnasse qui se fond avec le macadam du parking. La tête rentrée dans les épaules, je traverse au petit trot la distance qui me sépare du Centre, au rez-de-chaussée, petite enclave isolée dont les lumières brillent douillettement dans la nuit tombante.

Pour une fois, le CIP grouille de monde. Ceux dont la journée se termine sont restés pour assister à un de ces rites dont la vie professionnelle a le secret : le pot d'adieu du patron. Pas le nôtre, celui de Neurologie, vénérable vieillard ayant présidé aux fondations de l'hôpital et qui, après avoir guerroyé longtemps et fait tomber les têtes de ses successeurs les plus doués, cède enfin la place.

— Salut, Véra ! Tu es en avance aujourd'hui !

— Tu parles ! Je n'allais pas rater ça !

— Soixante-quinze ans, le vieux crabe ! C'est quand même pas trop tôt !

— Qui est nommé finalement ?

— Picard, évidemment ! Il fallait bien récompenser vingt ans de lèche-bottage !

Ça papote et ça rigole dans les coins. Chacun espère que les choses vont changer, que notre service qui fait figure de parent pauvre, de discipline mineure et un peu folklorique, va enfin occuper une vraie place sous le soleil de l'administration de l'hôpital. Chacun se dit que le départ de Gustave Baquet est forcément une chance, une aube qui se lève, un souffle d'air frais. En tant que patron tout-puissant de la discipline la plus noble, la Neurologie, il ne nous a jamais laissé la moindre chance. Pour lui, les psychiatres d'urgence ne sont que des succédanés d'assistantes sociales. Des baltringues juste bons à faire une injection d'Equanyl. Il faut dire que le monde selon le professeur Baquet n'a pas grand-chose à voir avec le monde réel. A l'instar du Soviet suprême, il a cru évoluer avec son siècle parce qu'il évoluait avec ses équipements.

— Tu viens, Véra ?

Antoine et Hélène m'attendent devant l'ascenseur.

Le fils d'Hélène a été très malade et, depuis deux mois, Antoine et moi nous partageons ses gardes, ce qui explique notre état d'épuisement avancé. A voir son teint fripé et ses yeux gonflés, mon cher collègue n'a pas plus dormi que moi. Il évite mon regard, ce qui me laisse supposer que je ne m'étais pas trompée dans mes pronostics : sa femme n'a pas réagi avec toute la mansuétude qu'une longue vie conjugale pouvait laisser espérer.

— Faites pas cette tête les gars, c'est la fête ! Si Russel sait manœuvrer — et je crois que sur ce point on peut lui faire confiance —, on va pouvoir recruter avant d'être morts et enterrés ! Ce serait pas beau une ou deux gardes par semaine ?

— Arrête, Véra, ironise Hélène, tu te fais du mal…

— A la santé de Dédé-le-Pitt ! lancé-je en sortant de l'ascenseur.

Tout ce qui compte et ne compte pas dans l'hôpital a envahi le palier et les couloirs du service de Neurologie, à se demander qui s'occupe des patients. Les miséreux dans notre genre se réjouissent tandis que ceux qui profitaient du Système Baquet font un peu la gueule. Le vent est en train de tourner. Personne n'ignore qu'Edouard Russel attend ce moment depuis dix ans. N'étant pas issu du sérail des grandes universités parisiennes, on ne lui a jamais laissé que des miettes, c'est-à-dire les Urgences dont personne ne voulait. Fort d'une expérience de plusieurs années aux Etats-Unis, Russel en a fait une vraie spécialité, se réservant systématiquement les actions les plus médiatiques. Il a gagné à la force du poignet un pouvoir que le vieux mandarin lui refusait. Tout le monde sait qu'il est en passe de devenir le plus puissant des grands patrons de Saint-Guy.

La Neurologie est riche, le buffet somptueux. La perspective d'une nuit de garde m'interdisant de boire, je baffre consciencieusement quand une voix fluette m'interpelle :

— Véra ?

— Salut, Sabine !

Cette voix de petite fille appartient à une petite blonde bien roulée qui cache sous sa blouse d'infirmière une poitrine à damner un saint. Toujours soignée et parfumée, elle a le don, par sa seule présence, de faire passer les autres femmes pour des souillons.

On ne se fait pas la bise, elle ne tient pas à ce qu'on nous prenne pour autre chose que de vagues relations.

— Il faut que je te voie, chuchote-t-elle.

La main qui tient le verre de Perrier tremble un peu. Sous son savant maquillage, de petites veines rouges marquent sa peau. J'acquiesce d'un signe de tête.

Trois minutes plus tard, je la retrouve sous les néons des toilettes pour dames.

— Qu'est-ce qu'il y a ? Ça ne va pas ?

Le dos contre les carreaux blancs, elle fond en larmes, de grosses vilaines larmes qui la défigurent.

— Je n'y arrive plus, Véra, sanglote-t-elle. C'est trop dur. Je n'y arrive plus…

— Combien de jours ?

— Cent trois… et deux heures.

— Bravo ! Tu tiens le bon bout, c'est le plus dur !

— Je n'ai plus de Tranxène…

Je proteste :

— Sabine !… Je t'ai fait une ordonnance il y a trois semaines…

— Vingt-sept jours !

Qu'est-ce que je fais ? Je lui refuse son Tranxène avec la certitude que ce soir même, elle va recommencer à s'alcooliser ? Ou je l'aide à tenir un jour de plus ?

— J'en ai en bas. Je vais t'en chercher tout de suite…

— Merci, Véra, bredouille-t-elle, merci…

Un bras passé autour de ses épaules, j'attends que la crise passe. Elle finit par se calmer, s'asperge le visage d'eau froide, essuie les traces de mascara avec un coin de sa blouse.

Si je n'avais pas été appelée par Police Secours un beau soir, au sujet d'une femme tombée en coma éthylique dans un cinéma du quartier, je n'aurais jamais rien su. Pour Sabine, cette bavure a été la première et la dernière. Depuis, elle se débat avec son sevrage dans la même solitude que celle où se déroule sa vie. Moi seule suis autorisée à l'aider et encore, en cachette uniquement. Pas de parents, pas d'enfants, peu d'amis, juste un grand amour impossible qui la confine dans une éternelle attente. Elle est la maîtresse d'un ponte de l'hôpital dont elle n'a jamais révélé l'identité à quiconque et qui lui promet depuis des années de divorcer. C'est un secret, aussi bien gardé que celui de son alcoolisme. Sabine est une tombe rose et moelleuse.

Je la laisse pour aller chercher les cachets que je lui ai promis. Je la retrouve un peu plus tard, toujours accrochée à son verre de Perrier, quand il me semble reconnaître un visage, juste devant moi, en pleine conversation avec Baquet, Picard et Russel.

J'ai l'impression de recevoir une décharge électrique.

Comment est-ce possible ? Qu'est-ce qu'il fait ici ? Un peu changé, un peu vieilli, mais ce sont les mêmes yeux bleu piscine dans un visage en lame de couteau, le même regard narquois sur ces mandarins prêts à s'affronter comme des coqs obèses.

Sabine a suivi mon regard :

— C'est Hugo Markovitch.

Je tourne le dos au groupe, sous le choc, hébétée :

— Je sais.

— Il est chez nous depuis quinze jours. Baquet l'a nommé chef de clinique. Je crois qu'il était à Saint-Anne… Il paraît que c'est un surdoué.

— Il faut que j'y aille.

Elle me regarde sous le nez.

— Tu le connais ?

— Non.

— Véra ! clame derrière moi une voix familière.

— En tout cas, lui, il a l'air de te connaître.

Non. Par pitié. A quoi je ressemble ? J'ai maigri et je ne suis pas coiffée.

— Tiens, Hugo !

Flairant une situation délicate, Sabine a disparu avec ses cachets.

— Qu'est-ce que tu fabriques à Saint-Guy ? demande-t-il, m'examinant de la tête aux pieds.

A voir sa mine, on croirait que je suis la bonne surprise de la soirée.

— Ça fait deux ans que je travaille ici. En bas, au CIP.

— Ah, le CIP…

Tout est dans le ton, indulgence teintée de subtil mépris. Il pardonne parce que c'est moi.

— Tu n'as pas changé…

Oh que si. Mais ça ne le regarde pas.

— Tu as pris du champagne ?

— Merci, non. Je suis de garde.

Le problème des rousses c'est de rougir facilement. Respirer. Ne pas laisser toute cette merde remonter du passé. Je suis différente maintenant. Je contrôle.

— Drôle de vie pour une femme, non ?

— Ça dépend. Moi, ça me plaît.

En quoi cela le regarde ? A part une bouffe à quinze dans un restaurant chinois où je m'étais empiffrée en bout de table parce que je ne connaissais personne, je ne faisais pas partie de son monde. Ni d'aucun monde d'ailleurs. Je n'ai pas envie de me rappeler à quel point j'étais amoureuse de lui, au moins autant qu'une centaine d'autres filles, toutes pendues à ses basques. Cette année-là a marqué le début de l'ère du Cercueil. Pas un plaisant souvenir.

— Regarde Picard ! chuchote-t-il en dirigeant son regard vers le petit cercle qu'il vient de quitter. Heureux comme un jeune marié !

A côté de Gustave Baquet, chevelure blanche et regard d'aigle, Picard, son successeur, exulte naïvement. C'est son heure de gloire, ce pour quoi il a avalé tant de couleuvres. Ce grand mou grisonnant porte des chemises bleuâtres coupées sur mesure et un nœud papillon pour ne pas qu'on le confonde avec le planton de service. Pour l'instant, il se penche avec indulgence sur Russel qui arbore un sourire rayonnant. Or Russel se réjouit rarement du succès des autres. A la place de Picard, je me ferais un sang d'encre.

Je ne peux pas m'empêcher d'en faire part à Hugo :

— Picard me fait presque pitié. Le vieux lui en a fait tellement baver. Je me demande ce qu'il reste de lui au fond.

— Oh, il ne devait pas avoir beaucoup de personnalité au départ, répond Hugo en riant. Sinon, il n'aurait pas tenu…

— Russel a l'air aux anges, je me demande ce qu'il mijote.

— Vous êtes tous derrière lui comme un seul homme, hein ?

Je me tourne vers lui, étonnée.

— Pourquoi tu dis ça ?

— Pour rien, une impression… J'ai cru remarquer qu'il n'était pas du genre à supporter la contradiction…

— Eh bien, c'est sympa ! Tu nous prends pour des carpettes ? Détrompe-toi, mon vieux, quand on n'est pas d'accord, on le dit.

Il éclate de rire :

— Oh oui ! Et en échange, vous restez dix ans au même salaire !

— Je ne comprends pas ce que tu racontes. Il n'y a aucun rapport entre mon salaire et mes relations avec mon patron.

— Ah non ? Tu serais bien la seule !

— Pas du tout. C'est pour ça que j'ai choisi l'hôpital. Pour être libre.

Est-ce qu'il se souvient de notre dernière rencontre ? Cette orgie de carabins à laquelle j'avais fait l'erreur d'assister ? Bien sûr, je ne savais pas que ce serait une orgie. J'espérais juste le voir et faire un peu partie de la bande.

J'ai chaud, mes joues brûlent. Ce souvenir me flanque la nausée. Je soutiens son regard sans parvenir à sourire : est-ce qu'il a oublié ?

Une fille ravissante, sans doute une jeune externe, vient de lui envoyer un baiser par-dessus l'épaule de son interlocuteur.

— Il faut qu'on se voie ! me lance-t-il, soudain pressé de la rejoindre. C'est super de se retrouver !

Telle une groupie qui voit son idole s'engouffrer dans une limousine en compagnie d'un top model, je le regarde disparaître dans la cohue.

Je me retrouve dans l'ascenseur, un poil plus sombre et moins confiante en l'avenir. Nous autres psys sommes de toutes petites choses.

4

Nuit calme. Du tout-venant, des broutilles : violence conjugale chez un couple suivi en psychiatrie générale, crise de panique d'une employée de banque qui ne se remet pas d'une tentative de hold-up l'an passé, et un delirium dans un hôtel quatre étoiles.

Je viens de passer deux heures avec un homme d'affaires en slip recroquevillé derrière le siège des toilettes de sa suite, halluciné et hurlant de terreur. Tandis qu'une civière de Police Secours le roule à travers le hall dallé de marbre, je signe le formulaire d'internement d'office. Dans son soulagement de voir l'affaire réglée en toute discrétion, le directeur de l'hôtel insiste pour me régler des honoraires qu'il ne me doit pas, ce qui me rappelle désagréablement mon contrôle fiscal.

En sortant de l'hôtel, la pluie m'attaque le moral comme jamais. Je ne ferai plus rien de bon cette nuit. Il ne me reste qu'à m'enfouir sous ma couette et dormir.

Sheila, la standardiste-régulatrice du CIP, cinquante-cinq ans aux prunes, quatre-vingts kilos de chair ferme dûment syndiquée, juge cette prétention exagérée :

— Vous avez deux interventions en attente et Russel a téléphoné pour vous, déclare-t-elle. Ça a l'air urgent.

— Il n'a pas dit ce qu'il voulait ?

— Non.

— Tant mieux. Demain sera un autre jour.

Sheila change de tactique. Elle geint :

— Véra, vous n'allez pas me laisser tomber… Antoine n'est pas rentré, Hélène est retournée voir son fils…

— Qu'est-ce que vous dites ?… Allô ?… Sheila ? Je n'entends rien !

Et clac, je coupe.

J'adore les portables.

Naviguant au petit bonheur sous le déluge, je me gare le plus près possible de la porte en fer forgé qui garde l'entrée de mon petit immeuble, vieillotte, croulant sous la verdure en toute saison. D'un seul élan, je traverse la chaussée qui miroite sous la pluie quand un homme surgit devant moi, ridicule dans le costume trempé qui colle à ses bourrelets comme une seconde peau.

— Véra…

Je m'arrête, médusée. Edouard Russel. Devant ma porte au beau milieu de la nuit.

— Sheila m'a dit que vous aviez décidé de rentrer vous coucher, explique-t-il. Alors je suis venu.

Ma surprise est telle que je ne sens plus la pluie.

L'étrangeté de la situation a quelque chose d'inquiétant, autant que le désespoir de l'homme devant moi. Il y a quelques heures, il souriait et paradait au milieu des siens, plein d'assurance et de projets. Maintenant il me fait presque peur.

— S'il vous plaît, Véra. Il faut que vous veniez chez moi tout de suite.

J'ai horreur qu'on me supplie. La détresse de Russel, sa ferveur et son complet mouillé moulant son gros bide, ont quelque chose d'insupportable. Qu'est-ce que j'attends ? Qu'il se mette à genoux ?

Prenant tout à coup conscience de l'eau qui dégouline sur mon front et mes joues, je demande d'une voix brève :

— Vous êtes garé dans le coin ?

— … Non. J'ai sauté dans un taxi.

— On va prendre ma voiture.

Sans échanger un mot, nous parvenons jusqu'aux frontières du XVIIe arrondissement. Au début, j'ai bien essayé d'obtenir quelques détails mais Russel s'est muré dans un silence qui ressemble à une tentative désespérée de ne pas tomber en morceaux. Immobile, les bras ballants, le regard fixe, il tente de faire face à ce qui lui arrive. L'apathie de cet homme bavard, enjoué, brutal aussi, laisse augurer du pire.

Sans un mot, il m'entraîne dans un bel immeuble du boulevard Malesherbes, à côté de la Porte de Champerret. Une adresse chic qui lui permet d'afficher son standing tout en travaillant en banlieue nord, je suppose. Pourtant Edouard Russel vient d'un milieu ouvrier. Ce surnom de Dédé qui lui colle à la peau, il en a hérité à la suite d'une malencontreuse visite de sa mère dans un service où il était chef de clinique. La dame, qui tenait un stand de barbe à papa à la foire du Trône, venait voir son Dédé. Inutile de dire qu'après ça, tous ceux qui connaissaient l'ambition d'Edouard lui avaient donné du Dédé à qui mieux mieux.

Mais Russel a eu sa revanche. A l'heure qu'il est, ceux qui se moquaient de lui broutent dans sa main et l'appellent « Professeur ». Je doute pourtant qu'il ait jamais effacé leur ardoise.

Son appartement occupe tout le palier. La grande entrée peinte en noir et blanc semble étudiée pour mettre en valeur le tableau abstrait rouge d'un peintre américain. La moquette d'un noir profond, l'éclairage tamisé d'une sculpture métallique du salon, le mobilier dépouillé à l'extrême, témoignent d'un goût avant-gardiste que je n'aurais jamais soupçonné. Au contraire, j'imaginais que Russel essaierait toute sa vie de copier la bourgeoisie qu'il avait tant enviée.

— Je vous ai appelée parce que je sais que… que je peux compter sur vous, Véra. Je vous en supplie, ne me lâchez pas.

— Ecoutez, je n'ai jamais lâché personne. Si vous me disiez ce qui se passe ?

— C'est mon fils… Vous êtes jeune. J'ai pensé que vous seriez mieux placée que moi pour lui parler. Le père, c'est toujours un vieux con, vous savez bien…

— Qu'est-ce qui lui arrive à votre fils ?

— Il a reçu une amie… Il… Putain, il n'a que dix-sept ans !

Il craque d'un seul coup, le visage dans les mains, les épaules secouées de gros hoquets irrépressibles.

Quant à moi, il me faut quelques secondes pour me remettre du spectacle de Dédé-le-Pitt38 chialant comme un gosse.

Pour lui donner le temps de se ressaisir, je pose mon blouson et mon sac par terre, à côté de la porte. Il n'y a absolument aucun meuble dans la belle entrée noir et rouge sur lequel je puisse les poser. Le défaut des modernes c'est d'être de purs esprits.

Il m'entraîne le long d'un corridor jaune citron troué de portes aux couleurs acidulées. Soudain, il désigne une porte mauve.

— Allez-y, fait-il d'une voix rauque. Je ne peux pas voir ça.

Toute bonne action porte en elle-même son châtiment. Il y a toujours un moment où on regrette d'avoir eu un bon mouvement, une seconde où l'on voudrait faire marche arrière. Sur le seuil de la chambre aux murs décorés de cercles de couleurs qui s'entrecroisent avec grâce, j'ai précisément ce mouvement de recul. Non. C'est trop pour moi.

A part la moquette blanche imbibée de sang au point d'en paraître noire par endroits, la pièce est relativement en ordre. Quelques CD répandus dans un coin, à côté de la chaîne hi-fi qui brille sur une étagère de verre, créent une illusion de vie, de normalité, comme si la jeune fille qui gît sur le sol était en train d'écouter de la musique…

Elle doit avoir dix-sept ans à peine. Ses jambes et ses bras ont été sectionnés puis arrangés de façon à être séparés du tronc par un espace de dix centimètres. Tout semblerait presque normal, à part le sang bien sûr et le fait que les jambes ont été placées à la place des bras et les bras à la place des jambes, laissant le spectateur devant une sorte de collage « live ».

Je referme lentement la porte. Pendant quelques secondes, je regarde Russel, assis par terre, la tête en arrière, le visage ruisselant de larmes.

J'articule d'une voix sourde :

— Vous savez qui c'est ?

Il hoche la tête.

— Je l'ai vue avec mon fils une ou deux fois…

— Qu'est-ce que vous voulez que je fasse ? La seule chose, c'est d'appeler la police…

— Non ! Je vais le faire ! Je vais le faire, je vous le jure ! Mais il faut d'abord que vous voyiez mon fils… Il était avec elle quand on est rentrés avec ma femme. On… On était invités par Baquet à La Tour d'Argent. Il y avait Picard et sa femme, et deux ou trois autres. On devait parler de la présidence de la commission médicale. Et pendant ce temps… Pendant ce temps…

— Où est-il ?

— Dans sa chambre. Je ne sais pas ce qu'il a. Je ne comprends pas. Je veux votre diagnostic, Véra. N'essayez pas de me ménager. La seule façon dont je pourrai l'aider, c'est en m'appuyant sur ce que nous savons, nous. Les flics ne lui laisseront pas une chance.

On ne peut pas dire que la mission me remplisse de joie mais, au point où j'en suis, je peux difficilement refuser. Il ne me demande pas de jouer au flic, il veut que je lui explique ce qui s'est passé dans une langue qu'il puisse comprendre, celle des psys. Il a besoin de donner un sens à ce qui est arrivé. J'ai une bouée dans les mains, je ne peux guère la refuser à un homme qui se noie.

— Et votre femme ?

— Elle dort.

— ???

— Je l'ai endormie, précise-t-il devant mon air stupéfait. Elle n'est pas au courant. C'est moi qui ai découvert… les deux… enfin mon fils et la jeune fille. Je voulais voir si Fred était couché. C'est toujours moi qui vais le voir le soir…

— Vous l'avez endormie… comment ?

— Elle était un peu éméchée. Je lui ai servi un cognac avec 200 mg de Tranxène. Je sais, c'est dangereux, mais qu'est-ce que vous croyez ? Qu'elle aurait bu un jus de fruits ?

— Je n'ai rien dit. Vous faites ce que vous voulez.

— Excusez-moi, j'ai du mal à me contrôler… Je ne pouvais pas mêler ma femme à tout ça.

— Ce n'est pas une grenouille, grommelé-je, vous ne pourrez pas l'enfermer dans un bocal.

Les hommes avec les femmes, bon Dieu. De vrais dingues.

Chacune des chambres de cet appartement doit avoir la taille d'un studio. Celle-ci, placardée de posters de chanteurs et de groupes qui me sont totalement inconnus, me paraît plus dans le style habituel d'une chambre d'adolescent. Une basket taille 44 traîne sur le bureau encombré de livres de classe, un synthétiseur relié à deux énormes baffles a été poussé contre le mur tandis qu'une petite télévision est posée à même le sol.

Russel m'a menti. Il sait ce qu'a son fils. N'importe quel professionnel mettrait deux secondes et demi pour voir que le gosse a sniffé, fumé, injecté je ne sais quelle substance toxique dans son système et que cette substance est en train de faire des ravages sur ses neurones.

Fred est assis sur son lit, nu comme un ver, et se gratte les pieds avec acharnement, sans paraître troublé par ma présence. De longues stalactites de bave coulent de sa bouche ouverte pour s'écraser à intervalles réguliers sur le couvre-lit de patchwork bleu et rouge dans le style country américain.

Je me plante devant lui.

— Fred ?

— Boujou, toi !

Ma vue le met en joie. Il rit et il bave. Il n'a pas de sang sur lui mais des ecchymoses violacées sur le visage. Ses mains sont parcourues d'un tremblement continu ce qui, avec l'hyper-salivation, signifie que le système nerveux est atteint.

— Où qu'il est ton minou ? s'écrie-t-il d'un voix aiguë. Où qu'il est ton minou ? Où qu'il est ton minou ?

Même la bouche ouverte, c'est un beau garçon long et mince, avec des épaules larges qui ne demandent qu'à s'étoffer. Ses joues lisses qui portent encore quelques traces d'acné et la candeur enfantine de ses yeux bruns étirés vers les tempes me bouleversent.

— Dis donc, Fred, tu as l'air d'avoir pris quelque chose de cogné… Tu te souviens de ce que c'était ?

— Ecstasy. Ecstasy. Ecstasy. Ecstasy…

— Okay, okay, j'ai compris !… Je peux m'asseoir ?

— Je veux voir ton minou. Où qu'il est ton minou ?

— A ton avis…

— Il est dans ta culotte. Enlève ta culotte.

— Et toi ? C'est pour montrer ton zizi que tu t'es déshabillé ?

Il cesse brusquement de rire. En une fraction de seconde son regard devient grave, perdu, plein d'une souffrance indicible. Je m'assieds sur le bord du lit sans le quitter des yeux.

— Pourquoi tu t'es déshabillé, Fred ?

Il se cache la tête dans les mains avec pour résultat d'enduire son visage de salive. Puis, lentement, il se laisse tomber sur le côté et se roule en boule. Je ne vois plus que son dos, sa nuque rase et fragile.

Je fais tomber mes chaussures et m'installe carrément sur le lit à côté de lui.

— Qu'est-ce qui se passe, Fred ? Qu'est-ce qui t'arrive ?

Les muscles de son dos se dénouent peu à peu, il se déroule lentement jusqu'à être totalement allongé en travers du lit, les jambes pendantes. Le tremblement s'est accentué, le regard est vide.

Implacablement, le poison continue sa trajectoire dans le cerveau. Ce gosse peut basculer d'une minute à l'autre dans un syndrome plus grave encore. Si on veut récolter quelques indications sur ce qui est arrivé, il faut faire vite.

— C'était sympa comme soirée ?

— Elle a un minou la fille.

Il se redresse pour me regarder.

— C'est vrai, affirme-t-il comme si je ne le croyais pas. Elle a un minou la fille. Loïc… et… Fred, pas de minou. Pas de minou Loïc et Fred.

— C'est ton copain, Loïc ?

— Emilie, c'est ma copine. Copain, copine, copain, copine…

— D'accord. Fred n'a pas de minou, Emilie oui. Pourquoi tu me parles de Loïc ?

Pas de réponse. Il me toise avec les yeux agrandis, en proie à une vision, ou un souvenir, particulièrement angoissant.

— Fred, parle-moi… Tu vois quelque chose ? Dis-moi… Qu'est-ce qu'il y a ?

Il secoue la tête. Je sens la panique l'envahir peu à peu.

— A quoi tu penses ? Vas-y, Fred, je t'en prie. Il s'est passé une chose terrible. Je voudrais que tu me racontes comment c'est arrivé. Il ne faut pas que tu restes avec ça, tu comprends ? Fred ! Tu comprends ce que je dis ?

Il acquiesce. Son regard est empreint d'une souffrance atroce. Il va basculer, je sens qu'il va basculer.

— Il s'est passé quelque chose avec Emilie ?…

Qu'est-ce qui s'est passé ?… Elle avait pris de l'ecstasy aussi ?

— … Emilie n'aime pas l'ecstasy. Emilie n'est pas gentille.

Tiens, une réponse normale. Tellement normale que le hurlement qu'il pousse me cloue sur place.

Debout, la gorge renversée, il hurle comme jamais je n'ai entendu hurler. Je me rue en avant :

— Fred ! Non !

Russel fait irruption dans la pièce mais c'est déjà trop tard. Fred a mis la main dans sa bouche. Il a sectionné son index avec ses dents.

Hagard, Russel contemple son fils.

De la main mutilée, le sang s'écoule à jet continu, sur la moquette, sur le lit. Fred tournoie lentement sur lui-même, sans lâcher l'index qu'il tient fermement entre ses dents, le menton barbouillé de sang, le torse rouge, arrosant tout autour de lui, les murs, les meubles, et moi maintenant qui le serre dans mes bras de toutes mes forces. J'entends Russel, dans mon dos, émettre un son rauque.

— Appelez le SAMU, vite ! Appelez les flics ! Bougez-vous, merde !

J'attrape au hasard un oreiller.

— Assieds-toi.

J'ai peine à articuler. L'adolescent se laisse tomber sur un tabouret. Il ne ressent pas la moindre douleur.

J'arrache la taie d'oreiller, enveloppe la main mutilée et serre de toutes mes forces pour arrêter l'hémorragie.

— Qu'est-ce qui t'a pris, Fred ? demandé-je doucement. Pourquoi tu as fait ça ?

Ce n'est pas vraiment une question. Plutôt une façon de lui dire que je ne suis pas fâchée. J'ai des larmes plein les yeux mais je parviens à sourire. Je sais qu'il est ailleurs, qu'il a quitté ce monde pour un univers peut-être moins hostile et qu'il n'y peut rien. Il n'a pas plus conscience de sa main que de lui-même. Fred s'est débarrassé de Fred.

Enfin, il consent à desserrer les dents. Délicatement, je saisis le doigt mutilé.

— Monsieur Russel !

— Il téléphone à la police, répond quelqu'un.

Je fais volte-face et découvre, plantée derrière moi, une femme vêtue d'un élégant tailleur-pantalon de crêpe bleu pâle. Elle est blonde et son maquillage a laissé des traces noires sous ses yeux. Elle articule d'une voix presque inaudible :

— Je suis la mère de Fred.

J'ai l'impression qu'elle va s'évanouir mais elle me tend courageusement un cendrier propre :

— Posez le doigt là-dedans. Je vais chercher des glaçons.

Elle regarde enfin son fils.

— On va le recoudre, chéri, fait-elle calmement. Ne t'inquiète pas.

— Merci, dis-je, autant soulagée de pouvoir parler à quelqu'un qui ait encore toute sa tête que de me débarrasser de ce doigt. Heureusement que vous êtes là…

— Vous vous trompez, murmure-t-elle. Il vaudrait mieux que je sois morte.

5

— Qui vous êtes, vous ? demande la lieutenante G. Sanchez d'une voix mélodieuse. L'assistante du professeur ?

Le ton mielleux contraste avec le regard dans lequel je lis que je n'ai ni assez de poitrine pour une assistante, ni un cul très développé.

— Le docteur Cabral était avec moi quand j'ai découvert le corps, lance Russel, agressif.

Il ne quitte pas des yeux l'interne du SAMU qui installe Fred sur une civière. Le gamin fixe sa mère sans comprendre ce qui lui arrive. Il s'accroche à sa main mais elle s'efface pour laisser place aux secours, passive, sonnée.

Conscient d'être en présence d'une sommité médicale, le jeune médecin est dans ses petits souliers.

— On pourrait essayer une ampoule de morphine à 3 mg, suggère-t-il.

— Vous voulez le tuer ou quoi ? aboie Russel. Il

s'est déjà fait péter les neurones avec cette putain d'ecstasy ! Vous savez ce que c'est l'ecstasy ?

— Euh… Du MDMA…

— Pas seulement du MDMA ! Ils font des cocktails, ces enfoirés de dealers, ils mélangent le MDMA avec du LSD, de la codéine et de l'Ajax ! Chacun sa recette ! Résultat des courses, personne ne connaît avec précision le contenu d'une capsule et si ça ne colle pas avec votre système, dommage pour vous !

— Mais… on ne peut pas le laisser souffrir…

Encore un qu'on a tenu à l'écart des choses de la vie.

— Mais putain, regardez-le ! hurle Russel. Il écoute les petits oiseaux ! Ce serait super s'il souffrait, espèce de gland !

Une des spécialités de Russel, c'est ce langage châtié quand il s'adresse à ses collaborateurs. Son côté baroudeur, je suppose.

Je vole au secours du jeune interne :

— Fichez-lui la paix, il fait ce qu'il peut.

— Qu'il arrête de dire des conneries !

Autour de nous, la brigade des mineurs est venue rejoindre la P.J. Ils passent et repassent comme des bancs de poissons, absorbés par le corps de la chambre aux cercles. La vieille lieutenante qui voulait savoir qui j'étais a été interrompue par l'arrivée du légiste. Ils ont disparu dans le couloir en direction de la chambre, laissant s'opérer le déménagement de Fred par le SAMU sous la surveillance d'agents en uniforme. On se marche sur les pieds mais ça me laisse trois minutes pour expliquer à Russel une chose tout à fait urgente :

— J'ai l'impression que l'ecstasy n'est pas seule en cause dans l'état de Fred. Je lui ai parlé, on dirait qu'il a subi un choc grave.

— Ecoutez, je ne sais pas de quoi vous avez parlé mais à votre place je ne m'en vanterais pas !

— J'ai fait ce que vous m'avez demandé.

— Vous vous foutez de ma gueule ? Vous avez vu l'état dans lequel vous l'avez mis ?

Incrédule, je tente de protester :

— C'est ridicule. J'essaie de vous aider et vous insinuez…

— Je n'insinue pas ! Je dis que vous avez provoqué une auto-mutilation, c'est-à-dire une aggravation de l'état du patient et de ses symptômes ! J'espère que vous êtes contente de vous !

Ce n'est pas méchant, c'est carrément salaud. La colère m'étouffe, je crie, sans me préoccuper de ceux qui nous entourent :

— Allez vous faire foutre ! Et ne comptez pas sur moi pour mentir à la police ! On est dans la réalité ici, pas à l'hôpital ! Vous ne pourrez pas me traiter comme un pion et arranger les choses à votre façon !

— On reparlera de tout ça, Véra, coupe-t-il d'une voix blême. Comptez sur moi.

Voilà comment on sonne le glas d'une carrière prometteuse…

Les réverbères s'éteignent le long du boulevard tandis que l'ambulance emportant les Russel s'éloigne dans le petit matin. Pendu à son portable, mon patron s'est arrangé pour qu'un spécialiste opère son fils dans une heure. Ensuite, Fred sera transféré dans un service fermé de Saint-Guy, c'est-à-dire un service où les patients sont enfermés à clef dans leur chambre. Cela lui évitera de se retrouver dans un hôpital de prison, au moins le temps que la greffe prenne et que commence le ballet des expertises. On peut faire confiance à Dédé-le-Pitt : pas une cellule du corps de son fils ne restera dans l'ombre. Il veut tout savoir et il saura tout.

Je me suis garée en épi en bas de l'immeuble du boulevard Richard-Lenoir où habitent mes parents, visite intéressée puisque c'est le meilleur endroit pour se fuir soi-même tout en mangeant correctement.

J'embrasse ma mère sous le crucifix de l'entrée. On entend la radio, des rires d'enfants, une chasse d'eau.

— Salut, maman. Tout le monde est là ?

— Et où tu veux qu'ils soient à sept heures du matin ? Tout le monde ne mène pas la grande vie comme toi, ma fille. Les gens travaillent…

Dans la cuisine, mes neveux en pyjama se poussent pour me faire une place tandis que ma sœur Rosemarie me plante une bise distraite sur la joue. Je remarque un gros crucifix de bronze, accroché sous la pendule Ikéa.

— Encore un ! Mais vous les faites pousser ou quoi ?

— C'est celui que grand-mère Thérésa avait au-dessus de son lit, explique ma mère. Ton père l'a retrouvé quand il a commencé les travaux dans la cave.

— Tu sais, le planquer au fond d'un tiroir c'est aussi très bien.

— Tu te trouves drôle ? demande ma mère.

Il y a des sujets dont on rit peu dans ma famille. Si je veux déjeuner en paix, il serait temps que je m'en souvienne.

Heureusement l'arrivée de Linda, qui malgré ses vingt-sept printemps reste notre petite dernière, vient faire diversion. Il faut dire que nous formons tous les sept une fière et noble fratrie évoquant irrésistiblement les œufs de lump. Difficile d'en avoir un seul à la fois.

— Qu'est-ce que tu fais là, toi ? m'étonné-je. Tu n'avais pas un appartement dans le temps ?

L'étonnement, voire l'indignation, de celui qui, venant squatter les parents, y croise un autre pique-assiette, est une grande constante familiale. Il n'y a que Rosemarie, divorcée et mère de trois enfants, qui vive encore officiellement chez mes parents. Les autres se contentent de surveiller jalousement le périmètre.

— J'ai pris ma semaine pour choisir ma robe, explique Linda, royale.

— Ta robe ?

— Je me marie, tu te souviens ?

Sacrifier une semaine de travail pour choisir une robe, voilà qui m'ouvre des horizons. J'ai l'impression d'être un prolo en visite chez Hermès. Mes mains glacées cherchent la chaleur du bol de café brûlant, des mèches humides sont collées sur mes joues.

— Tu n'enlèves pas ton blouson ?

— Non, j'ai froid…

La vision d'un tronc de jeune fille séparé de ses membres flotte devant mes yeux. A la radio passe un air à la mode.

— Qu'est-ce que tu en penses, Véra ? attaque ma mère en beurrant la tartine du plus jeune fils de Rosemarie. Du court ou du long ? Moi je dis que pour l'église, il faut du long !

Devant la cuisinière, Rosemarie s'est raidie. Elle adresse une mimique de surprise à Linda qui lui fait signe de laisser tomber.

Je me demande vaguement ce qu'elles magouillent mais sans y attacher d'importance. Depuis six mois, le mariage de Linda occupe l'essentiel des conversations familiales, à croire que les aînés sont tous au couvent.

J'interpelle mon père, qui, imperturbable, poursuit la lecture de son journal :

— Tu peux me donner les clefs de la cave ? Il faut que je prenne des dossiers.

Il me tend son trousseau de clefs.

— Tu tombes bien, j'ai l'intention de tout débarrasser pour en faire une salle de gym.

Avant de sortir de la cuisine, je lance à tout hasard :

— J'ai un contrôle fiscal, vous savez ?

Au cas où ça intéresserait quelqu'un.

Un quart d'heure plus tard, les reins cassés, je remonte une pile de dossiers emballés et ficelés dans des sacs de plastique avec un soin qui n'appartient qu'à mon père. Franchement, il aurait pu s'abstenir. Pour retrouver la comptabilité de mon ex-cabinet là-dedans, il va me falloir un burin et une scie à métaux.

— Pourquoi il a tout emballé comme ça, papa ? Je ne vais rien retrouver !

Sur le palier, je viens de croiser ma mère qui part accompagner les enfants de Rosemarie à l'école.

— Tu connais ton père, fait-elle sans même ralentir.

Je lance par-dessus la rampe :

— Bisous les gosses !

Leurs joyeux adieux me laissent en proie au sentiment tenace d'être séparée d'eux par une cloison de verre. Qu'est-ce qui me prend ? Le manque de sommeil ? Les amphétamines ? Ces saletés provoquent ce genre d'effet secondaire. D'ailleurs, j'interdis à mes patients d'en prendre.

Dans la cuisine, Linda et Rosemarie se chamaillent ; le lave-linge attaque l'essorage avec un bruit de mitraillette ; dans quelques heures j'ai rendez-vous avec la lieutenante en charge de l'affaire Russel. Je ne me sens plus le courage de faire un pas. Je m'allonge sur un des canapés du salon et m'endors immédiatement.

6

La lieutenante G. Sanchez m'observe par-dessus ses lunettes à monture d'écaille.

— Si je comprends bien, vous êtes allée chez le professeur Russel avant l'arrivée de la police ?

Proche de la retraite, vêtue d'une robe à pois en tissu synthétique et d'une grosse veste en laine qui accentue sa carrure, elle n'a pas croisé beaucoup de psys dans sa vie et compte prendre tout son temps pour qu'on fasse connaissance.

Armée de patience, je me cale dans mon fauteuil.

— C'est exact. Le professeur Russel voulait mon diagnostic. Bien entendu, il avait l'intention d'appeler la police dès que j'aurais vu son fils…

Une lueur sarcastique étincelle dans les yeux de la lieutenante. Elle se retient de dire que le professeur est trop bon. Elle insiste d'une voix douce, dont le volume sonore est calculé précisément pour forcer son interlocuteur à tendre l'oreille :

— Mais pourquoi un médecin aussi renommé

que le professeur Russel aurait eu besoin d'un avis subalterne ?... Sans vouloir vous vexer.

— Le premier entretien avec le patient est crucial. Après, il s'installe dans ce qu'il a décidé de dire ou de ne pas dire, dans son délire, ses interprétations... Il s'éloigne. Il s'enferme. Nous savions qu'après l'arrivée de la police nous risquions de perdre le peu de contact que nous avions avec lui.

— Et quelles sont vos conclusions ?

— C'était très court mais j'ai eu l'impression que le choc neurologique provoqué par la drogue était secondaire. Que cela masquait un vrai traumatisme.

— Vous voulez dire qu'il lui est arrivé quelque chose avant qu'il tue la fille ? Quelque chose qui l'aurait poussé au meurtre, par exemple...

Elle me voit venir avec mon traumatisme et mes gros sabots, en train de concocter une bonne excuse pour le coupable.

Tant pis. J'insiste :

— Vous êtes sûrs que Fred a vraiment tué cette fille ?

L'adjoint assis à ma droite, un cow-boy en blouson de cuir, émet un gloussement narquois que la lieutenante G. Sanchez n'apprécie pas :

— C'est mon interrogatoire, Galléac. Taisez-vous.

Sur ce, elle émet un pet sonore avec autant de décontraction que si elle venait de prendre un bonbon. C'est aussi gênant que répugnant. Je me tortille sur mon siège, au bord de l'asphyxie. Penché sur son carnet, Galléac griffonne fièvreusement.

Imperturbable, la lieutenante G. Sanchez soutient

mon regard. On dirait qu'elle n'est pas fâchée de me montrer de quoi elle est capable.

— Vous ne pensez pas qu'il est l'auteur du meurtre ? demande-t-elle avec douceur. C'est surprenant.

— Avec quoi l'aurait-il tuée ? Je n'ai rien vu dans sa chambre, ni dans celle où était la fille d'ailleurs…

— Avec une hache. Ou plutôt une hachette. Apparemment les Russel ont une cheminée dans laquelle il leur arrive de faire du feu… Ils se servaient de cette hache pour couper des bûches mal calibrées. On l'a retrouvée dans la poubelle de l'immeuble.

Je ne cache pas ma surprise :

— Il tue avec une hache et il n'a pas une goutte de sang sur lui ?

— Il a pris une douche.

— Ah bon ? Mais quand ?

— Juste avant que son père découvre le corps. Ses vêtements étaient dans le bac à linge sale avec des serviettes mouillées. Il devait penser que sa maman les collerait dans la machine sans poser de question. C'est typique des gamins d'aujourd'hui, vous savez. Ils ne doutent de rien.

Je ne peux pas m'empêcher de rire :

— Attendez. Vous êtes en train de me dire qu'il a pensé à prendre une douche ? A déposer proprement ses petits habits dans le bac à linge sale ?

— Ça vous fait rire ? grogne Galléac.

— Excusez-moi mais vous n'avez pas idée de ce qu'est un délire psychotique ! Ce dont vous me parlez est totalement impossible.

Silence. L'adjoint lève les yeux au ciel, croisant et décroisant les jambes comme s'il lui en coûtait d'écouter mes âneries. La lieutenante Sanchez, elle, reste économe de ses gestes et de sa figure. Elle continue de m'observer, impassible :

— Pourquoi dites-vous ça ?

— Parce que Frédéric n'était pas en état de cacher la hache, ni quoi que ce soit ! Il faut avoir les pieds sur terre pour penser à tout ça. Ce sont des actions logiques, coordonnées. Or le garçon dont nous parlons a complètement largué les voiles ! Je n'aime pas beaucoup ce terme, mais il est fou, vous comprenez ? Fou à lier !

— Ben tiens, c'est pratique, commente Galléac. Moi aussi, je suis fou.

— Si mon adjoint était capable de s'exprimer normalement, précise la lieutenante G. Sanchez d'un air las, il dirait que cette crise de folie tombe à pic. Nous nous sommes demandé si Fred Russel n'exagérait pas un peu ses symptômes…

— Il s'est bouffé un doigt ! Vous vous rendez compte de ce que ça représente ?

— Chiqué, lâche Galléac en se curant le nez.

— Vous devriez essayer pour voir, conseillé-je. Il faut une force extraordinaire pour que la morsure sectionne l'os. On ne peut pas faire semblant. Il faut se trouver dans un état second, provoqué par une immense angoisse, une souffrance psychique insoutenable…

Je m'entends parler de façon hachée, avec trop d'émotion, comme si je défendais Fred pour des raisons personnelles, intimes. C'est absurde. Ils vont croire que je suis la maîtresse de Russel. Il faut que je me montre plus professionnelle, plus détachée.

— Un autre signe clinique, c'est l'absence de douleur. La personne est dissociée de son propre corps au point que la mutilation ne lui fait ni chaud ni froid. Elle pourrait aussi bien arriver à quelqu'un d'autre…

— Vu de ma fenêtre, coupe la lieutenante, cela prouve surtout que Fred Russel est capable du pire…

— Pas exactement… Mais ce type de psychose peut susciter des passages à l'acte, des raptus très violents…

— Des raptus ?

— C'est ce qu'on dit quand une personne n'est plus elle-même.

— Encore un truc qu'on ne peut pas feindre ?

— Difficilement.

La lieutenante G. Sanchez a une grosse bouche, des grosses joues et un gros nez. L'âge n'est pas parvenu à effacer sa laideur mais lui a donné, comme à certains hommes, du chien. A la façon dont elle m'observe, penchée en avant, lourdement accoudée sur son bureau, j'ai l'impression de la surprendre, comme si elle s'étonnait de ne pas me trouver totalement antipathique.

— Et si je vous disais que pour moi, humble fliquette, il existe un parallèle entre le fait que Fred ait coupé les membres de sa victime et qu'il ait sectionné un de ses propres doigts. C'est le même geste, non ?

Je concède à contrecœur :

— C'est vrai, il y a un lien. Mais Fred a pu assister au meurtre sans y participer, basculer dans la psychose et, d'une certaine façon, reproduire ce qu'il a vu en s'auto-agressant… Il a mentionné un autre garçon lors de notre entretien, un certain Loïc…

— J'ai bien noté. Pour l'instant vous êtes la seule à nous parler de ce Loïc, les Russel n'ont croisé personne. Ils ne voient même pas de qui il s'agit… Vous êtes sûre que c'est bien ce nom-là ?

— Absolument. Ce gars-là sait peut-être quelque chose. Il connaît peut-être le dealer qui a fourni l'ecstasy…

Théâtral, l'adjoint jette son bloc sur le bureau de sa chef :

— Eh bien, il vaut mieux entendre ça que d'être sourd ! lâche-t-il. Si vous voulez bien m'excuser, mesdames, je vais pisser.

La lieutenante le suit des yeux avant de se tourner vers moi :

— Sa maman devait surveiller son caca, me confie-t-elle. Du coup il tient toutes les femmes informées de ses visites aux toilettes.

Je lève un sourcil étonné :

— Vous êtes plus psychologue que je ne pensais.

Elle balaye le compliment d'un geste :

— J'adore Galléac, susurre-t-elle modestement. C'est ma Barbie.

Le col roulé en point chenille orange qui moule le buste avantageux de Sheila a fait la couverture de *Modes et Travaux* l'hiver dernier. A cette époque, elle en tricotait un par mois, ce qui, compte tenu du fait qu'ils étaient entièrement réalisés sur son lieu de travail, constituait une belle performance. Mais ces temps sont révolus. Le Centre est débordé d'appels et Sheila m'accueille avec un visage si fatigué que son fond de teint lui donne l'aspect d'un masque. L'espace d'un instant, je me sens dans la peau du héros d'un film d'horreur quand il comprend que les gens autour de lui ne sont que des morts vivants.

Les écouteurs sur les oreilles, elle brandit une feuille d'intervention tout en répondant à un interlocuteur. Nous n'avons pas le temps d'échanger deux mots, Antoine me happe et m'entraîne dans son bureau.

— Russel t'attend en Neuro, m'annonce-t-il. Son fils vient d'être transféré dans le service de Picard.

— Pourquoi en Neuro ? Il devait entrer en Psychiatrie 1…

Psychiatrie 1, situé à l'autre extrémité de l'hôpital, accueille les malades dangereux. Les locaux sont spécialement équipés avec un personnel infirmier formé qui assure une qualité de soins parfaite. On les connaît d'autant mieux que le CIP leur fournit chaque année un certain nombre de patients.

— Aux dernières nouvelles, son problème ne serait pas psychiatrique mais neurologique…

Ah bon. C'est ce qu'on appelle une Version Officielle mais je ne me sens pas en droit de la contester. Je ne me sens d'ailleurs aucun droit à part celui d'aller planter mes choux ailleurs.

— Russel t'a dit pourquoi il voulait me voir ?

— Je n'ai pas eu cette chance, ironise-t-il. Je ne suis pas dans le secret des dieux.

— Si ça peut te réconforter, moi non plus.

Il écarquille les yeux, faussement innocent :

— Ah non ? Et qu'est-ce que tu faisais chez le patron en pleine nuit ? Une crapette ?

— Enfin, Antoine ! Tu déconnes ou quoi ? Il m'a appelée, comme pour n'importe quelle intervention ! Qu'est-ce que tu imagines ? Qu'on couche ensemble ? Que c'était une faveur d'aller me taper une scène de crime en pleine nuit ?

Pourquoi est-ce que je me justifie ? Je suis si déroutée par le tour qu'a pris la conversation que je me comporte comme une gamine prise en flagrant délit.

— Alors la question est simple, rétorque Antoine. Pourquoi toi ? Pourquoi toujours toi ? Je ne sais pas comment tu t'y prends avec Russel mais Hélène et moi on a l'impression d'être transparents depuis quelque temps…

Nous y voilà. Je me disais bien que ça finirait par sortir. C'était trop beau. Bien qu'ils ne se soient pas abaissés à faire la moindre remarque, mes collègues ne me pardonnent pas d'avoir été choisie pour intervenir à la maternelle de Villepinte.

Mais bien sûr, ils ne l'admettront jamais, même sous la torture.

— Franchement, je ne sais pas pourquoi il s'est adressé à moi. Il a simplement pensé que je pourrais parler à son fils…

Pour toute réponse, Antoine se plante devant la fenêtre, ses cheveux en bataille, son dos comme un mur, raide et hostile.

— Antoine, qu'est-ce qui se passe ?… Qu'est-ce qui t'arrive ?

Il part d'un rire amer :

— Rien, justement ! Je travaille au CIP depuis sa création, c'est-à-dire quinze ans. J'étais là bien avant Hélène, sans parler de toi. Je n'ai jamais changé de statut, je n'ai jamais été augmenté et j'ai supporté sans me plaindre le manque d'effectifs. J'ai toujours cru que Russel faisait ce qu'il pouvait, que nous manquions simplement de moyens. Aujourd'hui, je vois les choses différemment.

— Tu les vois comment ?

— Russel me prend pour un con. Cela saute aux yeux. S'il avait la moindre estime pour moi, il m'aurait appelé pour que je m'occupe de son fils.

— Peut-être qu'il te connaît trop justement. Il a préféré quelqu'un de moins impliqué, de moins proche de lui…

— Epargne-moi ce ton de bonne sœur, Véra. Je n'ai pas besoin que tu me passes la pommade.

— Je ne vois pas pourquoi tu m'agresses ! Russel était dans un état effroyable, il chialait, il se contrôlait à peine, c'est normal qu'il ait évité ses plus proches collaborateurs…

— Sois gentille, arrête. Ça fait quinze ans qu'il m'exploite et il trouve ça tout à fait normal. Pour lui, je ne peux sûrement pas rêver mieux.

— Tu m'en veux ?

Il se tourne vers moi et la réponse me saute aux yeux : il m'en veut à mort. Il tergiverse, gêné :

— Tu es insaisissable, Véra…

— Ah oui ? Eh bien, je suis désolée. Je trouvais qu'on faisait une bonne équipe tous les deux.

Je quitte la pièce le cœur en berne, espérant jusqu'à la dernière seconde qu'il me rappelle pour qu'on discute. Je me retrouve dans le couloir sans qu'il ait esquissé un geste. Est-ce qu'Hélène partage la haute opinion qu'il a de moi ? J'ai déjà du mal à travailler en équipe mais quand l'équipe n'est plus qu'une somme d'individus qui se détestent, je suis paumée.

Au troisième étage, service de Neurologie, une infirmière m'informe que Frédéric Russel vient d'être installé dans sa chambre. Un peu plus loin, je croise Sabine, blouse à peine entrouverte sur son généreux décolleté, qui me salue d'un sourire distant.

— Russel et Markovitch t'attendent dans la chambre de Fred…

— Merci.

Je ne lui demande pas comment elle va, elle ne le supporterait pas. C'est elle qui prend l'initiative dans notre relation et elle seule. Nous repartons, chacune dans une direction opposée, comme si nous n'avions rien en commun, pas le moindre petit secret.

Attaché sur son lit avec de solides lanières de cuir, Fred dort. Sa main, posée à plat sur une large attelle, disparaît sous un savant assemblage de pansements et de drains. Des électrodes sont posées sur son crâne tandis qu'à côté du lit, une machine enregistre un tracé sur du papier millimétré.

Ma dernière engueulade avec Russel demeure si fraîche dans ma mémoire que la présence d'Hugo, malgré son bronzage arrogant et sa montre Cartier, est une bénédiction.

Mais je me fais de la bile pour rien. D'emblée, Russel adopte une attitude qui laisse entendre que nous sommes dans les meilleurs termes. Tel un réflexe pavlovien, la lueur traquée de son regard provoque en moi un regain de compassion. Je retrouve sur-le-champ ma loyauté de petit soldat.

— Véra, vous connaissez Markovitch ?

— Bien sûr qu'on se connaît, interrompt Hugo avec un petit clin d'œil. On a fait des folies ensemble…

Les dents serrées, je braque sur lui un regard assassin avant de me tourner vers Russel :

— Le docteur Markovitch parle du temps où il empruntait mes cours. Il se demande encore comment il a pu réussir médecine sans moi…

— Pourquoi sans vous ?

— J'ai changé d'université en 3e année. Il a bien fallu qu'il s'y mette. A moins qu'il n'ait trouvé une autre poire…

Russel tique :

— J'espère que vous avez bien terminé vos études, Markovitch, grince-t-il.

Hugo ouvre des yeux ronds. Il aimerait croire que Russel plaisante mais il n'en est pas certain.

— … Il me semble que je ne serais pas ici, bredouille-t-il.

— Mais si. C'est arrivé. Du moment que vous savez à peu près de quoi vous parlez, personne ne vérifie…

— En psychiatrie peut-être mais en neurologie…

— Qu'est-ce que vous insinuez, Markovitch ? Que les psychiatres ne sont pas de vrais médecins ?

Ça va, j'ai compris. Pour tenir le choc, Russel a dû forcer sur les bêtabloquants. Ça le rend complètement parano. Je coupe avant qu'Hugo ne s'enferre :

— Comment va Fred ?

— Pas trop mal, répond-il avec empressement. Le chirurgien estime qu'il va récupérer l'usage de son doigt. Pour le reste, c'est stationnaire. Il était encore délirant quand il est sorti de l'anesthésie avec un EEG très mouvementé.

Pour parer à mes questions, Russel ajoute :

— C'est le tracé de l'EEG qui a alerté l'équipe chirurgicale sur la possibilité d'un problème neurologique. Markovitch veut établir un bilan précis avant de l'envoyer en Psychiatrie 1. Vous ne trouvez pas cela raisonnable, Véra ?

— Bien sûr.

Dans ce genre de cas, le danger c'est de « psychiatriser » trop vite le patient et de passer à côté d'un trouble physiologique grave. N'empêche que le ton presque implorant du patron me prend au dépourvu. On dirait qu'il veut à tout prix que je l'approuve. Depuis quand mon opinion a-t-elle tant d'importance ?

Une infirmière passe la tête pour appeler Hugo auprès d'un malade.

Resté seul avec moi, Russel se décontracte un peu :

— Markovitch est le meilleur neurologue de Paris, bien meilleur que cet imbécile de Picard. Je lui ai confié Fred mais je ne peux plus intervenir, Picard finirait par mal le prendre. C'est un abruti susceptible, la pire espèce. La dernière chose dont j'ai besoin c'est qu'il se mette à raconter partout que je planque mon fils dans son service. Au contraire, tout doit se passer dans la transparence, dans le respect des règles. Je veux que Fred soit traité comme n'importe quel patient. C'est vous qui suivrez le dossier. Je sais que vous aurez l'œil.

— Pourquoi moi ?

— Pardon ?

Sidéré que je remette en cause une de ses décisions. D'un certain côté, c'est rassurant. Cela prouve qu'il n'est pas complètement détruit.

— Il y a des tas de gens plus qualifiés que moi dans votre équipe. Alors je vous demande : pourquoi moi ?

— Parce que vous êtes la meilleure, Véra.

— Je ne crois pas, monsieur.

— Ah, ça suffit avec vos « monsieur » ! Après ce qu'on vient de traverser tous les deux, vous pouvez m'appeler Edouard.

D'autant que tu m'appelles bien Véra, non ? J'adore ce genre de largesse.

Je me fends d'un hypocrite sourire avant de répondre :

— Je ne connais rien à la neurologie. Prenez Antoine.

— Ce pauvre type ? Vous voulez rire ? Et puis qu'est-ce qui vous prend de vous occuper d'Antoine ? Vous êtes amoureuse de lui ? Vous me décevez.

— Je ne suis pas amoureuse de lui !

— Eh bien alors ? Qu'est-ce que vous en avez à foutre ? Vous êtes intervenue tout au début, il est naturel que vous suiviez le dossier. Mais attention ! Vous devez être au courant de tout, les rumeurs, les bruits de chiottes, tout ! Pas seulement de ce qui figure dans le dossier ! Soyez copine avec les infirmières et n'hésitez pas à draguer un peu Markovitch, il pourrait nous être utile. Ça ne devrait pas être compliqué, j'ai l'impression qu'il vous trouve à son goût.

J'ai dû changer de figure parce qu'il fait aussitôt marche arrière :

— Quoi encore ? Qu'est-ce que j'ai dit ? Bordel, Véra, ce que vous êtes coincée !

7

La nuit est bien entamée quand j'aperçois dans les phares une silhouette solitaire au bord de la chaussée, bas brillants, talons hauts, blouson très court bâillant sur des seins nus, puis deux, puis dix, puis vingt. Je reconnais le bus aux vitres blanchies garé sous le pont qui enjambe l'échangeur du périphérique. Un grand bus vert un peu sale d'un vieux modèle spacieux et confortable. C'est dans ce bus qu'une association accueille chaque nuit pour un café, une cigarette, une pause, les travailleurs du sexe qui hantent les alentours. Je me gare sous l'œil hautain de trois travestis.

— Qui t'es toi ? lance l'un d'eux. Viande ou poisson ?

Je suppose qu'il veut dire : flic ou client. Il n'y a donc qu'une seule réponse :

— Choucroute.

Et je passe, tenant fermement ma mallette dans la main.

— C'est vous le psy ? demande la fille de l'association, une grande bringue bien balancée, en jean usé et col roulé. Moi, c'est Marie-Claude.

Elle a une poignée de main de catcheur et un sourire charmant. A l'autre bout du bus, deux animateurs ont allongé une fille sur le canapé en Skaï. Ils se présentent mais j'oublie aussitôt leur nom car la rigidité quasi cadavérique de la fille retient toute mon attention.

Elle n'a pas vingt ans, une minijupe en S8

kaï rouge, des bas résille avec des trous partout et l'inévitable blouson en fausse fourrure qui cache à peine le soutien-gorge d'un rouge criard. Même avec ce déguisement, elle me paraît très belle. Grande, athlétique, avec une masse de cheveux blonds et des yeux très clairs, elle nous offre pour l'instant un visage exsangue, d'une immobilité de pierre.

J'ai beau passer ma main devant ses yeux, je n'obtiens pas un frémissement, pas un battement de cil.

— Elle a été agressée ?

— On ne sait pas, déclare une vieille prostituée en tirant sur sa cigarette. Elle est partie avec un client et un quart d'heure après il l'a balancée sur le trottoir dans cet état.

Renseignements pris, elle s'appelle Bibou. Elle a près de soixante ans, des seins tombants moulés dans un body léopard et des jambes minces, mises en valeur par des chaussures à talons de vingt centimètres.

Vue de près, je ne suis pas du tout sûre que la petite soit une vraie jeune fille, ni même une jeune fille tout court. Au bout de quelques secondes, je suis même certaine du contraire.

D'ailleurs, Bibou m'avertit :

— Travelo ou pas, moi, je la connais à peine. J'ai rien vu. Je ne sais pas ce qui s'est passé. Elle est comme ça depuis qu'elle est tombée de cette voiture. Toute bizarre. Elle s'est même pissé dessus.

La crise est sévère. Les muscles sont totalement rigides, avec un début de difficulté respiratoire et une hypertension artérielle alarmante.

— Ecoutez, dis-je en me tournant vers Marie-Claude, ce n'est pas seulement un problème psy…

— Qu'est-ce qu'elle a ?

— Honnêtement, je ne sais pas. Elle a peut-être fait une crise d'épilepsie pendant qu'elle était avec son client. Il l'a peut-être frappée mais pas forcément. On ne sait pas pourquoi ce genre de crise survient. C'est ce qu'on appelle une phase négativiste.

— Un peu comme un coma ?

— Si on veut. Une sorte de coma éveillé. La personne est totalement absente. Elle ne voit pas, elle n'entend pas. Ses muscles deviennent de plus en plus rigides, jusqu'à bloquer les reins et les poumons. Si elle n'est pas prise en charge d'urgence, elle va mourir…

— Ben, vous n'avez qu'à faire ce qu'il faut…

— Je ne suis pas réanimateur.

Bibou écrase sa cigarette avec rage :

— Putain, c'est pas vrai ! Les toubibs, ils se refilent les putes comme des bâtons merdeux ! T'es bouchée ou quoi ? Elle peut pas aller à l'hôpital, la petite !

— Pourquoi ?

Bibou hésite puis consent à lâcher :

— Elle a des petits frères en Moldavie.

— Et alors ?

— Tu comprends pas ? Elle travaille de force. Ils savent où sont ses frères. Si elle disparaît, ils en prendront un et ils lui feront la même chose qu'à elle.

Charitable, Marie-Claude s'interpose :

— Natacha est arrivée ici avec un contingent venu des pays de l'Est, précise-t-elle. Ils arrivent, ils repartent, on a très peu de contacts avec eux. Ils sont entre les mains d'une mafia qui les traite comme du bétail…

— Si elle disparaît, ils s'en prendront à sa famille, martèle Bibou. Vous ne savez pas de quoi ils sont capables ! Putain, c'est simple ! Même un toubib de merde devrait comprendre !

— Bibou, arrête, intervient sèchement Marie-Claude, t'es lourde, là !

— Ecoutez, si vous la laissez comme ça, dans deux heures elle est morte. Je vous propose d'appeler le SAMU et de la sortir d'ici sur une civière en faisant courir le bruit qu'elle a été esquintée par un client…

— Et s'ils s'en prennent à sa famille ?

— Ce n'est quand même pas sa faute si elle a été frappée par un client, non ? Ils ne sont pas cons à ce point-là ! Et puis si elle est correctement soignée, elle ne restera pas longtemps à l'hôpital…

— Il faut courir le risque, déclare Marie-Claude. On n'a pas le choix.

Je suis contente de le lui entendre dire.

L'aube se lève à peine quand je rentre enfin à l'hôpital, juste derrière l'ambulance qui emmène Natacha en réanimation.

Au lieu d'être comme d'habitude vissée à son standard, Sheila guette mon retour par la fenêtre. Elle ouvre les vitres pour me lancer à voix basse :

— Véra, il y a quelqu'un pour vous à l'accueil.

— A cette heure-ci ?

— Une femme. Elle est arrivée il y a une heure. Elle attendait dehors, devant la porte. Elle m'a dit qu'elle ne partirait pas avant de vous avoir vue.

— Vous ne lui avez pas demandé son nom ?

Très embêtée, Sheila secoue son chignon laqué :

— Elle n'a pas voulu me le dire. Je suis désolée, je n'ai vraiment pas pu m'en débarrasser…

Fataliste, je pousse un bref soupir.

— Ne vous en faites pas. On va bien voir…

Avec ses fauteuils confortables, son distributeur d'eau et sa machine à café rutilante, le hall d'accueil du CIP ressemble à la salle d'attente d'un cabinet médical cossu.

Tassée au fond d'un siège, le regard perdu, la femme sursaute en me voyant entrer.

— C'est vous le docteur Cabral ?

Elle a une quarantaine d'années, un visage dont on ne peut plus dire s'il est beau ou laid tant il est ravagé de souffrance et de larmes. Les yeux bouffis ont une couleur indistincte, les joues sont marbrées de rouge, l'expression hagarde.

Je lui tends la main :

— Bonsoir, madame. Vous vouliez me voir ?

Ma main reste tendue dans le vide. Elle se lève, sans cesser de me dévisager :

— C'est vous qui protégez l'assassin de ma fille ?

Je m'arrête, interloquée.

— Vous êtes…

— Je suis la maman d'Emilie. Vous vous souvenez d'Emilie ? C'est la victime. Tout le monde s'en fiche de la victime, n'est-ce pas ? Vous ne saviez même pas qu'elle avait des parents ?

Elle s'est mise à crier. Sheila apparaît sur le seuil du standard, prête à me porter secours.

— Mais c'était quoi ma fille pour cette société pourrie ? De la barbaque ?

— Je suis désolée. Je voulais passer vous voir mais…

— Vous vouliez passer me voir ? siffle-t-elle. Je n'en crois pas un mot ! Vous n'en avez rien à foutre des parents d'Emilie ! Vous êtes trop occupée à chouchouter le fils de votre patron ! On sait comment ça se passe entre médecins !… Il est bien confortable, là-haut, le fils du patron ? C'est pas trop dur pour lui ?

Surgissant du fond du couloir, deux infirmiers arrivent au pas de course. Je leur fais signe de ne pas intervenir. Chaque mot m'atteint en pleine gueule mais j'ai l'impression de mériter ce qui m'arrive.

— Venez vous asseoir, madame, je vous en prie.

— Je ne veux pas m'asseoir ! Je ne veux pas de votre pitié ! On a tué ma fille ! On l'a tuée et son assassin dort dans son lit, protégé par des gens comme vous ! Eh bien moi, je n'ai pas peur de vous le dire : honte sur vous, docteur Cabral ! Honte sur vous !

Le pire c'est qu'elle a raison. Je me vois dans ses yeux, prenant pleinement conscience de la complaisance dont je fais preuve depuis quelques jours.

En face de moi, la femme s'est remise à pleurer.

— Vous savez pourquoi je suis venue ? Parce que j'ai tout compris. Vous allez expliquer que l'assassin d'Emilie est fou. Et s'il est fou, il n'est pas responsable ! Et s'il n'est pas responsable, c'est le non-lieu ! C'est ça que vous visez, bande de crapules ! Un non-lieu ! Il ne s'est rien passé ! Elle n'a pas été assassinée, Emilie ! Elle est morte toute seule !

Sa voix grimpe encore dans un crescendo de souffrance. Plus personne ne moufte.

— Emilie n'est pas morte, fait-elle en s'adressant à la ronde. Elle n'a jamais existé. On va la rayer de la carte. Il n'y a pas eu de meurtre, il n'y a pas eu de victime, il n'y a rien eu… Non-lieu.

Je m'entends croasser :

— Je vous en prie, madame, il faut me croire. Je ne protège pas Frédéric Russel.

— Ah non ? Et pourquoi son père vous a appelée avant la police ? Parce qu'il ne trouvait pas leur numéro dans le Bottin ? Notez que le père, je le comprends. Il veut sauver son fils. C'est moche mais c'est normal. Mais vous, madame, qu'est-ce qu'il vous a promis votre patron ? Du fric ? De l'avancement ?

— On ne m'a rien promis. Je vous le jure sur mon honneur, sur ma vie, sur tout ce que vous voudrez.

Elle m'examine de la tête aux pieds, soudain calmée :

— Cela fait de vous une carpette… ou une pourrie. Dans les deux cas, vous ne vous en tirerez pas comme ça.

— Venez dans mon bureau, il faut que je vous parle…

Elle recule de deux pas comme si j'allais la frapper :

— Je suis venue vous dire une seule chose : si vous obtenez un non-lieu, je ferai justice moi-même. Je vous tuerai tous les deux. Ça m'est égal d'aller en prison. Ma fille est morte. Je n'ai plus rien à perdre.

Le bourdonnement de la serrure électrique résonne dans un silence absolu suivi du claquement gras de la porte d'entrée. L'instant d'après, elle a disparu.

Glacée, je regarde tour à tour Sheila, les infirmiers, et même Antoine qui est sorti de son bureau. Sur leurs visages, pas la moindre trace de sympathie.

Je lance à la cantonade :

— Eh bien, me voilà habillée pour l'hiver !

Ils détournent les yeux, gênés.

— Tu n'as même pas envoyé un mot aux parents ? demande Antoine.

La touche d'incrédulité dans sa voix me hérisse le poil.

— Attends, c'est pas mon boulot ! C'est pas mon fils ! Vous avez tous l'air de penser que je dois gérer cette histoire mais je ne vois pas pourquoi ! Je travaille ici au même titre que n'importe qui ! Je n'ai rien demandé !

— Que tu le veuilles ou non, déclare sentencieusement Antoine, tu es dans un sacré merdier.

Je le toise, mauvaise :

— Surtout ne m'aide pas ! Tu vas te salir.

8

— Qu'est-ce que tu cherches à prouver ? me demande Alexis.

De grands pans de ciel bleu apparaissent devant les fenêtres de sa suite au Royal Monceau, répandant une paix radieuse. Enfin, je peux souffler un peu. Poser mes rames. Etendue de tout mon long sur un canapé fleuri, je contemple l'énorme carcasse de mon frère qui se déplace à travers la pièce en s'habillant. Il a encore grossi mais à mes yeux il reste toujours aussi beau. Autour de lui, flotte une odeur d'argent et d'after-shave.

— En mon âme et conscience, je ne peux pas croire que Fred ait tué cette fille !

— Laisse ton âme et ta conscience. Dis-moi seulement quel est ton intérêt là-dedans.

— Aucun… à part connaître la vérité.

— C'est le boulot des flics.

— Erreur. Le boulot des flics c'est de prouver que Fred est coupable !

D'un geste précis, il accroche de discrets boutons

de manchettes aux poignets de sa chemise achetée à Londres. Il a un an de moins que moi, il en fait dix de plus.

J'insiste sur le point qui m'obsède depuis ce fameux soir :

— Tout le monde oublie un détail majeur…

— Lequel ?

— Fred Russel était trop délirant pour concevoir un découpage aussi rigoureux. Si on avait retrouvé une jambe ici, un bras là, et le troisième entre ses seins, alors oui, il aurait pu avoir tué cette fille !

— Si c'est aussi évident, pourquoi es-tu la seule à le dire ? Son père est psychiatre, non ?

Je me redresse à demi sur les coussins fleuris, un peu honteuse de lui avouer que je ne comprends pas non plus. Normalement, Russel aurait déjà dû convoquer la presse et une douzaine d'experts pour affirmer la même chose que moi.

— Tu sais pourquoi il ne te soutient pas ? martèle Alexis avec un sourire narquois. Parce qu'il sait que son fils est coupable. Il l'a surpris en pleine action, il a dissimulé des preuves… En tout cas, il te cache quelque chose… Et rien que ça, ça se paye.

Je grimace un sourire :

— Justement. Le bruit court qu'il m'a achetée…

Planté devant le canapé, une chaussette à la main, Alexis me toise d'un air navré :

— Je suppose que ce n'est pas le cas…

— Tu me vois accepter du fric ?

— Oh non ! Caca le fric !

— Crétin.

Il m'abandonne pour ouvrir au garçon d'étage

qui pousse une table roulante chargée d'argenterie. Pendant qu'on installe la table du petit déjeuner, Alexis revient vers moi, préoccupé :

— Sérieusement, Véra, il t'a bien proposé quelque chose ? Un poste, un changement de statut, des vacances en roulotte... Tu ne te laisses pas emmerder pour rien ?

A mon tour de ne pas en croire mes oreilles :

— Je rêve ! Tu crois vraiment qu'on peut m'acheter ?

— Sublime ! s'exclame Alexis, hilare. Rien ne t'oblige à défendre ce gamin mais tu le fais parce que tu y crois. C'est très, très fort !

— Je ne défends pas Fred !

— Tu parles ! Une vraie Brigitte Bardot ! Tu as trouvé ton bébé phoque, pauvre cloche !

— En tout cas, je ne le défends pas parce qu'il est le fils de mon patron ! Accorde-moi au moins ça !

— C'est vrai. Tu le fais parce que tu te sens responsable de son automutilation. Tu penses que c'est arrivé à cause d'une question que tu as posée, que tu as mal mené l'entretien, que tu aurais pu l'en empêcher...

Je voudrais protester mais, pour m'apaiser, Alexis me tend une tasse de café brûlante. Cette première gorgée, dégustée dans un rayon de soleil tout exprès dépêché du ciel pour cet univers de riches, m'irradie de plaisir.

— Russel te manipule depuis le début, continue mon frère. Aucun doute là-dessus. Il n'est pas tombé sur toi par hasard. C'est un grand psychiatre, il a choisi le maillon faible de son équipe.

— Merci pour le faible !

Il a un mouvement d'impatience.

— Tu sais ce que je veux dire ! Tu n'es pas dans l'équipe depuis longtemps, tu es complètement en dehors des jeux de pouvoir. La preuve, c'est que tu es tombée des nues quand Antoine t'a reproché de prendre sa place. En plus de ça, Russel sait que tu es plutôt du genre à foncer et assez tarte pour ne rien demander en échange de tes services…

Je bondis :

— Tu crois vraiment que Russel a pensé à tout ça ? Le mec venait de trouver un cadavre chez lui, sans parler de son fils en plein délire ! A mon avis, tu le surestimes un peu !

— Il était aux abois. Son unique pensée devait être : je ne veux pas que mon fils aille en prison. Par pitié mon Dieu, tout sauf la prison. Ça stimule l'imagination, je te prie de le croire !

Suit un silence méditatif pendant lequel je savoure mon café. On a les petits bonheurs qu'on peut.

— Tu auras beau tourner le problème dans tous les sens, déclare soudain Alexis, tu ne feras que protéger les intérêts personnels de ton patron. Tu vas perdre toute crédibilité.

— Qu'est-ce que tu me conseilles ?

— Lave-toi les mains de toute cette histoire, et vite. Dis à Russel que ça te pose un problème éthique.

Je pose mon front contre la vitre. Dans cette suite luxueuse, tout paraît si simple. On est si loin de la fureur des hommes.

— C'est ce que tu ferais à ma place ?

Un rire bref le secoue de la tête aux pieds :

— Russel n'aurait jamais fait appel à moi ! Je lui aurais coûté trop cher.

Je le regarde enfiler un Burberry beige sur son costume bleu nuit, avec dans ma tête les grillons de l'Algarve qui chantaient l'été chez grand-mère Thérésa. Pour contempler le ciel, nous nous allongions côte à côte sur les cailloux plats d'un ruisseau à sec. Avons-nous tant changé ?

— C'est vrai ce que m'a dit l'inspectrice du fisc ?... Tu vends des armes ?

Il fouille dans son portefeuille et me tend une carte :

— Ecoute, si elle t'emmerde, appelle mon avocat...

Je secoue la tête, sans prendre la carte.

— Je m'en fiche, je n'ai rien à cacher. Elle peut fouiller tant qu'elle veut. Ce que je voulais dire c'est... qu'est-ce que tu risques ?

— Cinq à dix ans.

Ma consternation le fait sourire, il passe un bras autour de mon épaule en m'entraînant vers l'ascenseur :

— Tu sais ce que m'a dit le juge de la brigade financière ? Qu'il me promettait la meilleure cellule à la Santé. On a joué au golf ensemble l'an passé, ça crée des liens...

Figée entre deux arbres en pots sur le trottoir du Royal Monceau, je regarde avec un petit pincement au cœur s'éloigner le taxi d'Alexis. Je ne lui ai pas dit que les paroles de la mère d'Emilie m'avaient atteinte comme un crachat. Je me suis vue dans les yeux de cette femme et je n'ai pas aimé ce que j'ai vu.

Pourtant, je me souviens avoir été sur le point de téléphoner aux parents d'Emilie. J'ai même pensé que je devais assister à son autopsie. Et puis, j'ai fait marche arrière, sous prétexte que ce n'était pas mon rôle, qu'il valait mieux ne pas intervenir.

Dès le début, j'ai éprouvé pour Fred une sympathie qui ne s'est pas étendue à sa victime et j'ai gommé Emilie comme un objet peu ragoûtant qu'il valait mieux oublier. Pourquoi ? Par une espèce de solidarité servile envers mon patron ?

Au bout de l'arrondissement se trouve le lycée Condorcet, celui de Fred et d'Emilie. Malgré ma décision, ferme et définitive, de prendre mes distances vis-à-vis du cas de Fred, je sais que je tiens là une excellente source de renseignements. Lassée de battre ma coulpe toute seule sur mon bout de trottoir, je décide d'aller leur rendre visite pendant qu'il est encore temps.

Le proviseur me reçoit dans son bureau, un peu étonné par cette intrusion matinale mais très préoccupé par toute l'affaire. Il tient à la réputation de son lycée, connu pour un établissement d'élite où les problèmes de violence sont rares. Puisqu'il m'assure que tous, élèves et professeurs, voudraient comprendre, je le mets à contribution :

— Emilie et Frédéric se connaissaient bien ?

— Ils étaient dans la même classe et… oui, je crois qu'ils se fréquentaient. En tout cas c'est ce qu'on m'a dit.

— Ils couchaient ensemble ?

Il esquisse un sourire :

— Comment le saurais-je ? Je ne suis pas précisément le confident des élèves…

— Alors vous pourrez peut-être me dire quel genre d'élève était Frédéric ?

— Bon élève, évidemment. Chez nous, les mauvais ne tiennent pas. Mais… comment dire ?… Fragile. Vous devriez en parler avec notre psychologue, je crois qu'elle l'a vu à plusieurs reprises.

Je fais mine de consulter mon carnet :

— Il est en première ?

— Oui. Après ce qui s'est passé, on ne peut plus faire de pronostic mais je suis persuadé que son bac n'aurait pas posé de problème. Par contre, il n'aurait pas intégré une préparation aux grandes écoles. Trop de pression pour lui, nous le sentions.

— Et Emilie ?

Il se renverse dans son fauteuil avec une expression de regret :

— Emilie était très brillante. Le genre d'élève qu'on ne rencontre pas souvent, même dans un établissement d'élite. Elle voulait faire médecine mais pour quelqu'un comme elle, c'était presque dommage. Elle méritait mieux que de faire médecine… Mieux que de se faire tuer un beau soir… Quel gâchis !

— Vous l'aimiez bien ?

Il hoche la tête avec un soupir.

— J'ai été formé à repérer ce genre d'élève, à les aider au maximum. A force de les suivre, de surveiller leurs progrès, on s'y attache fatalement. Nous lui avions accordé une dérogation pour qu'elle puisse assister aux cours de maths d'une classe préparatoire. Elle s'ennuyait avec le programme de première. Ça vous donne une idée de ses capacités…

— Elle aurait dû préparer des écoles plus prestigieuses que Médecine… Polytechnique, Centrale ?

— C'est ce qu'on essayait de lui faire comprendre. Peine perdue. Il n'y avait que la médecine.

— Et Fred ?

— Je crois qu'il se dirigeait plutôt vers une carrière artistique. En tout cas, c'est dans cette voie que nous l'encouragions…

— Il avait des dispositions ?

— C'est ce que nous pensions. Maintenant je me rends compte qu'il était simplement un peu étrange.

Je repense à l'adolescent plein de bave, son doigt sanglant entre les dents. La folie qui dansait au fond de ses yeux noirs, son torse mince aux larges épaules, ses longues jambes bronzées…

— Excusez ma franchise mais… Y a-t-il des problèmes de drogue dans votre établissement ?

Soupir. La question embarrasse le proviseur qui passe une main dans ses cheveux blancs coupés en une brosse impeccable :

— Comme dans tous les établissements. C'est une plaie dont personne n'arrive à se débarrasser.

Et il ajoute, soudain méfiant :

— Mais j'ai déjà parlé de tout ça à la police.

Redoutant qu'il ne devine que la fameuse « mission » dont je me suis prétendue investie n'existe pas, je m'empresse d'expliquer :

— J'essaie de déterminer si Frédéric a un profil de toxicomane. Si c'était le cas, il aurait su où se procurer de la drogue ?

— Oui, bien sûr. Ils connaissent les circuits mieux que nous. En général, quand nous prenons connaissance d'un réseau de vente ou d'approvisionnement, c'est qu'il est déjà obsolète…

— Le fameux Loïc, par exemple, il pourrait être un fournisseur de Frédéric ?

Le proviseur lève un sourcil étonné :

— Loïc Sentier ? J'ai déjà dit au lieutenant Sanchez que je ne le voyais pas en train de dealer. C'est un garçon sérieux, très ambitieux. Il a fondé une association loi 1901 qui organise des fêtes dans l'établissement et qui fait fureur parmi les élèves. En deux ans, je crois qu'il a réuni plus d'une centaine d'adhérents. C'est très intelligent, ça lui permet de recueillir des fonds qu'il réinvestit ensuite dans son association… Il a vingt ans et en matière de finances, je vous assure qu'il en sait plus que nous…

Il regarde sa montre et décroche son téléphone pour prévenir la psychologue de ma visite. Autant en profiter, il n'y aura pas de prochaine fois.

Au moment de prendre congé, je ne peux retenir une dernière question :

— Les cours de maths supplémentaires qu'Emilie suivait pour se distraire… c'était dans la même classe que Loïc Sentier, non ?

— Absolument. Ils se connaissaient. Mais… Vous ne pensez tout de même pas que Loïc a quelque chose à voir avec ce meurtre horrible ?

Je n'en suis plus à un mensonge près.

— Nooooon… Pas du tout.

Tout ça, c'était pour rire.

La psychologue scolaire est une personne d'un certain âge, très compétente, qui n'a jamais envisagé que deux élèves pouvaient s'entretuer. Autant dire qu'elle est secouée. Nerveuse, sur la défensive, elle se justifie d'un ton aigu comme si je mettais en doute chacune de ses paroles. De mon côté, j'adopte une attitude bienveillante et décontractée cent pour cent bidon, qui ne fait que l'inquiéter davantage.

— Vous pouvez regarder son dossier, se défend-elle. Les tests que je lui ai fait passer ne montrent rien ! Une fragilité, une tendance à la dépression mais pas de psychose ! Si j'avais décelé le moindre — je dis bien le moindre — indice d'un quelconque trouble psychique vous pensez bien que j'en aurais informé ses parents !

— Frédéric fonctionnait donc parfaitement ?

— Ah non ! Excusez-moi mais je n'ai pas dit ça ! Tenez, j'ai noté là et là, des tendances à l'autodépréciation.

D'accord. Avant le meurtre, Frédéric était un adolescent intelligent et fragile comme il y en a des milliers, ni plus ni moins instable qu'un autre, et cette dame n'a rien vu parce qu'il n'y avait rien à voir.

Je fais mine de prendre quelques notes sur mon calepin, avant d'ajouter :

— Je suppose que Loïc Sentier n'a pas les mêmes problèmes ?

— Oh non ! Je tiens à vous dire que je vous trouve très injuste à son égard !

— Euh… Qu'est-ce que vous voulez dire ?

— Le lieutenant, ou la lieutenante, je ne sais jamais comment il faut dire…

— La lieutenante Sanchez ?

— C'est cela. Avec son adjoint, elle a épluché les dossiers de tous les camarades de Frédéric. Vous vous faites des idées sur Loïc Sentier, je vous assure. C'est un élément d'une stabilité parfaite, lui ! Calme, déterminé, intelligence et maturité exceptionnelles. Aucune faille.

A sa place, j'aurais trouvé ça plutôt alarmant mais mes critères ne sont pas ceux de l'Education nationale.

— Je ne sais pas ce que Frédéric a raconté à la police pour compromettre Loïc…

— Frédéric n'est pas en état de raconter quoi que ce soit, je vous le promets.

— Pour moi, le seul tort de Loïc c'est d'avoir sous-estimé le pouvoir des jeux de rôles… Il a joué les apprentis sorciers mais il a fait amende honorable et nous n'avons plus jamais eu de problèmes…

Je toussote poliment :

— Excusez-moi, je ne suis pas sûre de comprendre. Quels problèmes ?

Je marche sur des œufs. Le trouble de la psychologue, sa vertueuse indignation m'indiquent qu'il y a quelque chose que j'aurais dû savoir si j'avais réellement été en phase avec les flics. Heureusement, j'arrive en droite ligne de chez le proviseur, ce qui me confère une certaine légitimité et m'évite ses soupçons.

— Cette histoire de bizutage il y a deux ans, rappelle-t-elle, un peu haletante. Enfin, pas vraiment du bizutage puisque les élèves en question fréquentaient notre établissement depuis des années, mais plutôt un rite initiatique pour faire partie de l'association… Comme je l'ai dit aux policiers, le pauvre Loïc s'est fait taper sur les doigts et il n'a jamais recommencé.

Tiens donc. Je suis tentée de pousser mon interrogatoire mais la crainte d'être virée à coups de pied dans le derrière me retient. Je pousse un long soupir avant de m'exclamer :

— C'était donc ça ! Franchement, je n'avais rien compris aux explications de la lieutenante !

— Vous voyez pourquoi je trouve ces insinuations injustes aussi bien que dangereuses pour la réputation de cet élève, plaide la psychologue. Je ne vois d'ailleurs pas ce qu'un garçon entreprenant comme Loïc Sentier aurait à faire avec un rêveur déséquilibré comme Frédéric Russel…

Je me garde bien de la contredire, préférant lui affirmer que ma mission requiert impérativement un entretien avec Loïc Sentier.

— Il vaut mieux que vous reveniez lundi, alors. La moitié des élèves n'ont pas cours le samedi. Mais si vous y tenez, je peux vous donner son numéro de téléphone…

Après avoir noté le précieux renseignement, je la quitte un peu brusquement, la laissant pantelante. C'est sa faute après tout. Si elle n'avait pas la certitude de veiller sur une élite de petits jeunes gens parfaits, elle ne paniquerait pas à l'idée que Frédéric ait été secrètement différent. Mais pour les gens comme elle, toute différence est un outrage.

9

Il m'arrive de ne pas être de garde le samedi soir. Je m'empresse alors de participer à ce grand moment de détente nationale en me rendant chez des amis, en dînant au restaurant, ou en allant au cinéma comme tout un chacun. C'est devenu tellement rare ces derniers temps que l'idée de sortir ce soir me plonge dans le même état de fébrilité que Cendrillon après le passage de la Fée.

L'ennui c'est que, dans mon cas, on a omis de livrer la robe. Le contenu de mon placard s'étale à travers ma chambre et il est clair que j'aurais mieux fait de sacrifier mon après-midi à courir les magasins. D'habitude, je me contente d'un catalogue de vente par correspondance, rangé dans le tiroir de mon bureau au CIP, qui me permet de commander l'essentiel entre deux interventions. Ce système avait l'immense avantage de m'épargner des essayages à une époque où mon corps me faisait horreur. Depuis l'opération, bien que mon problème soit censé être résolu et que je présente l'apparence d'une femme normale, rien n'a vraiment changé. Je consulte le même catalogue et il n'y a toujours pas de miroir dans mon appartement.

Regrettant que l'option Nue Dans Un Tonneau ne puisse être retenue, je contemple avec consternation l'amas de vêtements hétéroclites. Je suis sur le point d'annuler ma soirée quand la sonnerie de l'interphone me tire de mon abattement.

— Viens voir ! dis-je en entraînant Linda dans ma chambre. Qu'est-ce que tu me conseilles ?

Plantée au milieu de la pièce, son sac verni sous le bras, elle parcourt l'ensemble d'un œil expert.

— Tu n'as pas un sac-poubelle ? dit-elle enfin.

— Très drôle.

Linda a une façon très particulière de hausser les sourcils sans que rien dans son visage ne bouge :

— Je ne plaisante pas. Pourquoi tu gardes ces fringues de clodo ? Pour Mardi gras ?

Deux minutes plus tard, je suis de retour avec un sac-poubelle. Depuis le lit où elle est à demi allongée, Linda me regarde y enfourner tout ce qui me tombe sous la main. Au fond, c'est une façon de ranger qui me convient.

Elle demande, l'air de ne pas y toucher :

— Tu sors ce soir ?

— Je dois retrouver Karine et Nathan à « La Horde ». On dînera là-bas si ce n'est pas archibondé. J'aurais préféré qu'on aille au cinéma mais Karine veut me présenter quelqu'un…

Bien que je me sente aussi excitée qu'une pensionnaire un jour de frites à la cantine, je feins l'indifférence complète. Karine est ma sœur aînée, dont la quarantaine somptueuse et infidèle attire une impressionnante variété d'individus de sexe mâle. Je me demande si Nathan, son mari, grand échalas discret et plein d'humour, est au courant des frasques de sa femme. D'un accord tacite, nous avons toujours évité le sujet.

Linda a pris son air de maquignon.

— C'est qui ce mec ?

— Un de leurs copains. Il bosse chez IBM, divorcé, je crois…

— Lui ? Je vois ! coupe-t-elle en balayant l'air de sa main fine. Pas pour toi. Aucun intérêt.

Je sens mon cœur couler dans ma poitrine. Pourtant quelle importance ? Elle ne connaît pas mes goûts, pas plus que Karine, ce qui ne les empêche pas de se livrer une compétition acharnée dans la tâche ardue, hautement improbable, de me trouver un mari, un fiancé, ou même un compagnon. A mon corps défendant, je suis devenue l'objet d'une âpre rivalité que le prochain mariage de Linda n'a visiblement pas atténuée.

En attendant le jour où, la défaite consommée, on me choisira un chien, elles entendent dégoter pour moi un homme exerçant un métier lucratif et décent, ce qui exclut l'ensemble du personnel de l'hôpital Saint-Guy où je pourrais, en toute logique, faire des rencontres. Pour mes sœurs, seuls les gens qui n'ont rien trouvé de mieux peuvent consentir à travailler dans un hôpital psychiatrique.

La plupart du temps, je me tiens complètement à l'écart de cette course. C'est leur hobby, pas le mien. Mais ce soir, pour que ce soit vraiment la fête, j'aurais un peu besoin d'y croire. Cachant mon vague à l'âme, je referme avec soin le grand sac-poubelle.

— Bon, je déposerai ça tout à l'heure à Notre-Dame-de-la-Bonne-Mort, ils le distribueront.

Cette allusion à notre paroisse portugaise confite en traditions électrise Linda qui traverse la pièce en deux enjambées, fourrage dans son sac et allume une cigarette avec un claquement sec de son briquet en or.

— Véra, j'ai un problème.

Une fraction de seconde, je m'inquiète, je m'alarme. Et puis me revient à l'esprit que c'est la fille à qui il faut une semaine pour choisir une robe qui me parle. Du calme.

— Qu'est-ce qui se passe ?

— J'ai besoin que tu parles aux parents.

— De quoi ?

— Je ne peux pas me marier à l'Eglise.

Qu'est-ce que je disais.

— Où est le problème ?

— Serge est protestant. Enfin athée, d'origine protestante. Il refuse d'aller faire le clown chez les papistes, tu vois le genre. Il prétend que ses convictions ont autant d'importance que celles de mes parents, peut-être plus.

— Ça se comprend. C'est son mariage, après tout !

— Oui, mais moi, je n'ai pas osé l'annoncer aux parents. Maman a envoyé les faire-part. La messe est à 15 heures.

J'éclate de rire :

— Eh bien, ils suivront leur messe sans les mariés ! Ça ne peut pas faire de mal.

Des larmes plein les yeux, elle articule :
— Ça te fait rire ?
Marche arrière toute.
— Excuse-moi. L'image m'a amusée mais ça n'a rien de drôle, tu as raison. Et Serge ? Qu'est-ce qu'il a dit quand il a vu les faire-part ?
Elle s'assied sur le bord du lit, les coudes sur les genoux et la tête dans les mains, vivante image du désespoir :
— Il n'est pas au courant.
— Mais il a bien vu qu'il y avait une messe ?
— Non.
— Comment non ?
— J'ai fait imprimer deux sortes de faire-part, avoue-t-elle. Certains avec la messe, d'autres sans. Serge pense que tout est arrangé.
Faisant preuve par là d'une naïveté alarmante. C'est quoi son job déjà ? Ah oui. Avocat. Un avocat avec une informaticienne, les enfants ne vont pas rigoler tous les jours.
Je demande à tout hasard :
— Tu… Tu ne trouves pas que c'est un peu dingue comme situation ?
— Si, évidemment ! L'idée c'était de gagner du temps. Quand ça sera arrangé, on racontera que l'imprimeur a fait une erreur, tu comprends ? C'est Rosemarie qui m'a conseillé de faire ça.
Comme si Rosemarie était classée au top 50 des gens de bon sens.
Je demande, un poil acide :
— Et pourquoi tu ne demandes pas à Rosemarie de te sortir de là maintenant ?
Linda évite mon regard, penaude. Le temps

passe, il est l'heure de partir et je n'ai pas résolu mon problème d'habillement.

— Si ça continue, tu vas finir par te brouiller avec Serge. On n'a pas idée de raconter des bobards pareils ! Enfin, bon… Après tout, ça te regarde. Je vais parler aux parents, ne t'inquiète pas. Ils comprendront.

Elle se jette à mon cou tandis que des larmes d'émotion coulent de ses grands yeux noirs, pas au point d'abîmer sa couche de mascara mais presque. Prise d'une frénésie soudaine, elle commence à ôter ses bottes, ses collants ultrafins, sa jupe en cuir noir qu'elle porte avec un petit col roulé blanc tout ce qu'il y a de seyant.

— Qu'est-ce qui te prend ? Ça ne va pas ?

— Ecoute, si ce gars te plaît, il faut que tu assures. Après tout, on ne sait jamais…

Et moi, je trouve ça beau comme un coucher de soleil.

En fin de compte, mon frère Didier nous a trouvé une table. Situé en plein Marais, son restaurant a d'abord eu du mal à s'implanter mais, depuis quelque temps, les membres de sa famille constatent avec tristesse que s'ils n'ont pas réservé, ils ont toutes les chances de manger une assiette froide au bar. Et encore, à condition de faire des courbettes à Monsieur.

Son empressement à sortir une table de la réserve, quitte à pousser un couple d'Américains pour nous installer, me fait soupçonner que Karine l'a mis au courant de son plan. Comme il partage avec les autres le fol espoir de me caser, il opère avec diligence. L'immense avantage de nous garder ici, c'est que cela lui permet de surveiller l'opération en direct.

On rigole, Karine est en forme. Elle nous gratifie d'un pull échancré qui met en valeur la naissance de ses seins mais elle a ramené son épaisse chevelure blond cendré en un chignon sage, véritable message à tous les hommes présents : ce soir, je ne drague pas.

A mon grand soulagement, elle a fait semblant de ne pas reconnaître le manteau et la jupe de Linda. Le copain qu'elle tenait tant à me présenter, cadre chez IBM et amateur de voile, porte sur toute sa personne les stigmates de son récent divorce. Chaque fois que je lui adresse la parole, j'ai l'impression qu'il va crier au secours. Il se prend pour une proie, ce en quoi il se flatte. Sa figure un peu molle, son front dégarni et ses yeux de cocker agissent sur moi comme autant d'éteignoirs.

Par pitié pour Karine, je fais mon possible pour m'intéresser à lui. Je souris, je pose des questions, quand la sonnerie de mon portable résonne dans les profondeurs de mon sac. Karine, Nathan et le Rescapé se tournent vers moi, considérant comme une évidence que je ne vais pas me laisser distraire d'un si agréable moment. Mais c'en est trop, je craque. Même la voix de Sheila me rappelant d'urgence au CIP serait miel à mes oreilles.

— Véra, c'est Hugo.

Blanc. Nœud à l'estomac. Comment s'est-il procuré mon numéro ? Par le Centre, je suppose.

Je croasse :

— Il y a un problème ?

— En quelque sorte, oui. Pas très grave mais j'aurais bien aimé t'en parler. On peut se voir ce soir ?

— …

— Je te dérange ? insiste-t-il. Où tu es ?

Est-ce qu'il a vraiment oublié ce qui s'est passé ce soir-là ?

— Dans le Marais. Au restaurant avec des amis…

Autant faire comme si ma vie n'était qu'une fête.

— Ecoute, je suis juste à côté. Je passe, je te raconte et je m'en vais. Ça te va ?

Absolument pas. Mais j'ai trop envie de le voir. Rien ne changera jamais.

Quand Hugo fait son entrée à « La Horde » avec son bronzage, son jean et son blouson Ralph Lauren, Karine tord le nez. Elle se demande à la fois d'où il sort et si elle pourrait le garder pour son usage personnel. Pour rien au monde elle ne marcherait sur mes plates-bandes, mais si Hugo n'est pas un prétendant convenable pour moi, cela ne veut pas dire qu'elle-même doive y renoncer pour autant. Nuance.

— Vous verrez, il est très sympa ! dis-je en me déboîtant le bras pour qu'il nous repère au milieu de la salle pleine de monde.

La nouvelle n'intéresse guère le Rescapé envers qui je multiplie pourtant les sourires dans l'espoir qu'Hugo le prenne pour mon petit ami. Personne n'a besoin de savoir que le Rescapé me donne envie de crier et que je n'ai personne dans ma vie.

Mais Hugo discute avec entrain tout en admirant sans vergogne le décolleté de Karine.

Je finis par lui demander à voix basse pourquoi il tenait tant à me voir.

— Pas ici, fait-il entre ses dents.

— Je te rappelle que tu avais promis de me raconter et de t'en aller…

Je sens peser sur moi le regard interrogatif de Karine. Hugo se penche pour murmurer à mon oreille :

— Tu ne vas pas me dire que ce tocard t'intéresse ?

— Pas tes oignons.

Il me sourit comme si je venais de lui confier quelque chose de très gentil avant de répondre tout naturellement à une question de Nathan. Une crispation de la mâchoire de Karine m'indique qu'elle ne supportera pas longtemps le flou artistique qu'Hugo fait planer sur la nature de nos relations. Tout altruisme semble l'avoir abandonnée, une seule chose l'intéresse : est-ce qu'elle peut se le payer ou pas ?

Arrive l'addition.

— On partage ? suggère élégamment le Rescapé en jetant son billet au centre de la table.

Je fouille dans mon sac quand la main d'Hugo m'arrête.

— C'est bon. Laisse tomber.

Interloquée, je m'aperçois qu'il a donné sa carte de crédit au serveur et qu'il invite tout le monde. Nathan remercie, Karine adresse au Rescapé un regard si meurtrier qu'une ombre de perplexité voile brusquement ses yeux de cocker. Il se demande soudain si quelque chose ne lui a pas échappé. Trop tard. Sans cesser de bavarder, Hugo m'aide à enfiler mon manteau. A l'autre bout de la salle, Didier s'arrête de servir. Echange de regards entre Karine et lui. Il faut que je sorte d'ici. Je vais me faire lyncher.

Persuadée que le Rescapé se ferait une joie de me raccompagner, Karine avait insisté pour que je ne prenne pas ma voiture. Je me retrouve donc dans la voiture d'Hugo avant d'avoir compris ce qui m'arrivait.

— J'espère que ton mec ne va pas se fâcher, commente-t-il hypocritement.

— Ne t'inquiète pas pour lui. Dis-moi plutôt quel est ce fameux problème dont tu voulais me parler.

Il ignore la question.

— Je n'ai pas l'impression que ça collait si bien que ça entre vous…

— Ecoute, je m'en fous de ce type, d'accord ? Je ne le connais pas.

Il se tourne vers moi, surpris :

— Ah bon ? Mais c'est qui ton mec alors ?

L'idée qu'on puisse survivre très agréablement toute seule ne l'effleure pas. Je rétorque, narquoise :

— Qu'est-ce que tu veux que je fasse d'un mec ?

A peine ces mots ont-ils franchi mes lèvres que je voudrais ne jamais les avoir prononcés. Il va se souvenir. Il va se dire que bien sûr, c'est normal…

Au lieu de quoi, il change de sujet :

— Hier soir, je recevais ma clientèle privée à l'hôpital. Il y avait pas mal de monde mais j'ai demandé qu'on m'amène Frédéric Russel avant que je parte. Je venais de recevoir ses bilans sanguins et son IRM. Je voulais l'examiner avant le week-end…

— Et ?

— Il était dans la salle d'attente avec une infirmière.

— Ne me dis pas qu'il s'est sauvé…

En réalité, je veux seulement savoir si Hugo se souvient ou pas. Je ne peux pas penser à autre chose.

— Avec ce qu'on lui colle dans les veines pour essayer de le faire revenir, il ne risque pas de faire deux pas tout seul…

Hugo conduit souplement, inconscient de la tension qui m'habite.

— Picard est sorti de sa consultation pendant que j'étais avec un malade. Il m'a piqué Frédéric.

— Comment ça, piqué ?

— Il a reconnu le fils de Russel. Il a pris le dossier des mains de l'infirmière et il a déclaré qu'il le prenait en charge. Fred n'est plus mon patient.

— Merde.

— Comme tu dis.

— Et tu ne peux rien faire ?

— Rien. C'est lui le patron. Tout juste s'il ne faut pas l'appeler Sire. Il est persuadé d'avoir hérité du génie de Baquet alors qu'il est mauvais comme un cochon.

— Qu'est-ce que je viens faire là-dedans, moi ?

On arrive en bas de chez moi. Hugo coupe le

moteur et se tourne vers moi, appuyé sur le volant. Dans la pénombre, je ne distingue que les arêtes de son visage émacié, ses pommettes un peu saillantes, son nez fin et busqué.

— Dis à Russel que je ne l'ai pas fait exprès. A tous les coups, il va faire une parano et croire que je me suis débarrassé du gosse… Dis-lui que j'essaierai quand même de suivre le dossier et que je te tiendrai informée.

Je l'arrête net :

— Je ne m'occupe plus de Fred.

Il me fixe, interloqué :

— Quoi ?

— Tu as bien entendu.

— Je ne te crois pas.

— Aucune importance.

— Qu'est-ce qui s'est passé ?

J'éclate de rire :

— Ne fais pas l'idiot ! Tu as vu toi-même ce qui se passait ! Tu dois savoir qu'en psychiatrie un père n'est pas supposé intervenir dans le traitement de son propre fils ! Il y a quand même un minimum de règles !

— Mais c'est toi qui t'occupes de Fred ! Pas lui !

— C'est cela ! Et la première chose que tu viens me raconter ce n'est pas : « Fred n'est plus mon patient » mais : « Va dire à Russel que Fred n'est plus mon patient » ! Vas-y, chien-chien, rapporte !

— Cela concerne ma relation avec Russel, pas le traitement de Fred !

— Hugo, je t'en prie, arrête la langue de bois ! Pas avec moi, s'il te plaît. Tu sais très bien que

Russel m'a confié son fils pour s'en occuper lui-même en sous-main. J'ai eu la naïveté de croire qu'il me laisserait prendre le relais mais j'ai fini par comprendre ! Maintenant, ou je suis totalement cynique et je joue le jeu, ou j'abandonne Fred à son sort. J'ai décidé d'abandonner.

— Tu ne peux pas faire ça, Véra ! Ce môme a besoin d'un psy !

— Russel doit faire appel à quelqu'un d'extérieur.

Silence. Hugo pousse un long, long soupir avant de demander :

— Comment il a pris ça ?

— Qui ? Russel ?

Je me rends compte que dans une seconde je vais passer pour un clown et cette idée m'est insupportable. Autant arranger un peu la vérité :

— Qu'est-ce que tu veux qu'il dise ? J'ai un problème déontologique, je refuse le dossier, point barre. Il ne va pas me frapper ! Tu sais, parfois il suffit de se comporter en adulte…

Pour toute réponse, Hugo éclate de rire. C'est un truc qui m'a toujours agacée chez lui, ce rire.

— Tu m'as bien eu, s'exclame-t-il, hilare. J'ai failli te croire !

— Mais je t'assure que…

— Tu m'assures que quoi ? Tu n'as rien dit à Russel ! Tu vas sauver ta minuscule chance de faire une gentille carrière en Psychiatrie d'Urgence et te décarcasser pour sauver la peau de son assassin de fils. C'est pour ça qu'il te paye et tu n'as aucun choix !

Je me tais, vexée, meurtrie. Bien que je ne sorte

pas souvent le samedi soir, je devrais peut-être m'en abstenir tout à fait. Ce n'est pas pour moi ce truc-là.

— C'est vraiment ce que tu penses de moi ? dis-je d'une voix chevrotante. Que je vais obéir pour faire une gentille carrière ?

Spontanément, il se penche vers moi et me caresse la joue :

— Mais Véra, personne ne t'en voudra. Tout le monde a peur de Russel. Même moi.

10

Telle une vision de cauchemar, la silhouette massive de la lieutenante G. Sanchez se découpe sur le seuil de ma porte d'entrée. Je passe une main sur ma figure pour m'assurer que je ne rêve pas.

— Bonjour, docteur, susurre-t-elle. Vous avez bien une petite minute à m'accorder ?

Je m'efface pour la laisser passer.

— Ne fermez pas, mon adjoint arrive, prévient-elle en se laissant choir sur le canapé. Il ne prend jamais l'ascenseur avec moi, il a peur que je pète…

Je commence à avoir une petite idée de la façon dont la lieutenante a survécu dans la police nationale. Elle semble avoir fait de son aérophagie un instrument de vengeance, une mesure de rétorsion pour faire plier les petits jeunes qu'on lui inflige à titre d'adjoint et qui ne rêvent que de prendre sa place.

— Vous n'ouvrez pas ? C'est Galléac.

Docile, j'ouvre à Galléac. Un coup d'œil sur l'horloge du micro-ondes m'apprend qu'il est 14 heures.

Nous sommes donc lundi. J'ai dormi dix-huit heures d'affilée et je dois prendre ma garde au CIP un peu plus tard dans l'après-midi.

— Alors, docteur, commence la lieutenante, il paraît que vous avez subi des menaces de mort…

Je mets trois bonnes minutes à comprendre qu'elle parle de la mère d'Emilie.

— Qui vous a dit ça ?

— Votre patron. Il se soucie beaucoup de votre sécurité apparemment. Il veut porter plainte.

— C'est ridicule !… Excusez-moi, j'ai besoin d'un café. Vous en voulez ?

— J'ai horreur du café.

— Et Galléac ?

Elle le coupe :

— Galléac sort de table, il a fini ses agapes.

L'adjoint se renfrogne.

— Vous vous levez tous les jours à midi ? grogne-t-il à mon adresse. Vous ne vous emmerdez pas ! C'est cool comme boulot…

Je lève les yeux par-dessus le comptoir de ma cuisine américaine et croise le regard de la lieutenante. Aujourd'hui, Galléac l'exaspère autant que moi, peut-être plus. Je renonce aussitôt à la remarque fielleuse qui me vient à l'esprit. Pourvu qu'elle ne pète pas.

Après avoir versé de l'eau bouillante dans un bol, j'ajoute deux cuillerées de café soluble et les rejoins dans le salon.

— Je ne vais pas porter plainte, commencé-je calmement. La mère de la petite Emilie est venue me voir, c'est vrai, mais elle ne savait pas ce qu'elle disait. Je n'ai attaché aucune importance à ses menaces.

— Votre patron, si.

Je dissimule mal mon irritation.

— Mon patron a besoin de passer dans le camp des victimes.

La lieutenante opine du chef sans me quitter des yeux :

— D'accord, dit-elle. Franchement, je préfère ça.

Je continue, histoire de montrer que cette rencontre avec la mère d'Emilie ne m'a pas laissée indifférente :

— Pour être tout à fait franche, cette femme m'a fait réfléchir. J'ai décidé de ne plus m'occuper du cas de Fred.

— Ah oui ? Et votre visite à la psychologue scolaire de Condorcet, c'était quoi ? Un sondage pour la Sofres ?

Je la fixe, tétanisée.

— Vous… Vous êtes au courant ?

Echange de regards avec Galléac, grognement satisfait :

— Encore heureux.

Derrière ses carreaux troubles, ses petits yeux marron m'étudient :

— Alors ? Vos conclusions ?

C'est le moment de prouver ma bonne volonté.

— C'était un gamin fragile, assez pour être écarté des filières des concours, mais sans antécédents, sans comportements déviants.

— Elle vous a dit qu'elle communiquait les

résultats des tests psychologiques de Frédéric à son père ?

Et toc. Elle a une longueur d'avance et elle n'est pas fâchée de me le faire savoir. Je ne cache pas ma stupeur :

— A Russel ?

La lieutenante esquisse un sourire sarcastique :

— Au professeur Russel, oui. A qui cette dame voue une admiration éperdue…

— Au point de trahir le secret professionnel ?

— Elle voit plutôt ça comme une fructueuse coopération avec un homme d'élite.

Suis-je bête. J'avais oublié que la notion d'élite était une donnée essentielle de l'univers de la psychologue scolaire.

La lieutenante se cale confortablement contre les coussins de mon canapé :

— A votre avis, docteur, pourquoi un père tiendrait-il absolument à ce qu'on lui communique les tests psychologiques de son fils ? Je dis bien tous les tests ?

Je secoue la tête, en pleine confusion :

— Je ne sais pas… Cela paraît un peu… Un peu…

— Policier ?

Je reste sans voix. Il n'y a pas trente-six explications pour justifier la curiosité malsaine de Russel à l'égard de son fils. Soit c'est un père pathologiquement possessif, soit il avait des raisons de craindre les résultats de ses tests. Ou les deux.

— Je crois que nous sommes d'accord, déclare benoîtement la lieutenante. Vous voulez connaître les résultats du premier rapport d'autopsie ?

Galléac, qui jusque-là semblait compter les mouches, s'insurge bruyamment :

— Pour quoi faire, chef ? Elle n'est pas dans notre camp ! Elle va tout raconter à son patron dès qu'on aura le dos tourné…

Encore un qui me prend pour une carpette. Je suis sur le point de me draper dans ma dignité et de déclarer que les résultats de l'autopsie ne m'intéressent pas, quand je réalise qu'une fois de plus je me dégage de toute responsabilité dès qu'on aborde le chapitre de la victime. Au fond, je refuse la mort de cette jeune fille. Je ne veux pas être mêlée à un crime, je préfère défendre un patient. C'est plus propre.

Dans les yeux de la lieutenante, je lis qu'elle m'a percée à jour. Elle sait que je répugne à être confrontée à des détails sordides. Sans parler du fait que je suis toujours en pyjama.

Ignorant l'intervention de son adjoint, elle commence d'une voix douce :

— Emilie est morte à minuit et demi environ. Elle a été étranglée après avoir été violée.

Me revient à l'esprit l'obsession de Fred pour mon minou. Je me racle la gorge, mal à l'aise. A aucun moment je n'ai envisagé que la jeune fille ait pu être violée.

— Les tests d'ADN sont en route. Nous avons demandé l'empreinte génétique de Frédéric pour pouvoir comparer. On devrait être assez vite fixés.

— Quoi d'autre ?

— Elle a été tuée d'un coup à l'arrière du crâne, sans doute avec la hachette qui a ensuite servi à la découper. Ça s'est passé dans la chambre aux cercles. C'est là qu'il a coupé les membres et qu'il les a arrangés à sa façon. Il y a des traces d'os dans la moquette, collés avec le sang. Aucun doute.

— Elle a été tuée sur le coup ?

— Oui.

— Alors elle ne s'est pas débattue ?

— Non. On peut imaginer qu'elle a été frappée par surprise. Mais si c'est aux traces de coups sur le visage de Fred que vous pensez, elle a très bien pu se débattre avant qu'il la viole…

Je me gratte la tête, regrettant de ne pas avoir eu le temps de prendre une douche pour m'éclaircir les idées.

— Je ne comprends pas. Elle était toute habillée quand je l'ai vue. Il l'a violée et puis il a attendu qu'elle se rhabille pour lui coller un coup sur la tête ?

— Elle n'a pas été violée dans la chambre aux cercles. Il n'y a aucune trace de lutte ni de sperme sur la moquette. A part le sang et les bouts d'os, on n'a trouvé aucun indice.

— Il se l'est tapée dans son lit, ça ne fait pas un pli, commente Galléac.

Je répète avec entêtement :

— Ça ne colle toujours pas. C'est trop organisé pour quelqu'un dans l'état de Fred. Sans compter que vous n'avez pas la moindre idée de pourquoi il l'aurait fait, ni pourquoi il serait devenu fou tout à coup. On ne passe pas à l'acte comme ça, par hasard… Il doit y avoir une logique, une progression…

— Je vais vous dire comment je vois les choses, docteur, murmure la lieutenante en se penchant vers moi. Frédéric invite la jeune fille dont il est amoureux. Elle refuse de coucher avec lui, il se fâche, il la viole. C'est une scène terrible, elle crie, elle le frappe. Il a pris de l'ecstasy, il commence à perdre les pédales. Il se rend compte de ce qu'il a fait une fois qu'elle s'est rhabillée. Elle est allée chercher son sac, ou je ne sais quoi, dans la chambre aux cercles. Il la rejoint. Elle le prévient qu'elle va porter plainte. Il la tue pour qu'elle se taise. Et là, il bascule comme vous dites. Il la découpe et il s'amuse avec les morceaux de son corps. C'est là que ses parents le trouvent en rentrant.

— Vous avez interrogé madame Russel ?

— Pas encore. Elle est entrée dans une clinique pour une cure de sommeil. Il paraît qu'elle a complètement craqué.

— Il y a de quoi. Elle m'a aidée pendant que je me débattais avec Frédéric.

Je m'arrête, frappée par un détail auquel je n'avais pas pensé.

— Vous vous souvenez de quelque chose ? demande la lieutenante.

— Ce n'est rien. Aucune importance.

Si madame Russel avait pris des somnifères comme son mari me l'a affirmé, comment a-t-elle pu se réveiller et surgir au moment où j'en avais besoin ?

La lieutenante me scrute toujours :

— Madame Russel vous a dit quelque chose de particulier ce soir-là ?

— Non, elle dormait quand je suis arrivée.

La lieutenante Sanchez relève une mèche grasse qui tombe par-dessus ses lunettes.

— Vous ne l'avez donc pas vue en arrivant, insiste-t-elle.

— Non. Elle était dans sa chambre.

— C'est cela. Profondément endormie.

Silence. Par loyauté pour Russel, je n'ose pas dire ce que je pense, c'est-à-dire qu'elle aurait aussi bien pu être ailleurs. La lieutenante me paraît assez grande pour y penser toute seule.

— C'est ennuyeux ce que vous dites là, observe-t-elle, sans avoir l'air d'y toucher. Soit madame Russel était présente dans l'appartement, soit monsieur Russel était seul.

— Avec son fils…

— Et avec vous. Ça change un peu les choses, vous ne trouvez pas ?

Nouveau silence. Galléac est sur le qui-vive. J'ai soudain l'intuition que nous venons d'en finir avec les préliminaires, que tout le reste n'était que brouille pour en venir à ce détail essentiel : je me trouvais seule avec mon patron le soir du meurtre. Est-ce que je suis sa dupe ou est-ce que je le couvre ? Dans quel camp me situer ?

Je décide de prendre les devants :

— Ecoutez, le professeur Russel m'a peut-être menti en me disant que sa femme dormait. Je n'en sais rien. Peut-être qu'il ne savait même pas où elle était, qu'il veut dissimuler quelque chose qui la concerne…

— C'est exact. Nous savons qu'il dissimule un tas de choses concernant sa femme.

— C'est un homme aux abois. Ce scandale tombe à un moment crucial de sa carrière et ses ennemis vont se jeter dessus…

— Il a des ennemis ?

— Un paquet. C'est un fonceur, un pitt-bull, on a dû vous le dire. Mais c'est aussi un excellent psychiatre, quelqu'un de tout à fait exceptionnel. Je suppose qu'il est assez atypique parmi les grands pontes de la médecine.

— Et comment pourrait-on lui nuire ?

— En refusant de lui voter les budgets dont il a besoin… En refusant de créer son unité de recherche… En l'empêchant d'accéder à la présidence de la commission médicale de l'hôpital.

— Qui ferait ça ?

— Ses pairs. Les autres patrons. Ils se jalousent et se haïssent. Ils peuvent prétexter qu'il n'y a pas de fumée sans feu et qu'il est responsable du désastre de sa vie familiale… Vous comprenez ? Un fils meurtrier, ça fait désordre.

— Je vois. Un fils fou, c'est déjà mieux.

— Un peu mieux.

— Vous croyez que le désordre de sa vie privée compte tant que ça ? Je pensais que chez les scientifiques il suffisait d'être le plus compétent pour gagner.

— La seule chose qui importe pour arriver en tête, tenir les commissions, imposer les budgets et les nominations, c'est votre pouvoir. Pas l'argent, juste le pouvoir.

La lieutenante G. Sanchez se résigne à regret à quitter mon canapé :

— Il ne doit pas y avoir beaucoup de bonnes femmes, soupire-t-elle.

— A ce point-là, c'est du nettoyage ethnique.

Une fois sur l'autoroute, le soleil m'arrive en plein dans les yeux. Un soleil pâle et fiévreux qui descend lentement dans le ciel froid et dégouline sur mon pare-brise. Avec un CD de musique cubaine, le chauffage à fond et les toits de la banlieue qui scintillent à l'horizon, je me sens tout à fait d'attaque. Je chante avec la musique sans penser à rien. L'entrée de l'hôpital, discrète et ombragée, arrive beaucoup trop tôt.

— Salut, Sheila !

J'ai lancé mon salut matinal avec une énergie factice, comme si nous n'avions que des problèmes de routine, faciles à résoudre. Comme si nous étions unis. Comme si nous étions soudés.

— Le patron est encore là ?

— Dans son bureau.

A voir sa tête, on dirait qu'elle vient de me donner l'adresse de la Kommandantur pour que j'y porte ma lettre anonyme. Qu'est-ce qu'on lui a raconté encore ?

Je frappe à la porte de mon chef de service, des coups précis, sans concession, à l'image de ce que seront mes paroles dans deux secondes et demie.

— Je vous attendais, lance Russel sans lever les yeux de son dossier. Asseyez-vous.

— Ce n'est pas la peine, j'en ai pour une minute.

Cette fois, il relève la tête :

— Qu'est-ce qui se passe ?

J'attaque sans préambule :

— Je suis désolée mais je ne peux plus m'occuper du cas de Frédéric. Cela me pose un problème déontologique et je veux être remplacée.

Je ne suis pas sûre d'adopter la meilleure tactique mais je n'en ai pas trouvé d'autre. En tout cas, le résultat ne se fait pas attendre :

— Qu'est-ce qui vous prend ? Vous avez vos règles ?

L'insulte me laisse un instant sans voix mais pas au point de me faire perdre mes moyens.

— ... Navrée de vous décevoir, je prends des hormones de synthèse. Cela dit, ma décision est prise. Elle est définitive.

— Mais qu'est-ce que c'est que ces conneries, Véra ?

Visiblement, il change de stratégie. Il la joue paternelle.

— Je suis sûre que vous comprenez très bien.

— Que je comprends quoi ? Qu'une minette de trente et quelques balais est en train de refuser la chance de sa vie ? Parce que c'est une chance, Véra, et vous le savez très bien ! On vous mangera dans la main quand on verra que je vous protège, on rampera devant vous comme jamais vous n'aurez vu personne ramper. Vous serez de tous les congrès, de toutes les commissions. Vous gagnerez un fric fou avec votre clientèle privée ! Vous serez quelqu'un d'important, Véra ! C'est ça qui vous fait peur ?

Je le fixe, ébranlée. Je pourrais prétendre ne partager aucune de ces ambitions mesquines et vouloir passer ma vie à me dévouer corps et âme pour un salaire de misère. C'est faux. Pourquoi n'aurais-je pas le droit de grimper moi aussi ? Pourquoi mon travail ne serait-il pas reconnu ? Publié ? Je ne suis pas bonne sœur. Je veux gagner plus d'argent, avoir plus de temps et qu'on m'appelle professeur…

Je décide de faire front sans rien lâcher :

— Contrairement à ce que vous pensez, j'ai très envie de gagner plus d'argent. Mais pas comme ça. Pas en vous servant de larbin. Si Frédéric est psychotique, quelqu'un d'autre doit s'en occuper, un psychiatre qui n'aurait aucun lien avec le service. Les esprits s'apaiseraient et vous en sortiriez grandi…

Il me toise, effaré.

— Mais Frédéric n'est pas psychotique ! s'écrie-t-il.

C'est à mon tour d'être surprise. Je tiens bon :

— Si. Je pense qu'il l'est.

— Je vous interdis de dire ça et même de le penser ! siffle-t-il. Vous vous rendez compte du mal que vous nous faites ? Mon fils a pris je ne sais quelle saloperie qui a provoqué une bouffée délirante. Une bouffée délirante, vous m'entendez ? Rien de plus ! Le fils d'Edouard Russel est un gamin à problèmes mais pas un malade mental !

Il me souffle au visage, cramoisi. Je recule d'un pas.

— Tout ce que je vous demande c'est de m'aider à obtenir un non-lieu ! C'est pas sorcier, non ? Je ne vous demande pas d'écarter les cuisses !

— Allez vous faire foutre !

Je prends la direction de la porte quand il m'attrape par la manche et me rejette brutalement vers l'intérieur de la pièce :

— Ecoutez-moi bien, petite conne. Dans quelques jours, il va y avoir l'élection du nouveau président de la commission médicale. Ce sera moi. Picard est foutu même s'il ne le sait pas encore.

— Qu'est-ce que vous voulez que ça me fasse ?

— Une fois que je serai élu, je ferai voter les budgets dont j'ai besoin pour agrandir le service. Je monterai mon unité de recherche, j'aurai des postes de chercheurs, chefs de clinique, et même d'agrégés. Vous êtes intelligente. Vous ferez ce qu'il faut pour avoir une part du gâteau.

Je cherche désespérément une réplique cinglante, mais rien ne me vient. Aller aux prud'hommes ? Faire appel à mon syndicat ? Cela ne servira à rien. Le pouvoir de Russel est absolu.

Quoi que je fasse, quelle que soit ma décision, j'ai perdu la partie. Il le sait. A voir l'ombre du sourire qui flotte sur ses lèvres minces, il en jouit.

Je répète le plus froidement possible :

— Je ne prendrai pas en charge le cas de votre fils. Rien ne pourra m'y obliger.

— Comme vous voulez.

Cette fois, il me laisse partir. Mais au moment où je franchis le seuil de la pièce, il me hèle :

— Véra !

J'attends, sur le qui-vive.

— Qu'est-ce que c'est que cette histoire d'hormones de synthèse ? demande-t-il avec un sourire mauvais.

Je ferme la porte sans répondre et m'éloigne dans le long corridor blanc et jaune.

11

Plane dans l'atmosphère comme un air de glace. De longues zébrures orange dans le ciel ténébreux vous étreignent la poitrine comme un mauvais présage. A la minute où je sors du périphérique pour entrer dans la non-zone du bus des femmes, sous l'échangeur de la Porte de la Chapelle, tout se voile et disparaît. Il n'est pas 18 heures, il fait tout à fait noir.

L'heure de la fermeture des bureaux a donné le signal d'une intense activité sexuelle pour le plus grand bénéfice des travailleurs du trottoir dont les troncs sans tête apparaissent dans le faisceau des phares.

Dans le bus des femmes, l'effervescence règne. Il y a même tant de monde que je me demande si je vais pouvoir monter. Une voix stridente avertit enfin la foule :

— C'est la psy ! Elle est là ! Laissez-la entrer !

Le message que Marie-Claude, la fille de l'association, a laissé au CIP était plutôt confus, je n'ai pas la moindre idée de ce dont il s'agit. Quand les êtres de tout poil agglutinés devant la porte s'écartent pour me laisser pénétrer dans l'habitacle, je prends brusquement la mesure du problème.

L'intérieur du bus a été ravagé. Il n'y a plus que les vitres qui tiennent debout, sans doute parce que les auteurs du massacre ne souhaitaient pas attirer l'attention.

Marie-Claude est en larmes.

— Vous avez été agressée ?

Elle hoquette :

— N'appelez pas la police. Ils ne m'ont rien fait… Ça va aller, je vous assure.

A côté d'elle, son acolyte est blanc comme un linge.

— Est-ce qu'on peut être tranquille quelque part ?

— On va se mettre là. Bibou ! lance-t-elle en s'adressant à la vieille prostituée qui fait partie des meubles. Tu peux faire sortir tout le monde ?

— Bien sûr, ma poule !

On se retrouve entre nous, dans l'espace dévasté. Sa tâche accomplie, Bibou s'appuie contre la paroi pour écouter. Avec ses paupières lourdes et sa robe noire collante, elle a tout d'une corneille perchée sur une potence.

— J'espère que vous êtes assurés…

C'est le garçon qui me répond :

— Même pas. Les assurances voulaient nous faire payer tellement cher, c'était ridicule.

— On savait que ça pouvait arriver, renchérit Marie-Claude, mais on a pris le risque. En un sens on a eu de la chance. Ils auraient pu nous tabasser…

Super. Si tout le monde a eu du bol et que tout va bien, qu'est-ce que je fais là ?

— On n'a jamais eu d'ennuis avec eux, continue Marie-Claude, c'est la première fois. Ils sont venus chercher Natacha.

— Natacha ?

— Le jeune moldave que vous avez fait hospitaliser l'autre jour. Ce sont ses macs. Il faut qu'il retourne travailler.

Marie-Claude a dit cela sans me regarder. La peur qu'elle vient d'éprouver a eu raison de ses principes, en tout cas momentanément.

— C'est pour ça que vous m'avez appelée ?... Pour que je lui dise de revenir ?

Navrée, elle essuie son nez sur la manche de son pull.

— Vous savez bien que c'est impossible, dis-je le plus gentiment possible. Même si je le voulais, et ce n'est pas le cas. Je ne sais pas où elle se trouve. Je ne l'ai pas revue. Le suivi des interventions se fait avec des psychiatres de jour et moi, je travaille la nuit.

— Alors elle est à l'hôpital ?

— Elle est entrée en Neurologie. J'ai entendu dire qu'ils avaient trouvé quelque chose.

— Si elle est malade, elle y est encore ?

— Sans doute. Mais si elle veut partir, on ne pourra pas l'en empêcher...

Je ne précise pas qu'on m'enverrait d'abord discuter avec elle pour la convaincre de se soigner. Autant les habituer à l'idée que Natacha fait ce qu'elle veut.

La voix rocailleuse de Bibou, avec son accent parisien d'un autre âge, retentit derrière moi :

— Faut lui dire ce qui s'est passé, docteur. Il faut qu'elle revienne. On risque tous notre peau ici.

Un frisson d'exaspération me parcourt l'échine. J'ai eu mon compte de menaces et de chantage.

— En ce qui me concerne, Natacha a le droit de disposer d'elle-même. Je peux vous donner l'adresse de l'hôpital, mais rien de plus...

Je contemple une dernière fois le chaos avant de lancer en guise d'adieu :

— Toutes mes condoléances.

Ils me laissent partir sans protester. Ils avaient un message à transmettre et ils l'ont fait.

Dehors, le grondement assourdissant des voitures dans l'air imprégné d'oxyde de carbone témoigne d'un paroxysme de circulation au-dessus et au-dessous de l'échangeur. Le long des trottoirs, la sinistre farandole de seins nus et de jambes gainées continue dans la lueur intermittente des phares. Des éclats de voix couvrent parfois le grondement sourd des moteurs. C'est l'heure de pointe, personne ne fait attention à moi.

Du moins c'est ce que je crois jusqu'à ce que d'immenses silhouettes m'encerclent au moment où je glisse ma clef dans la serrure de ma voiture.

— Alors ? Qu'est-ce qu'elle a dit ?

Je me retourne pour leur faire face, le dos collé à la carrosserie. Au milieu de l'étrange manège qui nous entoure, je ne me sens ni vraiment en danger, ni très à l'aise.

— Excusez-moi, je ne vois pas qui vous êtes...

— Des copines de Natacha. On veut savoir ce que Bibou vous a dit.

— Rien de spécial… Je crois qu'ils ont surtout eu la trouille.

Une paire de phares tournants me révèle brièvement le velouté d'une peau noire, d'un fard à paupières à paillettes, d'une mini-jupe de lurex mauve. Ils ont posé leur bon mètre quatre-vingts sur des talons de quinze centimètres.

— Faut pas écouter Bibou, c'est une salope. Une indic.

— Bibou travaille pour la police ?

— Mais non, que t'es gourde !

— Ça va pas de tutoyer le docteur ! glapit sa compagne, ulcérée.

— Oh, mais c'est une façon de parler ! Bibou, elle travaille pour les macs de Natacha. De vrais enfoirés ceux-là !

— Ils ont une dizaine de traves dans le secteur et ils nous laissent même pas leur parler ! T'as qu'à demander à Cassandra ! L'année dernière, ils lui ont pété les deux jambes parce qu'elle avait fait un gâteau d'anniversaire à Natacha.

— Je ne sais pas où est Natacha. Je ne l'ai pas revue.

Je commence à souhaiter sérieusement qu'on ne la revoie plus jamais.

— Ecoutez, docteur, Si elle revient, ils vont lui faire un code…

— C'est quoi un code ?

Un murmure, un flottement et me voilà seule. Le groupe de travestis s'est dissous dans la nuit. Je n'ai que le temps d'en voir un monter avec un client. Quand je croise son regard par-dessus le toit de la voiture, il m'adresse un petit signe de connivence.

Derrière moi, résonne un bruit de pas très lents sur des talons aiguilles. Clic. Clac. Clic…

— Bonsoir, docteur…

La silhouette de Bibou vient se poster au bord de la chaussée, son sac en bandoulière, sa cigarette à la main et ses yeux trop fardés comme des trous dans son visage ridé.

Pour une fois, la nuit est calme. Je peux me concentrer sur les dossiers qui m'attendent au CIP et boucler toute la paperasse en retard. Après deux ou trois heures dans mon bureau sans être dérangée une seule fois, je commence à me demander si le monde ne s'est pas arrêté de tourner.

Je demande au standard :

— Rien pour moi ?

Sheila fait signe que non.

— Tu es là ? s'étonne Antoine qui passe en coup de vent, un gobelet de café dans une main, sa serviette de cuir dans l'autre. Je croyais que tu étais sortie ! Je n'arrête pas, moi ! Qu'est-ce qu'elle fout, Sheila ?

Sheila fait l'étonnée, s'excuse. Elle a oublié que je me trouvais dans mon bureau. Antoine éructe, je l'accompagne jusqu'à la porte d'entrée en lui promettant de prendre le prochain appel.

Soudain, quelque chose me frappe :

— Qu'est-ce que tu as fait à tes cheveux ?

Ils sont aussi noirs que s'il avait passé chaque mèche au cirage. Il me sourit, ravi :

— C'est mieux, non ?

— Euh… Oui. C'est pas mal.

C'est vrai, quoi ! Pourquoi n'aurait-il pas le droit de se teindre ?

Puisque Sheila a promis de me biper dès qu'elle aura besoin de moi, je décide de monter en Neurologie pour éclaircir le mystère Natacha.

Contrairement au CIP où l'activité nocturne est toujours assez intense, tout est calme. Les couloirs éclairés par une simple veilleuse sont déserts, des portes closes protègent les malades endormis. Tout au bout, un gros verrou barbare m'indique la chambre de Fred. Au lieu de me mettre en quête d'une infirmière ou de l'interne de garde, je me sens aspirée par la porte au verrou, irrésistiblement. Je glisse sans bruit sur le lino et pénètre sans être vue dans la chambre.

— Boujou…

— Fred ! Tu ne dors pas ?

J'allume sa lampe de chevet.

Il n'a plus que la peau sur les os. Ses cheveux gras sont plaqués sur son crâne, des poils épars ont poussé sur son menton. Ses gestes lents et empruntés indiquent qu'il est plombé par les neuroleptiques. Ses grands yeux voilés me fixent tandis que des bribes de souvenirs s'emboîtent maladroitement dans sa mémoire :

— C'est Véra. Tu te souviens ?

Pour toute réponse, il saisit ma main et l'embrasse avec ferveur.

— Fred ! Qu'est-ce que tu fais ?

Je m'assieds à côté de lui, hésitant à retirer ma main qu'il tient contre sa joue comme un doudou.

— Tu sais où tu es, Fred ?

Il hoche la tête en articulant d'une voix pâteuse :

— J'ai peur.

— De quoi tu as peur ?

— Je ne sais pas.

— Essaie de me dire. Tu as peur de quelqu'un ? De quelque chose ?

— J'ai peur de mourir.

— Tu ne vas pas mourir.

Il redresse son buste. Je suis assise sur le bord du lit, toute proche, l'odeur aigre de sa sueur dans mes narines, guettant ses réactions.

— Fred… Tu te souviens de ce qui s'est passé ?

Inutile. Il ne comprend pas. Il ne se souvient pas. Il n'existe pas en dehors de l'angoisse qui lui dévore les entrailles, vaguement atténuée par des doses massives de médicaments.

— Tu es bien ici ? Les infirmières sont gentilles ?

Il hoche la tête avec conviction. Dans son monde hanté par l'horreur, sans loi ni logique, il ne peut s'accrocher qu'aux infirmières.

— Ton père vient te voir ?

Pour toute réponse, il se jette dans mes bras. Je reçois de plein fouet le choc brutal de ce grand corps avec, l'espace d'une seconde, l'impression qu'il vient de me frapper.

Mais il étreint mes épaules et cache sa tête contre mon cou. Je passe mes bras autour de lui. Tant pis si c'est un meurtrier, tant pis s'il n'a droit à aucune compassion. Pour moi, c'est un psychotique de dix-sept ans, mon ami, mon frère.

Je lui parle à l'oreille :

— Ça va s'arranger, Fred. Tu vas voir. On va prendre soin de toi.

La porte s'ouvre brusquement, Sabine fait irruption dans la pièce :

— Qu'est-ce que… ? Ah, c'est toi !

D'un seul regard elle a enregistré le tableau : Fred et moi enlacés, lui accroché à moi comme un koala géant à sa mère nourricière.

Je lui adresse un sourire contrit :

— Je t'ai cherchée mais je ne t'ai pas trouvée…

Fred retombe contre son oreiller, apaisé. La présence de Sabine et les effluves de son parfum, coûteux cadeau de son amant marié, semblent lui procurer une certaine quiétude.

— C'est lui qui a appelé ? s'inquiète-t-elle.

— Non, j'ai eu envie de le voir.

— Mais tu n'es plus censée t'en occuper ?

— Non.

— Alors je n'ai rien vu.

Ses yeux pétillent de malice tandis qu'elle s'approche de Fred pour prendre son pouls, lui toucher le front, écarter une mèche qui lui tombe dans l'œil. Il lui sourit, reconnaissant.

— Il est bien avec toi, dis-je.

Elle hausse les épaules :

— Ici, personne ne veut s'en occuper, à part moi. Les filles ont la trouille. Il est tout seul derrière ses verrous toute la journée… Ce n'est pas ça qui va l'arranger…

— Il ne voit pas un psy ?

— Pour quoi faire ?

— Il souffre, Sabine. Il a besoin qu'on l'écoute, pas qu'on l'assomme.

— Moi, je l'écoute ! Il me parle, tu sais, il ne raconte pas que des conneries…

— Son père vient souvent ?

Sabine tapote son catogan, arrange le store devant la fenêtre. Ça me rappelle la réaction de Fred, il y a cinq minutes, quand j'ai mentionné son père. J'insiste :

— J'ai l'impression qu'ils ont une relation difficile…

— Laisse tomber, Véra. Tu as eu mille fois raison de refuser de t'en occuper.

L'intensité qu'elle met dans ses paroles me déroute un peu mais je m'accroche à mon idée. Je la presse à voix basse, si proche que je m'enivre de son merveilleux parfum :

— Tu as vu Russel avec Fred… Comment il est ?

Un sourire sans joie étire ses lèvres, elle se tourne pour éteindre la lampe de Fred :

— Il l'aime trop. S'il pouvait le dévorer pour le mettre à l'abri dans son ventre, il le ferait…

C'est peu mais, venant de Sabine, c'est déjà beaucoup.

Elle ouvre la porte pour sortir, je souhaite bonne nuit à Fred.

Pas de réponse. Son esprit bat à nouveau la chamade. Il navigue ailleurs, très loin, au sein de son univers hostile.

Chaude ambiance dans la salle des infirmières. On rit, on glousse, on se bouscule autour d'Hugo qui, assis sur le bord de la table, plaisante et fait le beau.

Notre arrivée jette un froid, pas seulement parce que l'ancienneté de Sabine lui confère une certaine autorité. La rumeur a couru que j'ai connu Hugo dans une autre vie et le sourire que j'adresse à la ronde ne trouve aucun écho. On m'évalue, on me soupèse, on suppute. Les yeux d'une petite mignonne me crucifieraient au premier carrefour si on leur en laissait le pouvoir. C'est me donner bien de l'importance.

Hugo m'entraîne rapidement dans le couloir. Je demande, étonnée :

— Tu es de garde ?

— J'ai été appelé pour une patiente en réanimation. Mais ça va. Je vais pouvoir rentrer me coucher. Et toi ? J'ai beau me flatter d'un tas de choses, je ne pense pas que tu sois montée me voir…

— A Dieu ne plaise.

— Cochonne. Tu préfères les travelos…

Le bleu de ses yeux paraît encore plus pur contre sa peau bronzée.

— Il faut que tu arrêtes de faire de la lampe, Hugo. Ça te monte au cerveau.

— Tu es venue voir ton mystérieux Natacha…

— Exact.

— Mais tu es furieuse que je t'aie traitée de cochonne. Tu sais ce qui me sidère chez toi ? C'est qu'en quinze ans tu aies si peu changé !

— Mais arrête avec ça ! Qu'est-ce que tu en sais ? On se connaissait à peine !

Comptent pour rien les heures passées à l'attendre

à la bibliothèque pour lui tendre les cours qu'il prenait à la dernière minute, rieur et pressé, entouré d'un aréopage de copains excités et de filles sublimes.

Il m'observe avec un sourire gouailleur :

— Il y a toujours eu quelque chose de spécial entre nous, non ?

— A ma connaissance, rien.

Il se ferme, sans doute un peu vexé. Bien fait. J'enchaîne :

— Elle est encore chez vous, Natacha ?

— Pour nous c'est « il », si ça ne t'ennuie pas. Non seulement il est doté d'une bite et d'une paire de couilles mais son chromosome Y lui joue un sale tour.

— Pourquoi ?

— Il a une saloperie d'angiome et il est hémophile.

— Qu'est-ce que vous comptez faire ?

— Plus rien. Il est passé en neuro-radio hier et il a survécu.

— Il va sortir bientôt ?

Hugo secoue la tête avec une moue :

— Oh, non. Rien ne presse. Ce n'est pas réglé ce qu'il a...

On s'assied côte à côte sur les fauteuils de la salle d'attente. J'allonge mes jambes histoire de me détendre. La visite à Fred m'a noué l'estomac. A moins que ce ne soit Hugo à côté de moi.

— Ecoute, il faut que Natacha quitte l'hôpital le plus vite possible.

— Pour aller où ?

— Où elle veut, justement.

Hugo sursaute, effaré :

— Ça ne va pas, non ? Il ne dit pas un mot de français, le mec. Et je n'aborde même pas la question de ses papiers ! Où veux-tu qu'il aille dans l'état où il est ? Tapiner au bois de Boulogne ?

— Si c'est pour son propre compte, je n'y vois pas d'inconvénient. Ecoute-moi, Hugo, c'est très sérieux. Natacha doit quitter l'hôpital demain matin, ou tu l'installes dans une chambre fermée. Pour sa propre sécurité.

— Mais qu'est-ce que tu racontes ?

— Ses macs la cherchent. Ces enfoirés de la mafia de l'Est. Ils pensent qu'elle a essayé de s'enfuir. Leur objectif c'est de la récupérer, de la punir et de la remettre sur le trottoir si elle peut encore servir…

— Tu penses vraiment qu'ils vont se pointer ici ?

— On ne sait jamais. J'ai une petite idée de leurs méthodes, je te garantis qu'ils ne font pas dans la dentelle.

Cela nous fait comme un blanc dans la conversation. Hugo fronce les sourcils, contrarié. En bon médecin, il a horreur qu'on lui esquinte un patient qu'il vient de réparer. En lui suggérant d'abandonner ce patient à son destin, je lui pose un sacré cas de conscience.

— O.K., je verrai, conclut-il d'un air rogue.

Et comme s'il s'attendait à une kyrielle d'ennuis supplémentaires, il ajoute :

— Je suppose que tu veux voir aussi Fred Russel ?

— Pour quoi faire ? Ce n'est plus mon rayon.

Je sors un Kleenex pour me moucher, ça m'évite de le regarder. Il hausse les épaules :

— Ce n'est plus le mien non plus. De toute façon, si les pontes se mettent à délirer sur son cas, on n'y pourra rien, ni toi ni moi.

— C'est le Syndrome Kennedy.

— Ouais. Plus un patient a de relations, plus il est mal soigné.

— Il a failli crever de quoi, Kennedy ? De l'appendicite ? D'une entorse ?

Hugo sourit :

— Un truc comme ça. Tu veux en apprendre une bonne ? Picard prétend que l'image de l'IRM de Fred est anormale. Pour lui, c'est une tumeur. Résultat, il a complètement affolé Russel.

Je me redresse, alarmée :

— Ça date de quand ?

— Tout à l'heure, en fin de journée.

Donc, lors de mon sympathique entretien avec Russel, celui-ci n'était pas encore au courant.

— Les résultats du scanner sont arrivés au moment où Picard partait, raconte Hugo. Tu sais, les tumeurs frontales c'est son truc depuis toujours. Il a fait un esclandre. Il nous a accusés d'être nuls, nous a reproché de n'avoir rien vu, de ne pas avoir demandé les examens complémentaires… La totale.

— Et toi, qu'est-ce que tu en penses ?

— Difficile à dire. Il existe bel et bien une légère opacité sur l'image… Mais ça peut être un truc bénin avec lequel il vit depuis sa naissance…

Je bondis :

— Cette opacité comme tu dis, ça ne pourrait pas l'avoir rendu psychotique ?

— Tu es la seule à prétendre que Fred est psychotique…

— Disons que c'est une hypothèse. Tu pourrais te renseigner ? Faire des rapprochements ?…

Je me lève, engourdie par une sensation poisseuse et douce qui m'envahit jusqu'à la nausée.

— Hugo… Qu'est-ce qu'il a vraiment ce gosse ?

Il me répond avec une sincérité dont je ne l'aurais pas cru capable :

— Pour l'instant, on n'en a pas la moindre idée. Mais ce n'est pas ce qui compte… L'essentiel c'est de gagner du temps pour qu'il n'aille pas en prison. Russel le gardera toute sa vie à Saint-Guy s'il le faut…

Ça n'a pas l'air de le déranger. A la limite, il semble plutôt satisfait que les réflexes autoprotecteurs de sa caste fonctionnent bien. Je ne comprends pas ce mec-là.

Ni aucun autre d'ailleurs.

12

— Loïc Sentier ?

— C'est moi.

L'être qui vient d'ouvrir la porte est vêtu d'un bas de pyjama rayé avec un tee-shirt délavé. A en juger par ses paupières encore collées, je le réveille. A six heures trente du matin, cela n'a rien d'étonnant.

Je me fends d'un large sourire en lui tendant la main.

— Docteur Cabral. Désolée de vous réveiller mais votre principal m'a conseillé d'être matinale. Si j'ai bien compris, vous devez être au lycée à 8 heures ?

— … Quand j'ai cours, ouais.

Ça n'a pas l'air d'être le cas, dommage pour lui. Il est trop occupé à rassembler ses idées pour m'empêcher d'entrer.

— Bien. Je vous laisserai le temps de prendre votre douche, ne vous inquiétez pas. Je peux m'asseoir ici ?

Je m'empare d'une chaise, foulant aux pieds les différentes couches de vêtements et d'objets qui sédimentent sur le sol crasseux. Je sors mon bloc sans lui laisser le temps de souffler et, du bout de mon stylo, j'écarte un pot de Nutella dépourvu de couvercle qui doit sécher là depuis des semaines.

— Mais vous êtes qui ? s'indigne-t-il mollement.

C'est le moment d'exhiber ma carte bleu-blanc-rouge.

— Je suis le psychiatre expert dans le meurtre d'Emilie Rameau.

En réalité il ne s'agit que du laissez-passer qui me permet d'accéder aux sites d'intervention mais, tout surdoué qu'il est, cette subtilité lui échappe.

— Qu'est-ce que c'est que ce bordel ? grondet-il d'une voix pâteuse. Les flics sont déjà venus, ils n'étaient même pas foutus de me dire ce qu'on me reproche ! Je vais prendre un avocat, moi !

— Calmez-vous.

Rien de tel pour énerver quelqu'un, c'est inscrit en rouge dans le manuel du Parfait Psychiatre d'Urgence.

Ça ne rate pas :

— Mais putain ! Qui vous êtes pour me dire de me calmer ? Pourquoi je devrais répondre à vos questions ?

— On nous a dit que vous aviez fondé une association à but non lucratif qui connaît une certaine vogue à Condorcet. Nous savons que Frédéric Russel faisait partie de votre association. En quoi cela vous gêne-t-il de nous aider à dresser son profil psychologique ?

Sous-entendu : si tu n'as rien à te reprocher, crétin ?

Touché. Loïc Sentier s'affale sur son lit étroit, penché en avant, les coudes sur les genoux. Malgré son allure avachie, l'éclat de ses yeux ne me trompe pas. Il a cessé de dormir.

— Parlez-moi de votre association. Il serait question de jeux de rôles, d'après ce qu'on m'a dit ?

— Ouais, c'est à peu près ça. Au départ on pensait imiter « Donjons et Dragons » mais ils se prennent trop au sérieux. On voulait créer quelque chose de plus cool, de plus potache si vous voulez... Alors on s'est appelés : « Le Glaive et l'Hydromel ».

— En quoi consistent ces jeux de rôles ?

— Eh bien, on crée une histoire...

— Qui ça « on » ?

— Un copain et moi, essentiellement. On invente une histoire, en général tirée d'une légende du Moyen Age ou qui aurait pu se passer au Moyen Age...

— Pourquoi le Moyen Age ?

Au regard qu'il me lance, je suis classée dans la catégorie des parfaits abrutis.

— Parce que ça nous branche, tiens ! Le bas Moyen Age, la guerre de Cent Ans, tout ça. C'était vraiment dur à cette époque. On trouvait des seigneurs de la guerre qui vendaient leur âme pour des terres, de l'or ou une femme... Rien n'avait de prix. Sauf soi-même. C'était la loi du plus fort...

Mais c'est qu'il y croit, le bougre. Son discours enflammé contraste avec son air miteux. Ses cheveux comme ses yeux sont d'une couleur indistincte, ses traits mous, sa peau trop blanche rappelle le ventre des poissons morts. Malgré ses vingt ans, il n'a même pas l'air jeune.

Je fais semblant de consulter mes notes :

— Donc, après avoir établi le canevas de l'histoire, vous distribuez les rôles à tous les membres de l'association.

— Exact.

— Je suppose que vous établissez un roulement, non ? Que ce ne soit pas toujours les mêmes qui gagnent...

Ma question le surprend.

— Eh bien... ça ne dépend pas de moi.

— Comment ça ?

— On ne repart pas de zéro à chaque nouvelle histoire. Ceux qui ont perdu... Ils ont vraiment perdu. Il faut qu'ils se débrouillent pour regagner des points dans la nouvelle histoire. Je ne les transforme pas obligatoirement en gagnants, comme si je distribuais des bonbons. C'est comme au Moyen Age, vous comprenez ? Il faut se battre pour survivre.

Non sans une certaine répulsion, j'observe le cou de poulet qui sort par l'échancrure du tee-shirt.

— Et si on perd, il se passe quoi ?

Il empoigne le pot de Nutella et scrute ses profondeurs pour éviter mon regard :

— Il va falloir que je descende chez ma mère pour prendre ma douche.

Oh que non ! Mon pouls bat plus vite, mes yeux traquent chacun de ses gestes. J'insiste :

— Vous devez bien avoir un système de récompenses. Ou de sanctions ?

— On a des gages…

J'adore les gages. C'est l'échelle de Richter du sadisme.

— Pouvez-vous m'en citer quelques-uns ?

— Oh, pfff…

Renonçant à plonger son doigt dans le Nutella, il s'empare d'une petite règle plate pour fourrager dans les tréfonds du pot. Il lèche consciencieusement la pâte brune qu'il parvient à en extraire.

— Ce qui nous passe par la tête, quoi ! On est barbouillé de dentifrice à poil devant tout le monde, on doit manger un œuf pourri… Des trucs qui font rigoler…

Rien que d'y songer, je me tords.

— Qu'est-ce qui vous permet de décider qu'une histoire est terminée ?

— Ça dépend. Quand on en a marre, principalement. Mais aussi quand un des camps a tellement perdu qu'il n'a plus aucune chance de regagner des points. Par exemple, quand le chef d'une des factions a vu tous ses vassaux passer à l'ennemi ou être tués.

— Et… comment on tue quelqu'un ?

Il ricane :

— Pas la peine de vous exciter, c'est pas un scoop. J'ai tout raconté aux flics.

— Alors ?

— On se bagarre pour de vrai, quoi ! On se fout sur la gueule avec les pieds et les poings. Celui qui perd est considéré comme mort.

— Et après ? Vous vous barbouillez mutuellement de dentifrice pour faire la paix ?

J'apprécie en connaisseur la lueur de haine dans

l'œil du petit jeune homme sans faille. Il n'apprécie guère qu'on se moque de son joujou.

— On organise une soirée à la fin de chaque histoire, explique-t-il à contrecœur. En costume d'époque. C'est là qu'on désigne l'équipe victorieuse et qu'on distribue les gages.

— Frédéric venait à ces soirées ?

— Je ne sais plus. Peut-être une fois ou deux… Il n'est pas resté longtemps avec nous.

— Et sa copine ?

— Quelle copine ?

— Emilie. Elle jouait un rôle elle aussi ?

C'est un as du ricanement :

— Vous faites son bilan psychologique aussi ? Pourquoi la victime est devenue victime ? Dites-moi ce que vous en pensez, docteur. Est-on prédestiné à devenir une victime ? Y a-t-il des proies-nées comme il y a des prédateurs-nés ?

Je devine sans peine dans quel camp se situe mon amateur de dentifrice. Je réponds froidement :

— Je ne vous demande pas de trahir un secret d'Etat mais de répondre par oui ou par non. J'ai besoin d'établir le degré de sociabilité de l'accusé et je ferai part aux enquêteurs de toutes les questions auxquelles vous aurez refusé de répondre. Emilie a-t-elle participé à ces jeux de rôles avec Frédéric ?

Un sourire narquois soulève ses lèvres d'un seul côté tandis qu'il suçote pensivement sa règle. Malgré sa prudence, il aimerait bien me faire sentir qu'au panthéon des surdoués, ma place se situerait entre la balayette des chiottes et le bac à ordures.

— Nos jeux ne sont pas mixtes. Les femmes ne sont pas admises dans l'association.

Impassible, je prends note.

— … Vous êtes donc un organisateur de soirées entre hommes ?

Il s'assombrit :

— Attendez ! On est tous hétéros ! Qu'est-ce que vous croyez ?

— Je ne crois rien.

D'un air qui sous-entend exactement le contraire.

— Quand on donne une soirée, les filles sont invitées. Elles doivent porter un déguisement du Moyen Age et participer aux dernières joutes, c'est la seule condition.

— Et elles font quoi au cours de ces… joutes ? Elles agitent leurs écharpes ?

Il empoigne rageusement une serviette-éponge et ouvre la porte sur le couloir glacé. Malgré l'excellent contrôle qu'il a sur lui-même, j'ai réussi à l'énerver.

— Vous allez me mettre en retard, décrète-t-il. On n'a qu'à se voir au bahut si vous avez d'autres questions. La psy me préviendra.

— Elle pense grand bien de vous, dis-je en rassemblant mes affaires.

— Normal, j'ai un bon profil.

Il s'apprête à fermer la porte quand je me tourne brusquement vers lui :

— Mes lunettes ! Je les ai laissées sur votre bureau !

Avec un soupir excédé, il ouvre de nouveau sa porte.

— Allez-y.

Je me précipite, rafle mes lunettes et, ni vu ni connu, la règle un peu collante qui traîne à côté des bouquins épars. Ensuite, je me dépêche de quitter la pièce.

Il me pousserait bien dans l'escalier tant il a hâte que je m'en aille.

Je remonte en voiture, accablée. Avoir réussi à coincer Loïc Sentier chez lui ne m'avance pas à grand-chose. Au contraire, son témoignage enfoncerait plutôt Frédéric en accréditant l'idée que les jeux de rôles ont créé une fracture chez lui. Autrement dit, ces jeux ont pu causer de gros dégâts psychologiques sur une personnalité fragile. La psychologue du lycée ne manquera pas de produire ses dossiers pour prouver a posteriori que Frédéric ne doit sa chute qu'à lui-même.

Autant regarder les choses en face : il va être enterré vivant avec son secret. Et il n'y a que moi que ça gêne.

— Je ne me souviens pas vous avoir convoquée, docteur, articule la lieutenante G. Sanchez de sa voix sirupeuse.

Les fenêtres du bureau grandes ouvertes devraient m'alerter sur son humeur, d'autant que je viens de croiser Galléac dans le couloir, ivre de rage. La porte qu'il venait de claquer vibrait encore quand j'ai tourné la poignée.

Mais je n'ai d'yeux que pour la Seine qui étale sous le soleil d'hiver de gros flots de soie irisée, belle au point que les passants en ont le cœur chaviré. Je murmure pensivement :

— Vous avez de la chance…

— … Vous me permettrez de ne pas partager votre avis. Qu'est-ce qui vous amène ?

D'un air de défi, je pose la petite règle graduée sur son bureau.

— Ça. C'est l'empreinte ADN de Loïc Sentier, il a sucé ce truc-là devant moi.

Une intense contrariété s'imprime sur la large figure de mon interlocutrice tandis qu'une odeur pestilentielle se répand lentement autour d'elle. La lieutenante G. Sanchez vient de péter.

Je suffoque. Je vais vomir. Par un réflexe inné d'autodéfense, mes jambes me portent vers la fenêtre.

— Il m'a fallu trente-trois ans dans la police pour devenir un phénomène de foire, susurre-t-elle, mais je ne laisse plus personne m'emmerder, docteur. Même pas vous.

J'aspire goulûment une bouffée d'air pur avant de me tourner vers elle, révoltée :

— J'essaie seulement de vous aider !

— Mais qui a besoin de vous ici ? Personne !

Elle me jette l'objet à la tête mais je l'attrape au vol.

Derrière ses lunettes, les prunelles opaques de la lieutenante rappellent celles d'un crocodile centenaire qui attend dans les roseaux que passe la jeunesse.

— Depuis quand ai-je besoin de vous pour obtenir la salive de Loïc Sentier ?

— Ne pétez pas !

N'importe quel forcené est plus facile à manier que la lieutenante Sanchez quand elle est de mauvais poil. Ses lourdes mèches grises battent en désordre les flancs rougeauds de ses joues. Elle a rafistolé ses lunettes avec du sparadrap et n'a visiblement pas l'intention de brancher son sonotone pour écouter mon baratin.

— Ce que je suis venue vous dire, commencé-je précipitamment, c'est qu'il existe un lien entre la psychose de Frédéric Russel et cette association de jeux de rôles. Un lien plus étroit que ce que Loïc Sentier veut bien reconnaître.

— Lequel ?

— Fred est devenu psychotique, fou si vous voulez, à la suite d'un choc. Ne me dites pas le contraire, je l'ai vu au moment du meurtre, je sais de quoi je parle. Or les pratiques bizarres de cette association me paraissent de nature à susciter plusieurs chocs. Loïc vous en a parlé ?

Elle grince :

— … Est-ce que vous êtes en train de me dire que vous avez flingué mon enquête en interrogeant un témoin sans mon accord ?

— Il croit qu'on travaille ensemble.

— Merveilleux. Je me demande si je n'ai pas été trop bonne avec vous. J'aurais dû exiger votre mise en examen.

— Ecoutez, la raison sociale de cette association c'est soi-disant d'organiser des fêtes. En tout cas, c'est ce que croit le proviseur. En réalité, avant les fêtes proprement dites, il se passe un tas de choses, dont la violence semble être l'unique moteur. Tous ces jeux se réfèrent au combat et aux « seigneurs de la guerre », avec un sectarisme et une misogynie agressifs. Les joutes ne sont que des bagarres visant à éliminer physiquement les protagonistes, et je garde le meilleur pour la fin : les gages ! Traduisez l'humiliation des perdants. En public pour faire bonne mesure. Chacun de ces facteurs peut déclencher une réaction psychologique très grave chez un sujet fragile.

— Allez raconter vos salades à l'avocat de la défense. Moi, je me contrefous de ce qui a pu rendre Frédéric Russel maboul. C'est pas mon boulot.

— Loïc Sentier a inventé un moyen de se livrer à des putains de bizutages toute l'année, dis-je en essayant de contrôler l'émotion dans ma voix. Ça se termine par un meurtre et vous me dites que cela ne vous concerne pas ? Mais qu'est-ce qui vous concerne alors ? La kermesse de fin d'année ?

Silence. Je grelotte près de la fenêtre ouverte, blême, les cheveux dans les yeux. La lieutenante m'observe avec curiosité :

— Qu'est-ce qui s'est passé chez Sentier ?

— Rien.

— Fermez cette fenêtre, ordonne-t-elle. Il faut que je vous dise quelque chose.

Je me résigne à quitter mon poste pour aller m'asseoir d'une fesse sur le fauteuil en face d'elle.

— Russel va obtenir le non-lieu, annonce-t-elle.

A sa tête, je comprends qu'elle prend ça comme une gifle.

— A cause de la tumeur ?

— Pas seulement. La juge d'instruction a l'air de penser que la bouffée délirante suffit à entraîner son irresponsabilité pénale. La tumeur, c'est la cerise sur le gâteau.

— Et si vous expliquez que Fred n'a pu agir seul ?

D'un air morne, elle tourne un bout de crayon entre ses doigts boudinés.

— Pourquoi vous acharnez-vous sur Sentier ? Il m'a fait l'effet d'un gosse intelligent, pas pire qu'un autre…

— Ne le sous-estimez pas. C'est un manipulateur, avec de fortes tendances sadiques qu'il dissimule sous un vernis pseudo-potache pour attirer la sympathie. C'est un peu l'élève doué mais iconoclaste qu'on a tous rêvé d'être. Mais Sentier ne ressent aucune sympathie pour qui que ce soit, j'en suis certaine. Je pourrais parier qu'il n'est proche de personne. Même les potes qui élaborent les histoires avec lui n'existent pas vraiment. Il ne parle jamais d'eux. Dans sa tête, il règne seul sur une armée de médiocres.

— Vous êtes drôlement sûre de vous !

— J'ai déjà croisé des petits nazis dans son genre.

Je ne sais pas si la lieutenante m'entend quitter la pièce car elle ne daigne pas lever les yeux du crayon qu'elle tourne entre ses doigts.

Mais qu'importe mes petites blessures d'amour-propre ? L'essentiel c'est qu'elle ait gardé la règle.

Comme tout un chacun, j'ai besoin de dormir, et comme tout un chacun, j'ai mes soucis. Il arrive même que les deux choses alternent sans se télescoper, donnant à mon existence l'apparence trompeuse d'une mécanique bien huilée. C'est en tout cas l'illusion que je donne en accueillant l'inspectrice des impôts en plein après-midi, reposée, douchée, très nette dans la jupe de cuir de Linda que j'ai assortie à un pull à col roulé noir sauvé in extremis du sac-poubelle.

Sur la table où nous allons travailler, un petit plateau avec deux verres et du jus d'orange frais jouxte une pile de dossiers soigneusement époussetés. Un prélude de Bach, un cendrier propre au cas où il prendrait à la dame la fantaisie de m'empoisonner avec sa cigarette. Ne manque que l'auréole au-dessus de ma tête.

Qu'on ne se méprenne pas, je n'ai rien à cacher au fisc. Si je prépare du jus d'orange c'est pour me prouver que j'exerce un certain contrôle sur ma vie, que je suis encore capable d'un geste d'hospitalité élémentaire. Pourtant, sur le fond de l'affaire, je nage complètement. Je n'y comprends rien, d'autant moins que, n'ayant jamais cherché à frauder, je n'ai aucune idée de ce qu'on pourrait me reprocher. En m'offrant les services d'un comptable, j'ai cru m'acheter un ticket pour le paradis. Je suis donc la première étonnée de me retrouver en train de suer sur des colonnes de chiffres, sans pouvoir me souvenir de ce à quoi ils correspondent.

L'inspectrice essaie de garder le sourire mais son regard est empreint d'une certaine déception à mon égard :

— Je suis désolée, docteur. Regardez là. Vous avez déclaré 300 000 francs de chiffre d'affaires brut cette année-là alors que vous totalisez plus de 800 000 francs d'activité réelle... Cela fait tout de même 500 000 francs d'écart.

Je lève les yeux, perplexe.

— Vous êtes sûre que c'est bien de mes comptes qu'il s'agit ? Il ne peut pas y avoir une erreur ?

— Docteur, j'essaie de vous aider…

— Je sais, je sais ! Ecoutez, je ne sais pas quoi vous dire. Il faut du temps pour acquérir une réputation et se constituer une clientèle. Les gens ne se ruent pas chez vous le jour où vous accrochez votre plaque. J'attendais le client, moi ! Je n'ai jamais gagné autant d'argent.

— Comment avez-vous acheté votre appartement ?

— On m'a prêté de l'argent.

— Votre frère Alexis ?

— Euh… oui.

Elle plonge dans ses papiers.

— 420 000 francs sans intérêts. Payé cash.

— Le comptable m'a assuré que c'était légal.

— Bien sûr. C'est aussi très pratique pour votre frère…

— Je ne m'occupe pas des affaires de mon frère.

J'ai beau avoir le profil de la gourde intégrale, je me doutais un peu qu'Alexis recyclait cet argent en me le prêtant. Nous n'en avons jamais parlé mais la condition était que je le rembourse assez vite. Ce que j'ai fait, quitte à manger des frites pendant trois ans. En réalité toute l'affaire, montée par Karine qui avait déniché l'appartement, me gênait aux entournures, mais refuser aurait été blessant pour Alexis. J'aurais eu l'air de lui faire la morale.

De toute façon, il ne s'agit même pas de ce prêt. De cet océan de chiffres dans lequel j'ai l'impression de me noyer, surnagent deux sommes surlignées en jaune phosphorescent par l'inspectrice.

— Bon. Cet argent que je retrouve sur votre compte, d'où pourrait-il venir ? Vous ne m'aviez pas dit que vous travailliez pour un centre de thérapie à un moment ?

— J'étais bénévole...

Blanc. Merde, j'étais vraiment bénévole.

— Vous savez quoi ? fait-elle en prenant frénétiquement des notes sur son carnet.

— Non.

— Je pense que vous dites la vérité.

Je dois faire une tête plutôt étonnée car elle ajoute avec un sourire :

— Je vais demander à votre banque une photocopie des ordres de virements ou des chèques, histoire d'éclaircir un peu les choses…

Les voix de Karine et de Rosemarie résonnent dans l'interphone. J'hésite, bien qu'elles soient capables d'enfoncer la porte si je n'ouvre pas. L'inspectrice m'assure qu'elle n'en a plus pour longtemps et qu'elle peut terminer sans moi, même si on discute à trois mètres. Je préférerais qu'elle s'en aille mais je n'ose pas le lui demander, craignant d'aggraver mon cas.

Je me décide à ouvrir, en espérant que mes sœurs ne vont pas s'éterniser.

Un simple coup d'œil sur l'inspectrice, sagement penchée sur ses dossiers, les fige :

— Alors, c'est vrai ? chuchote Rosemarie.

— Parle normalement, j'entends rien !

Elle hausse le ton :

— Tu as un avocat ?

Je sursaute, avec un regard en coin à l'inspectrice.

— Mais non, voyons. Je n'ai rien fait...

— Comme s'il fallait avoir fait quelque chose, ricane cyniquement Karine.

Son pull de cachemire caramel forme avec ses cheveux dorés un camaïeu subtil. Quant à Rosemarie, qui a pourtant juste trente ans, on dirait une évadée de Woodstock. Un gros pull brodé de fleurs compose un ensemble étonnant avec la longue jupe de velours qu'elle a dénichée aux Puces, et ses bottines de grand-mère. Il faut dire que l'aînée est dans l'immobilier depuis presque vingt ans alors que Rosemarie est institutrice. Ce n'est pas exactement le même budget.

A la façon dont elles s'installent côte à côte sur le canapé, comme pour former un front uni face à la résistance que je ne manquerai pas de leur opposer, je devine qu'elles vont m'entreprendre sur cette ridicule histoire d'église au mariage de Linda.

Je soupire, consciente de la présence de l'inspectrice dans mon dos, désirant à tout prix abréger la discussion :

— Je suis d'accord. Je vais parler aux parents...

Elles se regardent, elles me regardent, le plus grand effarement peint sur la figure.

— Aux parents ? Mais de quoi ?

— De quoi ? Ils ne vont pas aller à l'église regarder une vidéo des mariés, non ? Il faut bien que quelqu'un leur parle ! A propos, Rosemarie, bravo pour le double faire-part ! Riche idée !

Karine n'est pas d'humeur à polémiquer. Elle me coupe :

— Attends, je crois qu'il y a un truc que tu n'as pas compris. Il n'est pas question que Linda ne se marie pas à l'église.

— Mais enfin, c'est elle-même qui…

— Elle s'est mal exprimée. On ne va pas briser le cœur de papa parce que son Serge a des vapeurs.

— Des convictions, Karine.

— Ça revient au même. Après tout, on ne lui a pas mis un pistolet sur la tempe pour qu'il épouse une catholique. Il a choisi, il n'a qu'à assumer.

Je ne peux pas m'empêcher de rire :

— Mais Linda ne met plus les pieds à la messe depuis qu'elle a douze ans !

— C'est une crise. Elle reviendra.

— Une crise ?

Karine a sorti son portable et composé le numéro de Linda.

— Ne t'inquiète pas pour nous, j'ai branché le haut-parleur.

Je prends le portable en me demandant pourquoi les choses ont tellement tendance à déraper dans ma vie. Est-ce que c'est moi qui n'ai aucun contrôle sur ce qui m'arrive, ou est-ce pour tout le monde pareil ?

— Véra ? fait Linda à l'autre bout du fil. Excuse-moi, je voulais venir avec Karine et Rosemarie mais il fallait que je passe chez le traiteur. Alors ? Tu es d'accord ?

Je m'affale sur le divan à bout de nerfs, le portable dans la main.

— O.K. Qu'est-ce que vous avez décidé ? Qu'est-ce que vous voulez ?

— Tu vas parler à Serge.

— Je refuse de faire pression sur ce garçon qui, tout à fait entre nous, me fait l'effet d'un type bien.

— Donc tu approuves mon mariage ?

— Je n'approuve aucun mariage. Mais Serge a le droit de faire ce qu'il veut.

Karine ouvre des yeux faussement innocents :

— Ah bon ? Ça existe de faire ce qu'on veut ? Tu fais ce que tu veux, toi ?

— Jamais, si ça peut te rassurer.

— Ni toi, ni personne. Alors, pourquoi le beau Serge ne serait-il pas logé à la même enseigne que nous tous ?

— Linda ? On se rappelle, d'accord ?

Je raccroche dans un silence abyssal. Karine étudie de près la forme de ses ongles. Rosemarie m'observe avec un sourire de triomphe, pas fâchée que Karine m'ait rivé mon clou.

— Il faut trouver la faille, déclare une voix derrière nous.

On se retourne. C'est l'inspectrice que mes dossiers intéressent soudain beaucoup moins que mes petites affaires.

— Je suis désolée, s'excuse-t-elle, mais je n'ai pas pu m'empêcher d'entendre ce que vous disiez…

Et voilà. J'en étais sûre. Redoutant que mes sœurs ne se mettent à l'agresser, je souris à l'inspectrice de mon air le plus affable, comme si cela ne me dérangeait pas le moins du monde qu'elle se mêle de ma vie privée. Après tout, je n'ai rien à cacher…

— Je comprends que vous respectiez les convictions de votre beau-frère, docteur, poursuit-elle encouragée par mon sourire, mais la robe blanche à la sortie de l'église ça a quand même plus de gueule, non ?

Sur quoi elle ajoute, s'adressant à mes sœurs :

— Dans mon métier, s'il y a une chose qu'on apprend, c'est que tout homme a une faille. Découvrez laquelle, il ne posera plus aucun problème.

— Les failles des mecs, on les connaît, ricane Rosemarie dont le mari vit un grand amour avec une prof de gym. C'est le cul, le cul et…

— Et le pouvoir, coupe Karine.

Je décide de couper court :

— Vous allez continuer longtemps avec vos clichés ? Les hommes ne forment pas une catégorie d'humains à part. Il n'y en a pas deux qui se ressemblent !

Trois paires d'yeux se posent sur moi avec un intérêt quasi scientifique.

— Laissez, fait Rosemarie à l'inspectrice d'un air d'excuse. Elle est… Elle a…

Je demande d'une voix douce :

— J'ai quoi ?

— Véra n'a jamais eu de mec, résume pudiquement Karine.

Je n'en crois pas mes oreilles.

— Oh, fait l'inspectrice.

On dirait que cela éclaire tout un pan de mon dossier fiscal.

La colère m'envahit d'un seul coup, une fureur noire, incontrôlable. Si je ne quitte pas tout de suite les lieux, je vais baffer mes sœurs et l'inspectrice avec, pour faire bon poids.

— Sauf en ce moment peut-être, précise Karine.

Je lui aboie à la figure :

— De quoi tu parles ?

— Ton petit neurologue, samedi soir…

— Il a l'air pas mal, reconnaît Rosemarie, conciliante.

— Qu'est-ce que tu en sais ? Tu ne l'as jamais vu ! Putain, si je vous laissais faire vous pourriez me caser avec Hannibal Lecter !

Les joues en feu, je range dans mon sac tout ce qui me tombe sous la main. Comment osent-elles parler de moi de cette façon à une étrangère ? Comment osent-elles appeler Hugo mon petit neurologue ?

Je remonte la fermeture Eclair de mon blouson jusqu'au col.

— Tu t'en vas ?

— Oui, et vous aussi.

— J'en ai encore pour un petit quart d'heure, annonce gaiement l'inspectrice. Si vos sœurs veulent bien attendre un peu, elles fermeront derrière moi.

Au lieu de la ménager, je brûle sans hésiter mon dernier vaisseau :

— Tout le monde dehors.

13

Un malheur n'arrive jamais seul. Au moment où je franchis les grilles de l'hôpital, sans m'emplâtrer dans la guérite des gardiens que me dissimule totalement un brouillard glacé, je prends conscience d'un clignotement persistant sur mon tableau de bord. Un peu comme un signal cosmique qui atteindrait la Terre après des années-lumière, il m'indique que je n'ai plus une goutte d'essence, sans doute depuis des kilomètres. Encore heureux que je sois parvenue dans une zone familière avant la panne sèche. Je m'engage donc lentement dans l'allée qui mène jusqu'au parking, traversant le parc à une allure de corbillard.

Après mon coup de colère, je suis allée casser la croûte au restaurant de Didier. On a dit pis que pendre de nos sœurs, ce qui m'a fait un bien fou. A présent, je traverse la nuit au centre d'un brouillard toujours plus dense, plus opaque. Les phares parviennent à peine à dégager un petit lambeau de route, tout juste suffisant pour avancer, quand une forme blanche surgit entre deux arbres.

Je freine brutalement, écarquillant les yeux, scrutant la ouate grisâtre qui enveloppe la voiture d'un épais cocon. Je ne distingue d'abord rien et puis je l'aperçois, au bord de la route, hésitant, perdu. Impossible de discerner ses traits mais, sans aucun doute possible, il porte le pyjama des patients.

Bondissant hors de la voiture, j'appelle à mi-voix pour ne pas l'effrayer :

— Monsieur… ?

Avec un petit cri d'animal aux abois, il démarre une course erratique vers les profondeurs du parc, sautant sur le bas-côté puis repartant au centre de la chaussée, traversant juste sous mes roues puis s'éloignant à toutes jambes, ralentissant parfois, regardant de tous côtés comme s'il était poursuivi par une meute. Je le suis lentement, sans oser accélérer. En conséquence je le perds, juste avant d'arriver sur le parking.

Le cœur battant, j'abandonne ma voiture sur le premier emplacement vide, beaucoup trop loin des fenêtres du CIP à mon goût, mais ne pensant qu'à me faire entendre du malheureux coureur :

— Monsieur ! Vous voulez venir avec moi ? Je connais le chemin. Je peux vous aider si vous voulez…

Je scrute la purée de pois tout en me dirigeant vers le bâtiment de l'hôpital pour chercher du secours. Que fait-il dans le parc ? A-t-il perdu son chemin lors de la promenade à cause du brouillard ? Comment se fait-il que les infirmiers ne se soient pas aperçus de sa disparition ?

Soudain, une décharge électrique me parcourt l'échine, hérissant chaque poil de mon corps. Une silhouette est tapie entre deux voitures.

Ma voix déraille dans les aigus :

— Il y a quelqu'un ?

C'est bien une forme humaine, mais vue de près, elle apparaît prostrée, abattue. Ce n'est pas le même homme. Celui-ci a tous ses cheveux alors que l'autre semblait presque chauve. Mais combien sont-ils ? Qu'est-ce qui se passe ?

Il se tient assis par terre, appuyé contre la carrosserie, insensible au froid malgré le fin tissu de son pyjama d'hôpital.

— Fred !

Il tourne lentement la tête vers moi. Je m'accroupis pour être à sa hauteur.

— Fred ! Qu'est-ce que tu fais là ?

Comme s'il pouvait me répondre.

— Maman ? demande-t-il, éperdu. Maman est là ?

— Elle ne va pas venir à cette heure-ci, ta maman. Ce n'est plus l'heure des visites… Et moi, tu me reconnais ?

Je grimace un sourire et l'aide à se lever. Sa main est maigre et gelée.

— Viens avec moi, Fred. Tu vas attraper la mort si tu restes ici.

— Fred pas gentil.

— Mais si. Fred est très gentil.

Pour toute réponse, il se met à imiter une sirène d'ambulance :

— Tululut, tululut, tululut…

Poursuivie par ses ululements mécaniques, je

tiens fermement sa main pour l'entraîner à travers le parking.

— Tululut, tululut, tululut…

Sans arrêt jusqu'au CIP.

Je ne le lâche qu'une fois parvenue à l'accueil. Là, je l'abandonne quelques secondes pour prévenir Sheila, enfermée au standard.

— Bonsoir, Sheila !

— Salut, Véra. Ça va ?

Pour une fois, je la trouve presque aimable. Serait-elle au courant de ma discussion houleuse avec le patron ? Ma fermeté vis-à-vis de Russel, cette éclatante démonstration de solidarité envers l'équipe porterait-elle déjà ses fruits ?

Si c'est le cas, il ne faut surtout pas qu'elle me voie avec Fred. Sinon elle va s'imaginer que je joue double jeu. Un faux pas et je risque de perdre le maigre bénéfice de ma si courageuse action.

J'annonce d'un air pressé qui ne souffre aucune contradiction :

— Je monte en Neuro. J'ai une patiente à voir, je redescends tout de suite.

— Pas de problème, prends ton temps.

Je voulais lui demander d'alerter tous les services de l'hôpital au sujet du patient errant dans le parc, mais tout compte fait l'alerte partira aussi bien du service de Neurologie.

Je reprends la main de Fred et, priant pour qu'il ne reprenne pas la litanie des tululut, je m'engouffre avec lui dans l'ascenseur. Tout se passe à merveille et nous nous hissons incognito jusqu'au troisième étage.

— Fred ?

Il se remet à chantonner, tout doucement :

— Tululut, tululut, tululut…

Je m'efforce de maîtriser le tremblement de ma voix :

— Fred, c'est toi qui as fait ça ? Fred, regarde là. Tu vois la boîte ? Qui est-ce qui a cassé la boîte ? Réponds, s'il te plaît. C'est toi qui as pris le marteau ?

Nous sommes sur le palier du service de Neurologie, à l'endroit où, dans la journée, les ascenseurs déversent un flot continu de patients et de visiteurs.

Fixé au mur, un boîtier métallique abrite derrière sa porte en verre un gros bouton rouge pour déclencher le système d'alarme ainsi qu'un extincteur ultraperfectionné. Vissée au mur, une étiquette proclame : « En cas d'incendie, briser la vitre ». Mais à la place du marteau situé à l'extérieur du boîtier et maintenu par une lanière de cuir, il n'y a rien. La lanière pend, le marteau a disparu. Derrière la vitre, l'extincteur étincelle doucement sous les néons, intact.

J'ouvre à toute volée les portes du service de Neurologie et fonce dans le couloir, entraînant Fred dans mon sillage.

Personne. Au bout du couloir, la porte bardée de verrous bée sur la chambre de Fred. Si personne ne s'est aperçu de rien, c'est qu'ils ne sont pas sortis depuis longtemps. Mais qui leur a ouvert ?

La salle des infirmières est vide. Je passe au pas de course devant une première chambre dont la porte est close. J'accélère en direction d'une autre chambre dont la porte est maintenue ouverte en permanence, indiquant que le patient est sous surveillance constante.

Une vieille dame, clouée sur son lit par un système compliqué d'électrodes, me jette un regard traqué. On dirait qu'elle pleure.

J'entre, tâchant de maîtriser la panique qui me gagne :

— Madame ? Madame, vous m'entendez ?

— Qu'est-ce qui se passe ? gémit-elle. J'ai entendu crier...

— Qui a crié ?

— Je ne sais pas. J'ai appelé mais tout le monde est parti...

Fred vient de disparaître dans le couloir en direction de sa chambre. Je quitte précipitamment la vieille dame avec un rictus qui se veut rassurant :

— Je m'en occupe, ne vous en faites pas...

Fred glisse et s'écroule sur le sol couvert d'un lino noir. Je me précipite à sa rescousse quand mes yeux se fixent sur sa main, qu'il vient de poser au centre d'une tache humide et poisseuse. Elle est rouge. Une fraction de seconde, je me demande comment il a pu se blesser et puis l'évidence s'impose : le liquide dans lequel il vient de déraper est du sang.

Parvient jusqu'à moi, du fond de ma stupeur, le claquement impérieux d'une paire de mules :

— Qui êtes-vous ? glapit une voix. Pourquoi avez-vous fait sortir le patient ?

Une jeune infirmière vient de passer le coude du

couloir, arrivant au pas de charge. Elle paraît soulagée de me reconnaître mais le pyjama de Fred, maculé d'un rouge éclatant, l'arrête net.

Elle pointe un doigt incrédule :

— C'est quoi, ça ?

J'articule d'une voix sourde :

— Devinez.

Son regard suit la trajectoire du mien, remontant la rigole qui passe sous la porte de la chambre voisine de celle de Fred pour former cette flaque dans une dépression du lino.

— Mon Dieu, blêmit l'infirmière, qu'est-ce qu'il a fait ?

Pris d'un violent tremblement, Fred fixe sa main comme si c'était un objet non identifié. Il est sur le point de fondre en larmes.

— Tululut, gémit-il, tululut…

J'ordonne brusquement :

— Va dans ta chambre, s'il te plaît.

Il obéit, apeuré. Malgré moi, je fais claquer le verrou derrière lui.

Je ne veux pas imaginer ce qu'il y a derrière cette porte et encore moins le voir. Pétrifiée, la jeune infirmière attend que je prenne les choses en main. J'extirpe mon portable de ma poche et compose le numéro de police prioritaire du CIP.

— Allez-y, je note, fait une voix impersonnelle après m'avoir identifiée.

Je contemple stupidement la porte close.

— Euh… je… Il y a du sang sous la porte.

Silence. Mon interlocuteur attend, persuadé que je vais lui donner tous les détails dont il a besoin pour m'envoyer des secours appropriés.

— Et ?…

On se regarde, la petite infirmière et moi. On se dit chacune que, putain, c'est pas notre boulot.

— … Vous n'avez pas ouvert la porte ? insiste la voix, légèrement incrédule.

— Si. Si, bien sûr.

Je me tiens sur le seuil de la chambre. Le cadavre de Sabine est allongé sur le lit, saigné à blanc.

14

L'arrivée massive des forces de police plonge l'hôpital en plein cauchemar. Du haut en bas de l'échelle, chaque membre du personnel hospitalier ressent ce meurtre comme une agression personnelle avec le même choc, la même stupeur glacée. A cela s'ajoute la peur et la culpabilité, chacun ayant eu une bonne raison de monter ou de téléphoner en Neuro ce soir-là et se reprochant de ne pas l'avoir fait. Tout en se démenant pour protéger coûte que coûte le repos des malades, chacun se persuade que son arrivée aurait sauvé la vie de Sabine.

Dans les services fermés qui abritent les malades difficiles, les infirmiers comptent et recomptent leurs ouailles, excédés par les gyrophares dont le clignotement bleuté achève de semer la panique. Les autres services se plaignent du bruit, du mouvement incessant des ascenseurs. Réveillés en sursaut, les patients ne savent plus où ils sont, ni ce qu'ils doivent faire. Intuitivement, ils perçoivent la tension du personnel infirmier qui, à bout de nerfs, ne trouve plus les mots pour les rassurer et recourt massivement aux injections de tranquillisants. Ce geste inhabituel accroît un peu plus l'angoisse des malades et le chaos s'installe.

Je viens de terminer ma déposition dans la salle des infirmières réquisitionnée pour l'occasion, quand deux policiers ramènent le patient qui errait dans le parc, persuadés de tenir le suspect numéro un.

— Mais qu'est-ce que vous foutez ? gueule une voix familière. Otez-lui les menottes ! Monsieur Lambert, excusez-les. Ça va ? Vous êtes gelé ! Mademoiselle, une couverture pour monsieur Lambert. Venez, on va vous ramener dans votre chambre.

Hugo vient de débarquer, pas rasé, les yeux gonflés de sommeil, vêtu en hâte d'un col roulé bleu gitane et d'un jean. C'est moi qui l'ai prévenu, tout de suite après la police. Il s'est mis en route immédiatement, me laissant des instructions concernant la vieille dame aux électrodes et deux autres patients pour qui il s'inquiétait. En chemin, il a passé des coups de fil et rameuté son staff, depuis les médecins jusqu'à l'aide-soignante qui, au garde-à-vous avec sa serpillière et son seau, attend en retenant ses larmes de pouvoir nettoyer la chambre.

— Monsieur Lambert ne fuyait pas, explique patiemment Hugo au policier qui s'oppose à ce que le patient réintègre sa chambre.

— Je vous demande pardon, c'est encore moi qui décide. Nous avons surpris cet homme en train de franchir les limites de l'hôpital…

— Monsieur Lambert ne se souvenait certainement pas qu'il y avait un hôpital. Il est atteint du syndrome de Korsakov. Il se croit dans la propriété que ses parents possédaient quand il était enfant. Tous ses souvenirs récents ont disparu mais il garde des souvenirs de sa jeunesse et il sait très bien qui il est.

— Vous n'allez pas me faire le coup de l'amnésique ?

— En effet, c'est ici qu'on les traite.

— Et l'autre ?

— Quel autre ?

— Celui que vous collez sous les verrous, là. Il était dehors lui aussi. On dirait bien qu'ils ont fait le coup à deux…

Silence. Remarquant enfin ma présence, Hugo m'adresse un signe de tête. Contrairement à moi, qui ai pu dormir dans la journée, il n'a pas fermé l'œil depuis la veille et ça se voit. Bien qu'il trie les informations avec sa rapidité habituelle, il a le teint cartonneux et la peau fripée d'une rombière de la Côte d'Azur.

— Ecoutez, lieutenant, les gens qui ont tué Sabine ne font pas partie du service. Ce ne sont pas des patients.

— Qu'est-ce qui vous permet de dire ça ?

— Nous avons été menacés par les proxénètes d'un travesti admis en urgence. Des gens des pays de l'Est. Le docteur Cabral peut vous le confirmer…

— Ces menaces datent de quand ?

— La semaine dernière, hein, Véra ?

L'officier se souvient brusquement de mon humble existence :

— Qu'est-ce qu'ils vous ont dit ?

— Des menaces de représailles assez vagues… Je… J'avoue que cela ne m'a pas vraiment affolée.

— Moi, j'ai reçu un coup de fil hier soir, coupe Hugo.

Première nouvelle. C'est idiot mais je ne peux pas m'empêcher de me sentir flouée. Pourquoi me l'a-t-il caché ?

Il continue, imperturbable, s'adressant exclusivement à l'officier de police :

— C'était un homme avec un fort accent. Il m'a lancé un ultimatum en me jurant qu'il m'arriverait malheur si Natacha ne revenait pas faire le trottoir…

— Vous n'avez pas prévenu la police ?

Haussement d'épaules.

— C'est moi qu'il menaçait, personne d'autre. Et puis, cela aurait servi à quoi ? A rien, vous le savez bien… J'ai préféré m'arranger pour que le patient quitte le service au plus vite. Ce qu'il a fait.

— Il est parti où ?

— Je n'en sais rien. Ce ne sont pas mes oignons…

— Un peu quand même, rappelle l'officier d'un ton cassant.

— Est-ce que vous insinuez que c'est ma faute si Sabine Beaulieu est morte ? demande Hugo, sans se laisser démonter.

Son assurance exaspère au plus haut point l'officier qui n'ose pourtant pas dépasser certaines bornes. Il consulte son carnet avant de revenir à son principal sujet de préoccupation :

— Et le patient de la chambre aux verrous ? Pourquoi vous l'enfermez, lui ?

— Il est atteint d'une tumeur cérébrale.

— Ça ne rend pas les gens dangereux.

— Personne n'a dit qu'il était dangereux.

— Je veux le voir, insiste l'officier.

Hugo ne bouge pas :

— Il est mineur. Je dois d'abord prévenir ses parents.

— Ah…

Il a gagné. Le lieutenant est maintenant persuadé qu'on lui cache quelque chose à propos de la chambre aux verrous.

Je décide d'intervenir :

— De toute façon, lieutenant, l'interroger ne résoudra pas votre principal problème.

— Et c'est quoi mon problème d'après vous ?

— Qui lui a ouvert en pleine nuit ? Et pourquoi ?

Dans un bruissement de roulettes passe le brancard transportant le corps de Sabine dans un sac en plastique. Je le suis jusqu'à l'ascenseur et, coupant court d'un regard aux protestations des brancardiers, je descends lentement la fermeture Eclair pour la regarder une dernière fois. Quelques mètres derrière moi, Hugo et le policier se sont tus.

Le visage délicat apparaît, comme s'il me guettait entre les deux pans de plastique noir. Elle fait vieille. Ses cheveux blonds collés de sang ressemblent à du vieux crin échappé d'un fauteuil. Sa peau a des reflets bleutés, presque noirs autour des narines et des yeux. Ses lèvres exsangues gardent dans la mort un pli d'amertume que je ne lui ai jamais vu de son vivant. Même son parfum l'a quittée, laissant s'exhaler du sac de vagues relents de sang et de peur.

Je ne reconnais pas Sabine.

J'affermis ma voix pour demander, sans lever les yeux :

— Vous allez la mettre où ?

— En bas, pour l'instant.

En bas, cela signifie la morgue de l'hôpital.

— Vous connaissez sa famille ?

— J'ai leurs coordonnées. Et la clef de son appartement. Elle me l'avait confiée pour que je puisse lui venir en aide mais je n'ai jamais eu à m'en servir.

Un grand silence s'est fait dans le service. Ils sont tous surpris de cette intimité qu'ils découvrent. Sabine et ses secrets. Est-ce que son amant viendra à son enterrement ? Est-ce qu'on va enfin savoir qui c'est ? Est-ce qu'elle a réussi à lutter contre l'alcool jusqu'au bout ?

Je me demande aussi si elle a eu le temps de comprendre ce qui lui arrivait.

Et puis je remonte lentement la fermeture Eclair sur cette étrangère.

Il est près de 3 heures du matin, les différents services de police sont encore en pleine activité. Hugo doit non seulement faire face à la détresse de ses patients, que viennent perturber les questions des enquêteurs, mais en plus il a son patron sur les bras. Depuis une bonne heure, Picard promène son nœud papillon dans le service en promettant solennellement qu'il y aura des sanctions. C'est à se demander s'il s'agit de sanctions pour l'avoir empêché de dormir ou s'il range ses propres infirmières parmi les suspects. Il me salue d'un signe de tête et m'enjoint de prévenir Russel qu'il n'a pas de souci à se faire pour son fils, il s'occupe de tout. Sur ces bonnes paroles, je décide de retourner au CIP où ma présence sera certainement plus utile.

Plus que jamais la petite unité du CIP me donne l'impression d'être séparée du reste de l'hôpital par une cloison étanche. On dirait que rien n'est venu troubler l'activité de Sheila ces dernières heures, alors qu'elle a dû me faire remplacer au pied levé par des psychiatres de l'extérieur. Elle ne pose aucune question en me voyant débarquer. Cette absence de curiosité serait choquante si je ne la soupçonnais d'en savoir plus que moi à l'heure qu'il est. Elle a dû se tenir au courant du déroulement de l'enquête minute par minute, grâce à son réseau de copines dans tous les services. Son silence est celui du boa repu.

A ma stupéfaction, Antoine jaillit de mon bureau au moment où je m'apprête à y entrer. Il s'est acheté un très beau blouson de cuir d'un violet profond qu'il porte par-dessus un pull mauve du plus heureux effet. Avec sa nouvelle coupe et ses cheveux de jais, il a rajeuni de dix ans.

— Ah, Véra ! Ça y est ? Tu as fini ?

Qu'est-ce qu'il faisait dans mon bureau ?

Je dissimule de mon mieux une petite flambée d'indignation.

— Ils m'ont enfin lâchée ! Tu me cherchais ?

Sous-entendu : c'est la seule explication plausible à ta présence dans mon bureau quand je n'y suis pas. Mais il ne paraît pas comprendre le message, ni disposé à me fournir la moindre explication.

— Il faut que je te parle. Viens, on va prendre un café… Tu dois en avoir besoin, non ?

Sa sollicitude, après les rapports tendus que nous avions ces derniers jours, me touche plus que je ne l'aurais imaginé. J'y vois là encore le bénéfice de ma conversation avec Russel. Je me félicite d'avoir privilégié mon travail en équipe. Peu importe le prix que Russel me fera payer si mon quotidien au Centre est préservé.

— Joli blouson, dis-je en remplissant ma tasse d'un bouillon marron à la vague odeur de café.

— Merci. Christophe travaille dans la mode, tu sais, il me l'a eu pour rien…

Antoine n'a peut-être pas résolu tous ses problèmes mais il a l'air très heureux. Il se dégage de sa personne ce je-ne-sais-quoi-de gai et d'enthousiaste qui me plaisait tant quand j'ai commencé ici. Travailler avec lui, discuter, analyser mes interventions avec lui, me galvanisait. Le retrouver tel qu'il était me permet de mesurer à quel point il avait changé ces derniers temps.

Il attaque bille en tête :

— Véra, autant que je te prévienne. On t'a déménagée.

Je ressens la piqûre acide d'une petite giclée d'adrénaline dans mes veines. Peace and love. Pas de parano. Je me force à sourire :

— Déménagée… Où ?

— Russel veut transformer les deux salles du

fond en une seule salle de thérapie avec tout un système de vidéo, etc.

— Je suis au courant.

— Les travaux vont commencer à la fin du mois, dès qu'ils auront été votés par la commission du budget.

— Si on les vote un jour…

— Les temps ont changé, ma belle. Dédé-le-Pitt a commencé les grandes manœuvres. Il va réorganiser tout le service. Bon… Comme j'ai plus d'ancienneté, il m'a demandé de prendre ton bureau…

Un grand froid s'insinue en moi pendant qu'il parle. Le café me brûle l'œsophage sans parvenir à me réchauffer.

— Je croyais qu'il s'en foutait de ton ancienneté.

— Eh bien, je me suis complètement planté, et toi, tu avais raison, je dois le reconnaître. On a eu une discussion tous les deux sur l'avenir du service. Incroyable, non ?

Carrément étrange, s'il veut mon avis. Mais je me tais.

J'ai les tempes qui bourdonnent, j'entends ce qu'il me dit à travers une caisse de résonance. Pour me donner une contenance, je glisse un toast dans le grille-pain.

— Il écoutait ce que je lui disais, pérore Antoine avec enthousiasme. Il m'a même reproché de ne pas être venu lui parler plus tôt, tu te rends compte ? Je t'assure, ça m'a fait réfléchir. Quand Christophe me traite de parano, il n'a pas tort !

Et moi, je te traite de quoi quand tu me racontes

tout ça ? De pauvre con ? Russel t'amadoue pour mieux m'isoler.

— Et Hélène ?

Autant savoir dans quel camp se situe le reste de l'équipe.

— On lui a fait une fleur, explique-t-il avec satisfaction. On s'est arrangé pour qu'elle puisse rentrer chez elle à des heures décentes et s'occuper de son fils. Evidemment, cela signifie qu'elle devra faire certains sacrifices de salaire mais… je suis sûr qu'au fond elle préfère.

Autrement dit, ils ont mis Hélène sur la touche sans même la prévenir. J'examine Antoine avec une curiosité accrue, un regain d'intérêt. Je sais qu'il est de bonne foi, qu'il n'a pas l'impression de mal se conduire. Sa joie, son soulagement d'exister enfin aux yeux de Russel, ont balayé ses scrupules. Pour un peu de reconnaissance, il est prêt à justifier n'importe quelle forfaiture. La frontière entre un bon copain et un parfait salaud me paraît soudain très mince…

— De toute façon, on n'a pas le choix, poursuit-il d'une voix animée. Il faut qu'on trouve l'argent quelque part pour recruter…

— On va recruter ? C'est la première bonne nouvelle de la soirée.

— Bon, je sais que pour toi c'est un peu dur…

— Pourquoi dur ? Tu crois que ça m'amuse les cadences qu'on a en ce moment ? Tu crois que c'est une vie ?

— … Ça peut vouloir dire que tu feras moins d'interventions.

— Moins d'interventions ? Comment ça ?

Je n'ai pas pu empêcher ma voix de trembler. Antoine fait marche arrière :

— Ecoute, si ça ne te convient pas, on remettra les choses à plat…

— Tout ce que je demande c'est de pouvoir exercer mon métier dans des conditions correctes. Le reste, je m'en fous.

Sa figure se fend d'un large sourire. Le soulagement d'avoir évité un conflit le rend presque radieux.

— Bien sûr. Ne t'inquiète pas.

— Bon. Si je comprends bien, tu t'es installé dans mon bureau ?

Il pose la main sur son cœur :

— Il y a un budget pour la rénovation des locaux. Croix de bois, croix de fer…

— Où vous m'avez mise ?

— Dans la petite pièce sous l'escalier.

Autrement dit un placard.

15

— Eh bien, moi qui vous prenais pour quelqu'un d'important…

Je lève les yeux pour découvrir devant moi la lieutenante G. Sanchez, dont la silhouette trapue occupe le seuil de mon nouveau bureau. C'est un local gris de 4 mètres sur 4, avec une étroite fenêtre bardée de gros barreaux sur le côté. Les vitres en verre cathédrale possèdent le double avantage de protéger mes rétines de l'éclat du soleil et de masquer complètement les barreaux. De quoi se plaint-on ?

— Désolée, je ne peux pas vous proposer de vous asseoir.

Pour la bonne raison qu'il n'y a pas assez d'espace entre ma table et les étagères pour ouvrir ne serait-ce qu'une chaise pliante. Ou alors il faudrait que nous nous asseyions épaule contre épaule, orientées dans la même direction, face au mur. C'est l'unique façon de loger un humain supplémentaire dans ce bureau.

Aimablement, je propose :

— On peut aller dans la salle de thérapie. Elle est libre à cette heure…

— Merci, sans façon. Vous n'auriez pas quelque chose de plus sympathique pour le petit déjeuner ? J'ai bien envie de tailler une petite bavette avec vous…

Ma montre indique 7 heures 30, ce qui signifie que la cafétéria est ouverte. Je me sens lasse et courbatue après cette folle nuit. Je n'ai pas pu m'habituer à ce réduit sordide, ni à l'idée d'avoir été trimballée comme un objet. Sans parler du fait que je n'ai pas été appelée à l'extérieur une seule fois. J'ai donc eu tout le loisir de penser à Sabine, à la façon dont j'aurais pu l'aider, au rôle éventuel de Fred dans ce drame, à la perspective des tueurs envahissant le service de Neurologie…

Dans ce contexte, un petit déjeuner avec la lieutenante représente une distraction non négligeable.

Je passe devant le standard où Sheila finit son service pendue au téléphone avec ses copines. Du moins, je suppose que ce sont des copines car elle n'a pas eu besoin de moi cette nuit, sauf pour une consultation téléphonique avec une dame vivant dans une maison de retraite et souffrant d'une forte angoisse de mort. Pas vraiment le summum de la psychiatrie d'urgence.

Pourtant la pique où elle enfonce chaque fiche d'appel avec l'heure, la provenance, le motif de l'appel et, éventuellement, la décision d'intervention, cette pique donc, disparaît comme chaque matin sous le nombre de fiches.

Il y a donc eu un tas d'appels, comme d'habitude.

L'idée que Sheila ait perdu la raison me traverse l'esprit et puis je m'accroche à l'idée que, me croyant bouleversée par la découverte du meurtre de Sabine, elle a décidé, avec Antoine, de me ménager.

L'autre possibilité, à laquelle je ne veux même pas penser, pourrait avoir un rapport avec cette inquiétante petite phrase d'Antoine : « moins d'interventions… ».

— Sheila, je vais à la cafétéria. La police veut m'interroger.

— Pas de problème, Véra. Prends ton temps !

Son sourire me donne envie de lui coller mon poing dans la figure. J'ai l'impression qu'elle me fait payer quelque chose, qu'Antoine lui-même profite de ma disgrâce pour m'enfoncer. Inutile de se leurrer, je vis mon changement de bureau comme une tragédie. Antoine a beau avoir évoqué de nouvelles perspectives pour le service, des projets, du recrutement, un tas de choses que j'ai souhaitées moi aussi, je me sens incapable de me réjouir. Ne suis-je donc pas capable d'envisager les choses autrement que sous l'angle mesquin de mes intérêts personnels ?

Le cœur lourd, j'entraîne la lieutenante G. Sanchez à travers les pelouses couvertes de givre.

A cause des événements de la nuit passée, une foule inhabituelle se presse à la cafétéria. La présence de cette grosse dame un peu sale, avec ses mèches grasses qui dégoulinent de son chignon gris et ses lunettes rafistolées, est donc un peu moins voyante. Nous faisons la queue avec nos plateaux pour obtenir un petit déjeuner, chocolat-tartines pour moi, banane-café pour la lieutenante, à quoi elle ajoute au dernier moment des céréales, du fromage blanc à la crème, deux tranches de bacon frit et une omelette.

— Depuis que ma mère est morte, il n'y a jamais rien à manger chez moi, explique-t-elle. Alors quand je suis à l'extérieur, je compense.

— Vous viviez avec votre mère ?

Puisqu'il nous faut traverser la phase obligatoire des petites histoires personnelles, j'aime autant qu'on parle d'elle et pas de moi.

— Elle m'avait mise au monde pour avoir de la compagnie et je ne l'ai jamais quittée… Cela paraît extravagant, non ? Mais nous nous entendions très bien.

Elle se laisse choir sur une chaise en précisant :

— Au fond, nous sommes exactement pareilles, vous et moi.

Je ne vois pas ce qui me vaut l'honneur d'une telle comparaison mais j'ose espérer qu'elle ne repose pas sur une quelconque ressemblance physique.

Elle doit lire dans mes pensées parce qu'elle ajoute aussitôt, avec un petit sourire en coin :

— Ne vous vexez pas, je pensais surtout à nos boulots respectifs. Ils vous en font baver en ce moment, non ?

Je me concentre sur ma tartine :

— Un peu…

— C'est bon signe, déclare-t-elle avec autorité.

Et croyez-moi, quand on vieillit dans la police, les brimades, on connaît ! Ce n'est jamais quand vous déconnez qu'on vous sanctionne, c'est toujours quand vous commencez à faire votre travail correctement.

Je proteste, plutôt pour la forme :

— Je n'ai rien changé à ma manière de travailler…

— Vous commencez à penser par vous-même ! Ça non plus, ça ne plaît pas. C'est comme de respecter la morale ou la Loi. Alors là, on estime que vous faites vraiment chier !

Je ne réponds rien, les yeux rivés sur la banane qu'elle pèle avec une application gourmande, faisant le vœu fervent qu'elle ferme la bouche en mangeant.

Elle pousse vers moi le dossier qu'elle garde sous le bras depuis tout à l'heure.

— Regardez ça. Je veux savoir ce que vous en pensez…

Je m'empare du dossier, d'autant plus avidement que ses lèvres épaisses s'ouvrent et se ferment sur une écœurante bouillie jaune.

C'est un dossier beige à l'en-tête de Saint-Guy, tout ce qu'il y a d'ordinaire, sauf que la photo en couleurs d'un petit garçon sur une plage est collée à la place du nom et des références du patient. Le garçon, c'est Fred.

Je lève les yeux, surprise :

— Vous avez eu ça où ?

— C'était dans le casier de Sabine Beaulieu…

— Dans son casier ? Vous êtes sûre ?

— Absolument. Pourquoi ? Ça vous dérange ?

— Les infirmières ne mettent pas les dossiers des malades dans leur casier. Seulement leurs affaires personnelles.

— Fred a un autre dossier, un vrai, serais-je tentée de dire, qui se trouve avec ceux des autres malades. Je mourais d'envie d'y jeter un coup d'œil mais un gommeux bronzé à la lampe s'y est opposé au nom du secret médical ! Un vrai roquet !

— Pourquoi on vous a laissé celui-là, alors ?

— J'étais présente quand les gars de la police judiciaire ont ouvert le casier de Sabine Beaulieu. J'ai passé un coup de fil au juge d'instruction pour pouvoir joindre cette pièce à mon dossier sur Fred Russel… Son père était ambulancier quand il était étudiant, non ?

A ma grande surprise, le dossier ne contient que des dessins de Fred, maladroits mais chargés d'une énergie formidable, d'une rage, d'une angoisse qui explosent sur chacune des feuilles blanches. Il y a bien une centaine de dessins, où deux thèmes reviennent sous toutes les formes : le drapeau américain et les ambulances, plein d'ambulances, plein de drapeaux, parfois séparés, parfois imbriqués, juxtaposés, collés, morcelés, explosés. Il n'utilise que quatre couleurs : du noir, du rouge, du blanc et du bleu.

— Eh bien ! On dirait que le délire de Fred s'organise autour des ambulances et du drapeau américain, dis-je doctement.

— Il ne serait pas obsédé par son papa ? grommelle la lieutenante en versant un pichet de lait sur son bol de céréales.

— Le professeur Russel a fait ses études là-bas

parce que sa spécialité n'existait pas encore en France. Je crois qu'il était déjà marié et qu'il exerçait comme ambulancier la nuit pour faire vivre sa femme. Fred est né à New York si je me souviens bien.

— Pourquoi ces dessins intéressaient-ils Sabine Beaulieu ? Vous les trouvez spécialement beaux, vous ?

— Non. Et puis Sabine ne s'intéressait ni à l'art ni à la psychiatrie… La seule explication, c'est qu'elle les gardait pour Russel…

Je reprends posément chaque dessin en me demandant quel intérêt il peut présenter d'un point de vue psychiatrique. Qu'est-ce que Russel cherchait à voir dans ces dessins ? Qu'est-ce qu'ils révèlent qui se rattache, d'une façon ou d'une autre, aux tests psychologiques du lycée ?

Je ne me demande pas pourquoi Sabine m'a caché que Fred dessinait, et dessinait autant. Chez elle, le secret était une habitude, un réflexe. Et cette photo ? Qui la lui a donnée ? Russel ?

— Vous pensez à quelque chose ?

— Euh… Non.

— Ne me prenez pas pour une andouille. On dirait que vous venez d'avoir une vision.

Et quelle vision ! J'ai la certitude que l'homme que Sabine a attendu toute sa vie, celui pour lequel elle a plongé directement en enfer, n'est autre qu'Edouard Russel.

— Vous savez ce qui ne va pas chez vous ? demande la lieutenante d'un air rogue. C'est la façon dont vous regardez les gens.

Une goutte de lait pend au-dessus de son décolleté, accrochée à son menton. Elle en a aussi dans la moustache, sans compter le bout de corn-flakes collé sur une de ses canines. Combien d'années d'entraînement pour parvenir à ce résultat ? Pourquoi un tel acharnement à repousser les autres ? Pour n'être jamais tentée de quitter maman ?

— Vous trouvez que je vous regarde d'une façon bizarre ?

— Ouais. J'ai l'impression que vous allez me sortir mon horoscope. Mon passé, mon présent, mon futur.

— Je préfère vous demander si vous pensez que Frédéric Russel a tué Sabine Beaulieu.

Elle secoue la tête avec une moue dédaigneuse :

— Ça, ma petite, ce ne sont pas vos oignons.

— Vous ne pensez tout de même pas que je couche avec Russel et que je lui raconte ce que vous dites sur l'oreiller ?

— A Dieu ne plaise. Sûrement pas. Nous savons avec qui il couche.

On se regarde. Elle sait, je sais, elle sait que je sais, plus c'est compliqué, plus elle aime. Je ne fais pas le poids.

Je reviens à la seule chose qui me préoccupe vraiment :

— Il reste quand même une possibilité pour que Fred ait tué Sabine, non ? C'est pour ça que vous êtes ici ?

Au fond, j'en suis à me demander si Fred n'a pas été utilisé par les agresseurs de Sabine pour la tuer. Cette seule pensée me déprime complètement.

Comme d'habitude, la lieutenante a lu dans mes pensées :

— Ecoutez, d'un côté je ne crois pas aux coïncidences, de l'autre je ne retrouve pas les éléments du meurtre d'Emilie. Il semble que les agresseurs aient attaqué l'infirmière alors qu'elle se trouvait dans la chambre de l'autre malade, celui qui s'est sauvé…

— Monsieur Lambert.

— C'est ça. A mon avis, Fred était avec eux à ce moment-là… Peut-être comme otage au cas où quelqu'un surviendrait… Peut-être que c'est plus grave que ça. En tout cas, monsieur Lambert et lui ont accompagné les meurtriers jusqu'au parking où ils ont été abandonnés…

— Il était très calme quand je l'ai trouvé, dis-je en essayant de me raccrocher à quelque chose de positif. Anxieux de voir sa mère mais pas agité. Il est rentré avec moi sans faire d'histoires. Franchement je pense qu'il n'a rien vu. Les agresseurs ont dû déverrouiller sa porte en partant, pour libérer un prisonnier, vous voyez ? Ou alors pour s'amuser…

— Tout à fait. C'est un meurtre plein d'humour.

Mon regard s'égare sur la pelouse où le givre fond sous les premiers rayons du soleil. Je repense à mon nouveau bureau, au petit boycottage de mes collègues et je me dis : à quoi bon ?

Mais la lieutenante Sanchez prétend qu'elle a une bonne nouvelle pour moi. J'en doute un peu, la bonne nouvelle se faisant rare ces temps-ci et la lieutenante me semblant particulièrement mal placée pour m'en apporter une.

— Vous aviez raison sur un point, docteur. Fred n'a pas couché avec Emilie. Son empreinte génétique ne correspond pas à celle du violeur.

— Donc il y avait bien quelqu'un avec eux ce soir-là !

— Exact, ma chère. Le viol a eu lieu dans la chambre de Fred comme en témoignent les traces de sperme sur la couverture… Mais ce n'est pas Fred. J'ai pensé que ça vous ferait plaisir de le savoir.

A cet instant, une main chaude et douce se glisse dans l'échancrure de mon col tandis qu'un baiser se pose sur ma nuque.

La stupeur me paralyse un instant et puis je m'arrache violemment à ma chaise pour me retrouver face à Hugo. Je note qu'il s'est rasé et qu'il a enfilé sa blouse blanche.

J'aboie :

— Ça ne va pas, non ?

Mon air offusqué trahit mon trouble, ce qui l'enchante.

— Horreur ! Qu'ai-je fait ?! s'écrie-t-il en roulant des yeux. Un bisou dans le cou ! Mais c'est ignoble ! Excuse-moi, fouette-moi ! Je ne sais pas ce qui m'a pris.

Les rires sont de son côté et je déteste l'idée d'être le point de mire de cette cafétéria pleine de psychiatres. Ces crétins interprètent tout dans le mauvais sens.

Une puanteur infecte vient sournoisement envahir nos narines. Je me tourne d'un bloc vers la lieutenante G. Sanchez, le souffle coupé d'indignation :

— Lieutenante, c'est dégueulasse !

Pour faire bon poids, elle rote. Autour de nous des grimaces écœurées remplacent les ricanements. Pour un peu, je m'en réjouirais.

La lieutenante G. Sanchez a empoigné son plateau :

— Je laisse ce roquet vous renifler le derrière, docteur. Il m'avait pourtant semblé que vous valiez mieux que ça…

— Mais de quoi… ? Ce type n'est rien pour moi !

Je n'ai pas fini de protester que la lieutenante a disparu derrière les portes battantes, dans le long couloir qui dessert la cafétéria.

— Quelle grosse truie ! grince Hugo, reniflant d'un air pincé.

— C'est une super-flic ! J'ai besoin d'elle, Hugo ! J'ai besoin qu'elle soit de mon côté, qu'elle m'écoute.

— Moi, je t'écoute.

Je me retiens de lui dire que je m'en fous. D'ailleurs, ce serait faux.

— J'ai passé une mauvaise nuit, dis-je pour m'excuser.

— Je sais. C'est pour ça que je voulais te voir. Je suis passé au CIP, ils m'ont dit que je te trouverai ici…

On reste un instant face à face et puis je demande :

— Ça y est ? Sabine est partie à l'Institut médico-légal ?

Il secoue la tête :

— Elle reste ici, finalement. Le patron d'Ana-Path est expert près les tribunaux, l'Institut lui a délégué l'autopsie. Je ne sais pas où il va trouver le temps. Ce matin, il vote avec les autres patrons pour la présidence de la commission médicale. Tu paries pour qui, toi ? Russel ou Picard ?

— Je m'en moque. Ils se ressemblent tous.

— Tu as tort... C'est très important.

— C'est fou comme on peut se tromper. Je croyais que l'important dans un hôpital, c'étaient les malades...

Il y a un blanc. Hugo m'observe avec attention.

— Alors c'est vrai ce qu'on raconte ? Russel te sacque ?

— Je crois qu'on peut présenter les choses sous cet angle. Il me sacque, il me nique...

— Arrête. J'ai horreur que tu parles comme ça...

— Tu préfères quoi ?... Il m'encule ?

Pour toute réponse, Hugo enlace mes épaules et me serre contre lui. Cette fois je me laisse aller, avide de tendresse, de cette chaleur qu'il m'offre sans y penser, avec ce naturel que certains hommes ont avec les femmes.

Quand je relève la tête, je croise par-dessus son épaule le regard de la lieutenante G. Sanchez qui nous observe, plantée derrière la vitre. Heureusement Galléac klaxonne pour lui intimer l'ordre de monter dans la voiture, nous arrachant à notre étrange face-à-face.

A mon retour de la cafétéria, je trouve sur mon bureau une pile de dossiers inconnus, pour la plupart de vieilles interventions qui n'ont pas pu être suivies d'entretiens avec le patient parce que celui-ci ne s'est jamais présenté au Centre ou qu'il est mort. Le genre de dossiers qui, vu le nombre de cas traités au CIP, tombent rapidement en déshérence et finissent par n'être jamais bouclés, faute de temps.

Que cette tâche ingrate me soit, comme par hasard, attribuée ne m'étonne plus. Il faut bien que je paye ma petite rébellion.

Je suis sûre qu'ils s'attendent à ce que je hurle, éructant de rage et menaçant d'alerter mon syndicat mais je préfère m'atteler à la tâche sans protester. Cette histoire me coûte assez cher, en temps et en énergie. Je décide de ne pas me sentir humiliée et de faire ce qu'on attend de moi pour le bien du service. Après tout, une corvée de temps en temps ne me tuera pas.

A midi pétant, je quitte le CIP après avoir remis à la secrétaire de jour un tas de dossiers dûment signés. Elle paraît un peu étonnée mais je fais comme s'il était parfaitement normal que je gaspille mon temps aux frais du contribuable.

Le service d'Anatomie pathologique, dont dépend la morgue, est situé à l'opposé du CIP, à l'extrême ouest de l'hôpital où il occupe un rez-de-chaussée sombre et triste.

Avec son masque en plexis, ses bottes, son tablier de plastique vert par-dessus sa blouse blanche, ma copine Sarah est en train de peser les organes d'un cadavre allongé sur la table de métal, tandis que son assistant note scrupuleusement ce qu'elle lui dit. Elle m'adresse de grands signes, colle le plateau chargé d'un gros foie violet dans les bras du jeune externe et vient à ma rencontre.

— J'étais sûre que tu viendrais me faire une petite visite ! C'est toi qui l'as trouvée ?

Ses yeux sombres assortis à ses cheveux d'un noir profond étincellent du plaisir de me voir débarquer en pleine matinée de travail. Elle doit être la seule personne de l'hôpital que la mort de Sabine n'affecte pas. Rien de personnel, juste une question d'habitude.

— Tu crois que tu pourras me donner les résultats de l'autopsie quand vous aurez fini ?

— C'est déjà fini.

Ma surprise est visible parce qu'elle continue sans que j'aie besoin de poser de questions :

— Le patron doit élire le président de la commission médicale ce matin. Tu ne crois pas qu'il allait rater cette empoignade historique pour une petite infirmière ? Il s'y est mis à l'aube et hop ! Il a refilé à la police un beau document bien propre signé du grand professeur Nevers…

— Eh ben, dis donc, dis-je consternée. C'est hyperrapide.

— Je sais. Il aurait dû laisser l'Institut s'en occuper…

— Ou même toi ! Tu aurais pu t'en occuper pendant qu'il assistait à sa réunion ! Tu aurais pris ton temps !

— Tu oublies qu'il veut avoir sa photo dans le journal.

Je soupire, écœurée :

— Quand bien même ! Je suppose que tu l'aurais laissé parler aux journalistes. Tu t'en fous, toi !

Le coup d'œil acéré qu'elle me lance me fait aussitôt regretter mes paroles.

— Pourquoi je m'en foutrais ?

— Parce que l'essentiel, c'est que l'autopsie soit bien faite.

— Ne me sers pas ce discours de merde, Véra, s'il te plaît. Un peu de pub, c'est aussi important pour moi que pour n'importe qui. Je fais tout ici, pourquoi est-ce que je n'aurais pas droit à ma petite heure de gloire de temps en temps ? Parce que nous, les femmes, on méprise la gloire ?

Ouh là. Elle est remontée. J'opte pour la conciliation :

— Je sais que Nevers te pique la vedette dès qu'il peut. Ce que je voulais dire c'est qu'on ne doit pas gaspiller notre énergie avec ce genre de conneries…

Elle me coupe sèchement :

— Tais-toi où je vais finir par penser que tu n'as que ce que tu mérites.

— Mais merde ! Tu m'en veux ou quoi ?

— Tu crois que je ne sais pas ce que Russel te fait depuis quelques jours ? Tout le monde est au courant, tout le monde se marre. Sympathique, non ? Les gens se disent que ce n'est pas très grave. Tu en prends plein la gueule mais ça t'apprendra à faire la maligne. Un patron, c'est un patron… Je te jure, ils me donnent envie de vomir !

Je me tais, atterrée. Comment lui avouer avec quelle bonne volonté j'ai bouclé ces dossiers ce matin ? Comment lui dire mon empressement à accepter la punition, à espérer que cette soumission ferait oublier ma faute ? Comme tout le monde, j'ai pensé que si je courbais suffisamment l'échine, le châtiment cesserait.

Il fallait que la seule personne dotée d'un peu de courage dans cet hôpital, mon alliée et amie, me rappelle que je ne suis pas coupable et que je n'ai pas d'excuses à présenter.

— Viens, fait-elle en flanquant ses gants de caoutchouc dans la première poubelle. J'ai envie d'une cigarette…

Nous nous retrouvons dans des toilettes imprégnées d'une forte odeur de formol et de produits chimiques.

Sarah s'arrête devant la glace, passe un doigt distrait sur une ride, fait bouffer ses cheveux qui tombent en grosses boucles sur ses épaules. Derrière elle, mon visage semble presque translucide, avec le trait plus foncé de mes lèvres, mes yeux et mes cheveux couleur d'automne. Elle est aussi grande que moi mais plus ample de partout, avec des courbes et de longues jambes que sa blouse à moitié fermée découvre à chaque pas.

— J'ai entendu dire que tu avais une histoire avec Hugo Markovitch, commence-t-elle en allumant sa cigarette.

Je hausse les épaules, agacée :

— C'est complètement faux.

— J'espère pour toi. Il est du genre à se taper tout l'hôpital.

— Je sais, merci. On était dans le même amphi au début de nos études, avant que je change de CHU…

Je m'arrête net, espérant qu'elle ne va pas me demander pourquoi j'ai changé de CHU mais je me fais de la bile pour rien, la question ne l'intéresse pas. Elle a un petit rire cynique, faussement désinvolte :

— Tu aurais pu me prévenir qu'il était comme ça…

— Comme quoi ? Je ne savais même pas qu'il t'intéressait.

— Tu plaisantes ? Depuis son arrivée, il constitue le principal objectif de toutes les filles de l'hôpital, sans parler de certains mecs !

— Eh bien, je vous le laisse ! dis-je en rigolant.

Sarah sort un bâton de rouge de sa poche et repasse avec soin le contour de sa grande bouche sensuelle.

— C'est moi qui ai étrenné la bête, déclare-t-elle d'un ton neutre.

Je souris.

— Bravo. Ça ne m'étonne pas de toi.

Je ne ressens pas l'ombre d'une jalousie à son égard, sachant depuis longtemps qu'avec ses boucles noires, sa bouche rouge et sa silhouette, elle chauffe la morgue comme un four à pain. C'est dire l'état dans lequel elle met le reste de l'hôpital.

Mais elle poursuit, d'une voix étrangement nouée :

— Il m'a plaquée au bout de trois semaines en me disant qu'il avait rencontré quelqu'un… Ce ne serait pas toi, par hasard ?

L'idée d'alimenter les potins de l'hôpital me flanque la nausée.

— Mais qu'est-ce que tu racontes ? Je t'assure, j'ai fait le tour de la question il y a quinze ans.

— Ah oui, c'est vrai. Mais pourquoi tu as changé de fac ?

J'enchaîne, comme si je n'avais pas entendu :

— Sarah, il faut que je sache comment on a tué Sabine. Un de mes patients était présent au moment du meurtre…

— Un patient ? Oh, le pauvre ! C'est la mafia qui a fait le coup, non ? Ils sont venus récupérer une pute…

Elle ignore tout de la présence de Frédéric Russel sur les lieux du crime. Le secret a été bien gardé.

— Elle est morte sur le coup, poursuit-elle, soudain avide de me faire partager ce qu'elle sait. Le crâne et le cerveau entaillés sur dix centimètres par le marteau des panoplies anti-incendie.

— Elle a été attaquée de dos ou de face ?

— De face. Elle est morte sur le coup. Il valait mieux parce que après avoir été frappée à la tête, elle a reçu plusieurs coups de bistouri au thorax. Les coups semblent avoir été portés au hasard, genre hachoir. Mais il n'y avait aucune lésion sur les membres et pas de traces d'agression sexuelle.

Je vois très bien où ils se sont procuré le marteau. Pour le bistouri, cela n'a pas dû être compliqué non plus…

— Donc, on ne l'a pas torturée…

— Pourquoi ? Pour qu'elle dise où était partie la pute ? Je relirai le rapport mais je crois qu'il n'y a rien en ce sens.

— Elle n'a pas cherché à se protéger ?

Elle fait une grimace :

— Tu sais, on ne fait pas de médecine légale ici, sauf pour les cerveaux. On n'est pas très pointus sur ce genre de choses. Mais je dirai que non. Elle a reçu un coup bien net, bien droit en plein sur la tête. A mon avis, son agresseur lui parlait en tenant le marteau caché dans son dos. Elle n'a même pas pensé qu'il allait l'attaquer…

— A quelle heure ça s'est passé ? Je suis arrivée dans le service un peu après 23 heures.

— Ils l'ont tuée entre 22 et 23 heures. Tu aurais pu les croiser ! Tu savais qu'elle était alcoolique, toi ?

J'hésite une fraction de seconde et puis je me dis qu'en l'occurrence le secret médical n'a pas grand sens.

— … J'essayais de l'aider à arrêter. C'était dur mais elle voulait vraiment y arriver…

Sarah accueille la nouvelle avec un rire moqueur :

— Je ne veux pas te faire de peine mais elle avait trois grammes d'alcool dans le sang au moment où elle est morte ! Elle était bourrée, ma vieille !

La nouvelle me fait l'effet d'une gifle. Sabine avait replongé. A cause de Russel ?

J'ai besoin d'air. Je sors dans le couloir suivie par Sarah qui ergote, tout occupée de cette histoire :

— Ce que je ne comprends pas, c'est comment ils sont entrés. La nuit, tout est fermé à clef ici.

Je réponds distraitement, encore sous le choc :

— Les systèmes de sécurité servent plutôt à empêcher de sortir, pas d'entrer. Personne n'a envie de passer la nuit dans un hôpital psychiatrique. Il suffit de se laisser enfermer à l'intérieur au moment de la fermeture et c'est joué…

— C'est qui ton patient qui a assisté au meurtre ?

— Je n'ai pas dit qu'il avait assisté au meurtre. J'ai dit qu'il était sur les lieux, mais personne ne sait s'il a vu quelque chose…

— Et c'est qui ?

Ce n'est pas une fille qui se laisse facilement distraire.

— Excuse-moi, je ne peux pas te le dire…

— Ah, c'est bien d'un psy, ça ! explose-t-elle. Comme faux-cul, il n'y a pas mieux !

— Sarah, il est mineur…

— Attends, attends, je ne suis pas plus bête qu'une autre. Tu passes ton temps avec Hugo au point qu'on vous soupçonne de sortir ensemble. Or Hugo est en Neuro. Il n'y a qu'un mineur crypto en Neurologie actuellement, c'est le fils Russel.

Et, les yeux écarquillés par l'énormité de sa découverte, elle s'écrie :

— Le fils Russel est mêlé à un second meurtre ?

— Voilà ! Exactement ce que je craignais ! Tu vas répandre des bruits qui peuvent lui faire beaucoup de tort, Sarah…

Elle m'arrête, grave tout à coup :

— O.K., O.K., j'ai compris. Je ne dirai rien. Tu sais qu'on m'a apporté des lames ce matin ?

Elle veut parler des lames de verre qui servent à examiner des cellules au microscope et à les identifier. Une autre activité de l'Anatomie pathologique, la vraie passion de Sarah.

— Des lames de sa tumeur ? Une biopsie ?

Sarah est capable d'identifier tous les types de tumeurs cérébrales, d'établir un diagnostic et de faire le pronostic, ce qui n'est pas donné à tout le monde.

Elle éclate de rire.

— Ecoute, je ne sais pas si Picard est le roi des cons ou s'il le fait exprès, mais moi je n'ai rien vu du tout. En tout cas pas de lésions tumorales !

— Pourtant Hugo m'a parlé d'une opacité sur les radios…

— Ça, ce n'est pas mon domaine. Ce que je peux te dire, c'est que dans l'échantillon que j'ai reçu ce matin, il n'y a pas de cellules tumorales. Aucun symptôme de la moindre souffrance cellulaire…

— Et… tu vas le dire à Picard ?

Elle lève un sourcil, surprise par la question :

— Ma chère, je n'ai pas l'habitude de sacrifier une vérité scientifique au narcissisme d'un patron. S'il s'est planté, je le dirai et devant tout le monde. Je me fous de son ego. Les faits sont les faits.

Il ne lui manque qu'une armure et un destrier pour rétablir la Vérité sur le trône de France.

Qui, d'après moi, n'en veut à aucun prix.

16

Arrivée en bas de l'immeuble, je laisse ma voiture sur le trottoir, jetant mentalement mes clefs à un groom stylé, accouru pour la garer. C'est un exercice mental très décontractant qui vous évite d'arriver en retard et à bout de nerfs pour un dîner. Le seul inconvénient, c'est qu'on ne peut pas y jouer souvent. Il faut le réserver pour les grandes occasions, quand on est sur le point de s'écrouler et de tomber en morceaux, par exemple.

Pour une fois, l'invitation laissée par ma mère sur mon répondeur tombe à pic.

L'onde de choc des événements de ces derniers jours poursuit sans bruit son trajet à travers moi.

Dans la vitrine du magasin de matériel orthopédique qui jouxte l'immeuble de mes parents, se découpe une fille fantomatique avec des cheveux trop longs qui lui tombent dans les yeux, un imperméable beige serré à la taille et de grandes bottes en cuir. Une fille que je voudrais abandonner sur ce trottoir et ne jamais revoir, la fille des promesses non tenues, des mauvais choix, et de la poisse.

J'entre avec ma clef, les bras chargés de paquets pour cause d'anniversaires en retard, sans compter des bonbons pour mes neveux et la dernière édition du quotidien *O Diario* que je suis allée chercher au drugstore pour mon père.

C'est dire à quel point j'ai besoin qu'on m'aime.

— Regarde qui est là ! annonce triomphalement ma mère.

Impossible de rater l'énorme silhouette d'Alexis, qui occupe la moitié du canapé du salon. Il me happe dans une étreinte digne d'un sumotori et me broie les cervicales tout en me collant un baiser sur chaque joue, d'une étonnante douceur.

Je grogne pour la forme :

— Aïe ! Je plains tes maîtresses !

— Véra ! proteste ma mère. Certainement pas ! Elles ont de la chance — je dis bien de la chance — ces idiotes !

— Pourquoi elles sont idiotes les maîtresses d'Alexis, mamie ? demande la petite voix de Judith.

— Parce qu'elles ne sont pas fichues de mettre le grappin dessus ! Je vous jure que, de mon temps, on était un peu plus dégourdies, nous les femmes !

— Les priorités n'étaient pas les mêmes, maman, grince Rosemarie.

— Ah oui ? Et c'est quoi ta priorité, toi ? Ce n'est pas de trouver un nouveau mari ?

— Pour qu'il se tire avec la première salope ? Tu m'excuses, j'ai d'autres projets.

— Mais qu'est-ce que vous avez dans la tête ? s'indigne ma mère en nous fixant de ses prunelles enflammées, Alexis, Rosemarie et moi. Vous voulez refaire les lois du monde ? Vous voulez que les hommes et les femmes vivent séparément ? Vous ne trouvez pas qu'il y a déjà assez des juifs et des musulmans pour faire ce travail-là ? C'est ça, être catholique ? C'est imiter les juifs et les musulmans ? Eh bien, bravo. Avec le pape qui veut qu'on leur demande pardon pour je ne sais quoi et mes enfants qui séparent les hommes et les femmes, il est beau le monde moderne !

— Un petit porto ? s'interpose Alexis qui ne vient jamais voir sa maman chérie sans lui apporter une bouteille du meilleur porto.

Comme ma mère ne craint pas un petit verre, on peut raisonnablement espérer une amélioration de la tendance Sainte Inquisition.

— Tu peux me servir autre chose ? demande Karine en tendant son verre à Alexis. Tu es gentil avec ton porto mais moi je suis plutôt whisky…

Pelotonnée au fond d'un fauteuil, elle squatte la meilleure place, le bol de pistaches, et le seul magazine à peu près potable.

Le grand crucifix de bronze, avec son Christ émacié forgé par un sculpteur portugais en plein délire mystique, a désormais rejoint la place d'honneur, à côté des photos de mariage de mes grands-parents qui trônent dans leurs cadres d'ébène très prisés à Lisbonne au cours des années cinquante. Les mariages de mes frères et sœurs sont exposés dans des cadres plus modestes le long du couloir,

Rosemarie ayant récemment déplacé le sien pour le mettre aux toilettes.

— Si on pouvait laisser le pape pénard pour une fois, grommelle mon frère Gilles, propriétaire d'un garage rue Saint-Maur, et jumeau du restaurateur.

Installés selon leur habitude à une petite table près de la fenêtre, ils se tiennent à l'écart des chamailleries familiales en jouant aux échecs.

Ma mère va s'occuper du dîner à la cuisine tandis qu'Alexis m'entraîne à l'écart :

— Ça se passe comment avec ton inspectrice ?

— … Pas trop mal.

— Si tu as le moindre souci, appelle mon avocat.

Je scrute son visage à la peau transparente semé de petites taches de rousseur. Il a la blondeur de Karine et des yeux mordorés.

Je souris ironiquement :

— Dis donc, tu ne m'aurais pas fait une crasse par hasard ?

— Quelle crasse ?

— Je ne sais pas. C'est à toi de me le dire.

— Appelle mon avocat. Je paierai pour tout, tu n'as aucun souci à te faire.

— Je ne te parle pas d'argent, Alexis. Je te parle de toi et moi.

On est en train de se regarder dans le blanc des yeux quand Karine fond sur nous :

— Alexis est venu nous aider à régler le problème du mariage de Linda, explique-t-elle à la cantonade.

Exaspérée, je feins la surprise :

— Quel problème ? Il n'y a pas de problème.

— On ne va quand même pas devenir athées pour faire plaisir à son fiancé, lance Didier par-dessus son échiquier.

— Didier a raison, approuve Gilles. Il faut le faire craquer, ce Serge.

Là, je me pince.

— Mais qu'est-ce que vous racontez ? On est tous athées ! On devrait tous être solidaires de Serge ! Au lieu de ça, on cherche un moyen de le faire craquer ! Mais c'est très facile de le faire craquer le pauvre garçon, pas la peine de se creuser la cervelle !

— Quelle frime ! gémit Karine. Elle a vu Serge deux fois !

— Tu veux que je te dise ?

— Vas-y ! lance Didier. Je suis sûr que c'est bidon.

Je les regarde tour à tour :

— La faille de Serge, ce n'est ni le cul ni le pouvoir. Ça viendra peut-être mais pour l'instant ce n'est pas le cas…

— Alors ?

— Son problème, c'est la culpabilité.

— En quoi il est coupable ?

— D'être supérieur à nous.

Blanc. Ils me fixent comme si j'étais tombée sur la tête. L'idée que cet avocaillon dont la compagnie leur paraît aussi stimulante que celle d'un poisson rouge, ni riche, ni pauvre, ni beau, ni laid, puisse ressentir le moindre sentiment de supériorité, les laisse pantois.

Je m'explique :

— Il se sent supérieur parce qu'il est un vrai

Français, d'une famille aisée et parfaitement dans les normes. Il faut lui faire comprendre que nous, pauvres portos arriérés, on est bien contents de marier notre sœur à un Monsieur mais qu'on a besoin de notre gris-gris.

— Quel gris-gris ?

— La messe. L'église. La pompe catholique. Il est protestant à l'origine, tu imagines ce qu'il en pense. En s'y prenant bien on peut le culpabiliser suffisamment pour qu'il se sente gêné, mal à l'aise, un peu comme s'il refusait d'accorder un petit plaisir à un handicapé…

Mon auditoire se tait, douché.

— On lui ferait pitié, quoi… résume enfin Karine.

— En quelque sorte. Il faut jouer sur sa noblesse, sa grande intelligence, je dis bien sa supériorité de vrai Français. Il est déjà persuadé que Linda est une fleur poussée sur un tas de fumier…

— Une fleur sur un tas de fumier ? répète Rosemarie, incrédule.

— Merci pour nous, fait Gilles.

— Soyons lucides. Chaque fois qu'il a croisé l'un d'entre nous, il a eu le choc de sa vie. Remarquez que Linda nous a présentés un par un, jamais tous ensemble. A ton avis, pourquoi ?

— Eh bien, elle a comme qui dirait un petit peu honte de nous…

— Tu crois qu'elle a peur de se faire plaquer ? s'étonne Rosemarie.

— Mais qu'est-ce que tu racontes ? Tu l'as

regardée, ta sœur ? Tu en croises beaucoup des canons pareils ?

Je vais m'asseoir tranquillement, attrapant une olive au passage.

— Nous sommes bien d'accord : il est fou d'elle. Il suffirait qu'elle lui annonce qu'elle veut se marier à l'église, il s'y résignerait. Mais voilà. Elle est la Fleur sur le Fumier. Elle ne peut pas s'abaisser à réclamer un truc aussi ringard.

Karine n'en revient pas :

— Si c'est vrai, elle se moque de nous depuis deux semaines…

— Attendez. Je ne vous dis pas qu'elle le fait exprès. C'est inconscient… Demandez-vous simplement pourquoi elle ne trouve pas de solution à un problème aussi simple. C'est qu'elle adore l'image d'elle-même que son fiancé lui renvoie. Elle, si fantastique au milieu de sa famille de dégénérés. Si belle, si spéciale. Elle ne veut surtout pas quitter son piédestal. Mais comme c'est aussi une brave fille attachée à sa famille, elle nous laisse faire le sale boulot. Tu comprends ? Si nous nous couvrons de ridicule aux yeux de son fiancé, quelle importance ?

— Elle a bien raison ! On va le faire ! s'exclame Alexis, hilare.

J'enfourne une autre olive.

— Vous peut-être, pas moi.

Karine lape son whisky à petites gorgées, pensive. Rosemarie en profite pour terminer les pistaches. Elle les avale nerveusement, brisant l'écorce de l'une pendant qu'elle mâche l'autre, sans interruption, ni des doigts ni des mandibules.

— Faites ce que vous voulez, décrète Karine, je ne m'occupe plus de cette histoire.

Didier renchérit :

— Moi non plus. D'ailleurs, je ne sais même pas si je viendrai. C'est un gros jour pour nous le samedi…

— Qu'est-ce qui se passe ? demande ma mère en entrant dans le salon. Vous vous êtes disputés ?

Elle pousse une table roulante chargée de salades et de plats fumants. Sur le buffet, les assiettes et les couverts attendent que chacun vienne se servir, ce qui évite de sortir la table, les rallonges, la nappe et tout le tintouin.

— On prend des leçons de psychologie, maman, explique Alexis.

C'est le seul que ma petite explication ait quelque peu diverti. Les autres savent que je ne me trompe pas, du moins pas en ce qui concerne la désastreuse opinion que Serge a de nous. Ils sont mortellement vexés, chose que je n'avais pas prévue. Mais je ne pense pas à Linda à ce moment-là. Je ne pense qu'à moi, fuyant éperdument la fille à poisse de la vitrine du magasin de matériel orthopédique.

En sortant vers minuit, la magie du rire d'Alexis, sa tendresse teintée d'une certaine admiration, m'ont ragaillardie. Ma confiance est revenue, peu importent les allusions assassines de la sirène de la Discorde. Il est le seul, avec peut-être Sarah Vincent, à me donner la force de relever la tête et de me battre. Je décide donc de faire une dernière course avant d'aller me coucher, une visite en dehors du cadre de mes fonctions. Juste le genre de truc qu'Alexis aurait fait à ma place.

Je la retrouve exactement au même endroit, plantée sur le même trottoir, à égale distance du bus et d'une bande de travestis qui brillent dans la nuit comme des arbres de Noël. Elle a bien fait de se reconvertir dans le flicage, les affaires n'ont pas l'air de marcher fort. Il faut dire que les voitures se font rares à cette heure tardive. Il n'y a plus que des camions aux plaques étrangères qui croisent au large dans un ralenti inquiétant.

Des formes humaines jaillissent autour de ma voiture.

Je baisse ma vitre :

— Bibou !

Les formes reculent avec des commentaires, des grognements désappointés. Certaines m'ont reconnue, dont Bibou.

Elle approche sans hâte, de sa démarche chaloupée. Je coupe le moteur et ouvre la portière pour lui parler mais sans quitter le volant. Je n'ai pas l'intention de m'éterniser. Je ne voudrais pas qu'un indic bien intentionné puisse raconter aux flics que j'ai eu un entretien avec Bibou, le lendemain même du meurtre de Sabine.

— Salut, docteur. Les flics sont venus de votre part aujourd'hui. C'est gentil de me les avoir envoyés.

— Qu'est-ce qu'il fallait que je dise ? Que j'avais trouvé Natacha dans un chou ?

— Qu'est-ce que tu veux ?

— Je veux savoir si elle est revenue.

Comme si elle allait me répondre. Son regard enfoncé dans les orbites noircies de maquillage est parfaitement opaque.

— Qu'est-ce que ça peut te foutre ?

— Oui ou non ?

— Non.

— Bibou, ces connards ont tué une infirmière pour rien. Dis-leur que ce n'était pas la peine. Personne ne sait où est Natacha. A l'hôpital, c'était une malade comme les autres.

Tout en parlant, j'enregistre le fait que son collant noir aux reflets brillants est filé, ses boucles d'oreilles dépareillées. Sous ses yeux, on devine les poches plus lourdes, les rides plus accentuées. Qu'est-ce que je suis en train de faire ? Des reproches à cette femme ?

Se méprenant sur mon silence, elle esquisse un sourire plein de morgue :

— Et si c'était Natacha qui l'avait tuée, docteur ? Pour pouvoir se tirer ?

— Désolée, mais elle était déjà partie quand c'est arrivé.

— En tout cas, c'est personne par ici.

— Bien sûr. C'est arrivé tout seul.

— Tu les vois, celles-là ?

Elle me désigne le groupe de travestis qui brille dans l'ombre, à une centaine de mètres.

— Elles ne savent même plus qui est Natacha. Hier, elles avaient la trouille des Albanais, elles nous respectaient, mais aujourd'hui elles pourraient nous écraser comme une merde de chien.

— Ils t'ont laissé tomber ?

Elle hausse les épaules. Sans protecteurs, la vie

va être difficile pour Bibou la Kapo. L'ampleur de son abandon est à la mesure de la terreur qu'ils inspiraient.

— Ecoute, Bibou, je ne comprends pas bien vos histoires. Je suis juste venue te donner ce message pour que tu le transmettes. Pas la peine de démolir le bus, ni de tuer des gens à l'hôpital. Natacha s'est sauvée. Ce n'est la faute de personne.

— C'est seulement pour ça que t'es venue ?

— Oui.

Pour toute réponse, j'ai droit à un long regard perplexe :

— J'ai vu défiler un paquet de monde entre mes cuisses, toubib, et je peux dire qu'il y a quelque chose qui ne colle pas chez toi. Je me trompe jamais. Tu l'aurais pas zigouillée toi-même, l'infirmière ?

Je remonte ma vitre sur son rire gras. J'avais tort de me faire du souci. Je ne lui donne pas trois jours pour offrir ses services à de nouveaux bourreaux.

17

Un couple en noir monte avec moi dans l'ascenseur. Sur le palier, un groupe de gens, en noir aussi, discutent à voix basse, un verre de vin à la main. Ils tournent un instant la tête pour nous dévisager mais se désintéressent très vite de nous. Deux enfants en blazer se faufilent entre nos jambes et entrent dans l'appartement par la porte grande ouverte.

C'est drôle, j'ai l'air d'arriver avec ce couple et cela m'apporte une sorte de caution. Je circule discrètement dans le F4 plein de monde, à travers le discret brouhaha de ce pot d'enterrement, quand chacun piétine en s'accrochant à son verre, cherchant en vain la force de rester ou celle de partir. L'angoisse devient moins lourde quand elle est partagée, presque bienvenue après la souffrance de l'expédition au cimetière. Les gestes deviennent lents et doux comme ceux des bêtes de somme, chaque action dûment pesée.

Mon devoir voudrait que je salue les parents

d'Emilie, que je mette brièvement les choses au point avec eux dans la mesure où toute information, même celle de savoir que je ne m'occupe plus de l'affaire, peut les aider.

C'est dans ce but que je suis venue mais je l'oublie dès que je franchis le seuil d'une petite chambre rose, meublée d'une armoire vitrée qui laisse apercevoir des doubles rangées de bouquins, d'un petit bureau en contreplaqué sur lequel est posé un puissant ordinateur et d'un lit étroit au couvre-lit immaculé. L'essentiel de la décoration est constitué par un vaste collage de toutes les figures de chevaliers du cinéma des dix dernières années, de « Lancelot » aux « Visiteurs » en passant par « Brave Heart », « Robin des Bois », « Cœur de Dragon », « Highlander » et autres... Toutes les stars américaines semblent avoir, dans leur carrière récente, revêtu une armure plus ou moins fantaisiste pour incarner ce type de héros. Visiblement, Emilie tombait en plein dans la cible visée par les grands studios. Ce goût naïf et posthume pour les beaux chevaliers me semble aujourd'hui étrangement poignant.

— Vous êtes qui, vous ?

La voix chantante qui vient de poser cette question appartient à une jolie fille un peu boulotte, très jeune, vêtue d'un jean noir et d'un pull noir informe qui lui arrive aux genoux. Appuyée contre le chambranle de la porte, elle m'observe avec une saine curiosité.

— Je suis une personne qui a participé à l'enquête...

— Ah !

Le visage poupin s'est légèrement assombri.

— Je suis psychiatre. J'essaie de comprendre.

— Vous savez que l'assassin va être libéré ?… En tout cas c'est ce qu'on raconte…

Je préfère changer de sujet.

— Vous connaissiez Emilie ?

— Je suis sa cousine. Elle avait un an de plus que moi mais on s'entendait bien… Vous voulez voir ses photos ?

— Bien sûr.

La jeune fille sort deux albums de l'armoire vitrée et s'assied à côté de moi sur le lit. Il émane d'elle un rayonnement, une sérénité qui allège d'un coup le poids qui pèse sur mes épaules. On a envie de rester près d'elle pour écouter sa voix claire et plonger dans son regard vert extraordinairement vif.

— Elle était très intelligente, annonce-t-elle, très en avance. Plus que tous les garçons de son bahut. Elle voulait faire médecine.

— Tu sais ce qui l'avait décidée ?

— C'est quand elle a fait la connaissance du père de Fred, le professeur Russel. Elle est devenue raide dingue de lui.

Je n'en crois pas mes oreilles :

— Tu veux dire : amoureuse de lui ?

— Non ! Bien sûr que non !

Ma remarque a au moins le mérite de la faire rire.

— Il est moche comme un pou, ce vieux bonhomme ! Mais c'est son idole, quoi… Enfin c'était… Elle m'a dit qu'il avait une façon de vous regarder, de parler… Elle le prenait pour un génie !

— C'est grâce à monsieur Russel qu'elle a rencontré Fred ?

— C'est plutôt le contraire. Elle a d'abord rencontré Fred à une fête organisée par une association…

— « Le Glaive et l'Hydromel » ?

— C'est ça. Ils incarnent des personnages, vous voyez ? Un truc de nase mais bon, Emilie, elle trouvait ça génial.

— Pas toi ?

— Je ne vois pas l'intérêt de jouer à être quelqu'un d'autre. On a déjà assez de mal avec soi-même, non ?

J'approuve d'un hochement de tête.

— Tu sais comment ça marche ?

— … Eh bien, par exemple, ils doivent tout le temps se comporter selon leur personnage. Même en classe ! Si vous incarnez un misérable ou un bandit, au bahut il faut faire quelque chose de vraiment nul. Par exemple, voler un truc, dénoncer un camarade, agresser un professeur… Si vous êtes un seigneur, vous devez organiser les coups et veiller à ce qu'ils fonctionnent. En réalité c'est rien que des trucs tordus qu'ils se font les uns aux autres. Mais comme tout est secret, on ne peut jamais vraiment savoir…

D'une certaine façon c'est encore pire que ce que j'imaginais. Sentier et ses copains ont trouvé le moyen de faire régner une loi occulte dans le lycée, une loi féodale, intransigeante et perverse.

— Vous voyez le truc ? Ils gardent une apparence normale mais ils ont une identité secrète et des camarades toujours prêts à les défendre.

Emilie, elle trouvait ça merveilleux. Non, je vous jure, ça la faisait carrément décoller, cette idée d'organisation secrète…

— Mais je croyais que l'association n'acceptait pas de filles…

— C'est vrai. Emilie avait dit à Loïc : « Ton assoce, elle va merdouiller tant qu'il n'y aura pas de filles. Tu autorises les filles, tu exploses. »

— Peut-être qu'il ne voulait pas exploser…

— Exactement. En réalité ils ont peur des filles, ces mecs-là. Ça ne se voyait pas autant pour Loïc que pour Fred mais c'était exactement la même chose. Tenez, regardez les photos, là. C'est la première fête où elle a pu se faire inviter… Elle est chouette, hein ?

Penchée sur le cliché, je reconnais volontiers qu'Emilie a fière allure dans sa longue robe de velours rouge bordée de fourrure acrylique blanche. Ses seins remontent jusque sous le menton, débordant largement du cadre étroit qui leur est assigné, et ses cheveux disparaissent sous un voile transparent maintenu sur la tête par une fine couronne dorée.

— C'était la première fois qu'elle se rendait à une de ces fêtes. Elle avait rencontré Loïc Sentier au cours de maths de sa prépa.

Je me contente de hocher la tête sans l'interrompre tandis qu'elle poursuit son récit, reconnaissante que je lui permette de faire revivre quelques instants sa cousine bien-aimée.

— Loïc était jaloux d'elle, pas parce qu'il était amoureux mais parce qu'elle était plus forte que lui en maths. Quel crétin ! Il n'y a que ça qui compte pour lui. Qui va être le plus fort !

— Tu l'as déjà vu ce Loïc ?

— Emilie l'avait invité un jour où j'étais passée la voir. Elle n'avait pas voulu que je reste, elle trouvait que je faisais trop gamine. Elle avait toujours peur qu'on ne la prenne pas au sérieux... Mais ça ne fait rien, ça ne me vexait pas...

Un haussement d'épaules, une ombre de tristesse. En effet, quelle importance maintenant ?

— C'est dommage que je ne vous aie pas vue au funérarium tout à l'heure, regrette-t-elle, je vous l'aurais montré.

— Je suis désolée mais... je n'étais pas au funérarium.

Je ne veux pas lui dire que je connais déjà Sentier pour ne pas minimiser l'importance de ce qu'elle me raconte.

— Ce n'est pas grave, fait-elle, un peu déçue quand même.

Maintenant qu'elle m'a trouvée, maintenant que j'écoute ses souvenirs et sa douleur, elle voudrait que je sois plus proche d'elle encore. Le fait que je n'aie pas assisté à la cérémonie lui rappelle que je ne fais pas partie de son monde, que je finirai par m'en aller.

Je lui prends la main avec un sourire :

— Je suis contente de t'avoir rencontrée et que tu me parles d'Emilie. Je comprends beaucoup mieux...

Elle m'adresse un sourire triste avant de reprendre, appuyée contre les coussins qui ornent le lit :

— Je me demande pourquoi il est venu au funérarium, ce mec. Il était tout au fond, à faire des yeux de merlan. Il ne m'a pas reconnue alors j'ai fait semblant de ne pas le voir. De toute façon, c'est le genre de mec qui voit pas les filles, sauf s'il veut les baiser.

— Tu crois qu'Emilie a couché avec lui pour entrer dans l'association ?

— C'était son plan mais ça n'a pas marché.

— Attends, je ne comprends pas bien. Le plan d'Emilie, c'était de coucher avec Sentier mais c'est lui qui n'a pas voulu ?

— Oh, je crois qu'il aurait bien aimé. Elle savait les faire baver, Emilie. Mais pour Loïc, ça ne suffisait pas. Il lui a dit qu'à ce compte-là toutes les copines de ses potes voudraient en faire partie et que ça dénaturerait l'esprit guerrier de l'association.

— Donc il a fallu qu'elle trouve autre chose.

— Eh oui ! Mais attention, puisqu'il refusait qu'elle entre dans l'assoce, elle n'a pas couché avec lui finalement. Elle lui a dit : « C'est donnant, donnant, mon vieux… »

Un peu effarée, j'observe ma créature aux yeux verts, ni femme ni enfant, si jolie malgré ses traits un peu empâtés. J'ai l'impression de dater du jurassique.

— Excuse-moi de te poser une question personnelle, mais… tu trouves ça normal, toi, de coucher avec un garçon en échange de quelque chose ?…

— Mais c'est pas moi, là ! rappelle-t-elle, amusée. Moi, je suis romantique. Mais pour dire la vérité, je ne suis pas aussi intelligente qu'Emilie. Emilie, elle pouvait avoir tout ce qu'elle voulait…

Selon moi, pas vraiment. Mais je n'ai pas le cœur de lui ôter ses illusions :

— Fred et Emilie, ils étaient copains ?

— Ben… pas trop. Emilie, elle s'embêtait avec Fred. Et puis, elle disait qu'il n'était pas clair.

— Pas clair… comment ?

— Je ne sais pas. Elle m'a juste dit qu'elle s'ennuyait avec lui, qu'il était trop jeune. Et puis aussi qu'on ne pouvait pas lui faire confiance. Alors ça, elle me l'a répété plusieurs fois. Ça l'énervait beaucoup.

Je repense au garçon affolé que j'ai serré contre moi. Comment Emilie, mignonne, pleine d'assurance et remarquablement intelligente, aurait-elle pu lui trouver un quelconque intérêt ? Le fait d'être joli garçon ne comptait pas face à une fille qui poursuivait farouchement un but aussi symbolique que de pénétrer dans une association interdite aux femmes. La seule chose qui intéressait Emilie, j'en suis convaincue, c'était d'obtenir ce qu'elle voulait quand elle l'avait décidé.

La jeune fille ajoute :

— Elle n'a pas été violée, vous savez ?

Je la regarde, surprise.

— Comment le sais-tu ?

— J'ai entendu la femme policier le dire à ma tante. Elles étaient dans la cuisine. Elle a dit : rapports sexuels sans violence…

— Eh bien… tant mieux.

— Oui, déclare sobrement la jeune fille. Au moins elle n'a pas souffert.

Je me demande si elle sait qu'on l'a découpée en morceaux. J'espère que non. Je voudrais préserver à jamais l'éclat de ce regard.

— En fait, reprend-elle pensivement, ce qui l'intéressait chez Fred, c'était son père. Le professeur, elle l'admirait vraiment. Fred, elle s'en fichait. D'une certaine façon, elle s'est un peu servie de lui pour rester en contact avec le vieux.

Pour Emilie, les deux personnes les plus importantes étaient Loïc Sentier, à cause de son association, et le professeur Russel qui la fascinait. Elle voulait intégrer ces univers masculins plus ou moins interdits et elle était suffisamment déterminée pour y arriver. Entre les deux personnes qui comptaient le plus pour elle, comme un accessoire en travers de sa route, Fred. Le vilain petit canard.

Elle est en train de parler quand une foule de gens font brusquement irruption dans la pièce :

— Marianne ! Mais où étais-tu ? On te cherchait partout ! Tu ne pouvais pas répondre ?

Nous n'avons pas bougé et la porte est restée ouverte tout le temps, ce qui donne la mesure du stress familial. L'angoisse, la culpabilité de ne pas avoir assez couvé Emilie, se reportent sur la pauvre jeune fille aux yeux verts et lui vaudront sans doute quelques kilos supplémentaires. En attendant c'est moi, l'étrangère, qui devient l'ennemi.

La mère d'Emilie rougit violemment en me reconnaissant :

— Qu'est-ce que vous faites ici ? demande-t-elle.

Elle regrette ses menaces mais elle me hait toujours.

— Je suis venue vous dire où j'en étais.

— Le professeur Russel m'a déjà tout expliqué, articule-t-elle résignée. Frédéric a une tumeur au cerveau, il n'est pas responsable de ses actes et c'est comme si ma fille était morte dans un accident de voiture. J'ai compris. J'accepterai le non-lieu.

— Vous avez parlé au professeur Russel ?

— Cela vous étonne ? Ce n'est pourtant pas le genre d'homme à se défiler. Emilie était sa groupie. Elle l'adulait de la même façon qu'elle aurait adulé un chanteur. Elle était comme ça, ma fille. Elle faisait tout à fond. Je sais que lui aussi, d'une certaine façon, il a perdu son fils.

Elle me regarde droit dans les yeux, au bord des larmes :

— Laissez-moi. Je ne veux plus voir personne.

Un homme en costume s'est approché d'elle. Au ravage du chagrin sur son visage grisâtre, je devine qu'il s'agit du papa. Ma vue lui fait horreur mais il choisit lui aussi, le courage et la dignité. Il prend sa femme par les épaules et me dit doucement :

— Veuillez partir, s'il vous plaît.

Avec un sourire navré à ma petite princesse, je quitte la pièce sans un mot.

Dehors le mauvais temps m'agresse comme s'il me guettait pour me sauter dessus. Un paquet de pluie m'arrive en pleine figure avec une bourrasque piquetée d'aiguilles de glace. Les dernières feuilles viennent se poser sur le trottoir humide, dissimulant de vieilles crottes sur lesquelles les passants ne manqueront pas de se casser une jambe.

Que peut-on espérer d'une journée pareille dans un monde pareil ?

Je décroche de mon pare-brise une contravention trempée, illisible. Ma vieille technique du groom fictif a échoué, ce qui n'a rien d'étonnant. Il faut la mériter pour qu'elle marche. Je n'en avais pas besoin en arrivant, j'étais bien trop en forme. Cela m'a passé depuis.

Je bataille avec la clef mouillée que mes doigts gourds tentent d'insérer dans la serrure de mon véhicule, quand une présence de l'autre côté de la voiture me fait sursauter :

— Euh… Madame…

Je lève vivement les yeux pour découvrir Loïc Sentier qui se gèle timidement, la tête dans les épaules et les mains dans les poches de son ciré jaune sale.

— Je vous attendais, commence-t-il d'un air penaud.

Je répète, effarée :

— Vous m'attendiez ? Comment saviez-vous que j'étais là ?

J'ai hésité à venir jusqu'à la dernière seconde. Tous les prétextes semblaient bons pour rentrer humblement dans ma petite cage du CIP subir mon châtiment en espérant un geste de clémence du patron.

— Je vous ai vue entrer dans l'immeuble. Je n'étais pas sûr que ce soit une bonne idée de rendre visite aux parents d'Emilie. J'ai fait demi-tour et… j'ai été vous attendre au café.

Une nouvelle bourrasque retourne mon parapluie avec un claquement sec, et voilà qu'au lieu de m'abriter, il tend ses petits bras de métal vers le ciel pour appeler au secours.

— Vous voulez qu'on aille au café ?

— Non. Je préfère votre voiture…

C'est dingue, ce garçon. En quoi ce qu'il préfère présente-t-il le moindre intérêt ? Mais, après la défection de mon parapluie, ma voiture demeure l'abri le plus proche.

— Montez, dis-je en m'engouffrant derrière le volant.

Une seconde plus tard, il se jette à son tour sur le siège du passager. J'ai l'impression de l'avoir quasiment sur les genoux, ce qui me fait regretter ma précipitation.

J'attaque d'un ton acerbe :

— Allez-y. Dites-moi pourquoi vous m'attendiez…

— Les flics veulent mon empreinte génétique. Ils sont venus faire un prélèvement de salive.

Ils ont déjà ce qu'il faut et savent probablement à quoi s'en tenir. S'ils ont besoin d'établir les choses dans les règles, c'est que ça chauffe pour son matricule.

— Et alors ?

— J'ai couché avec Emilie le soir où elle a été tuée.

— Attendez. Pourquoi vous me racontez ça à moi ?

— Il faut que j'en parle à quelqu'un. Qu'est-ce que je dois faire ?

— Comment ça : qu'est-ce que vous devez faire ? Rien, sinon dire la vérité à la police.

— Je ne peux pas.

— Pourquoi ?

— Je serai viré du lycée. On va croire que je l'ai violée…

— Les flics font très bien la différence entre un rapport sexuel et un viol. Ils sont payés pour ça.

Il secoue la tête, furieux :

— Mais qu'est-ce que vous croyez ? Qu'on va me laisser finir gentiment ma prépa à Condorcet ? C'est trop con, merde ! Je ne vais pas foutre ma vie en l'air à cause de cette pouffe ! Parce que c'était pas une sainte, Emilie, je vous le garantis ! C'était une sacrée salope au contraire ! Vous voulez savoir ? En fin de compte, elle nous a tous baisés !

Tant de compassion pour une camarade disparue tragiquement a quelque chose d'émouvant.

Je rétorque sans prendre de gants :

— De deux choses l'une, mon vieux : soit vous ne l'avez pas tuée et on ne va pas vous virer parce que vous avez couché avec une copine, soit vous l'avez tuée et vous avez déjà foutu votre vie en l'air. Et si vous voulez mon avis, dans les deux cas, vous devriez vous adresser directement aux flics.

Il baisse la tête, honteux. Pourtant je sais qu'il dit la vérité : il ne l'a pas violée. A quel jeu pervers et stupide ont-ils joué ?

La pluie dégouline sur le pare-brise, nous isolant du monde. Mon parapluie finit de s'égoutter le long de mes jambes. Je songe à allumer le chauffage mais je reste immobile. Dans ce métier, il faut savoir attendre.

— J'ai déjà eu des ennuis avec l'administration du lycée, commence-t-il avec difficulté. Il y a deux ans, j'ai… j'ai été renvoyé trois jours pour un… un bizutage qui a mal tourné.

— Un bizutage ? dis-je en ouvrant un peu la fenêtre.

Je ne peux plus supporter sa présence, la vapeur qui sort de sa bouche, et même le contact de mon imperméable contre son ciré. J'ai du mal à me concentrer. Quel est son plan ? Ce genre de type a toujours un plan. Quoi qu'ils fassent, ils sont toujours en train de vous manipuler.

Fixant ses ongles, il explique brièvement :

— C'est moi qui m'occupais des cérémonies pour la fête de fin d'année. Les bizutages étaient déjà interdits mais l'administration était cool à l'époque. Je ne pensais pas à mal, je vous jure. Mais… Hum ! Ça a dégénéré. La fille a porté plainte…

— Qu'est-ce que vous lui aviez fait ?

— De… Enfin de… On lui a demandé de nous… faire une fellation.

— Vous lui avez… « demandé » ? Gentirnent, j'espère.

— Euh…

— D'accord. Et vous étiez nombreux ?

— Euh…

— D'accord. C'est pas du bizutage, ça. C'est une agression sexuelle.

— C'est ce qu'on nous a dit.

— Il a fallu qu'on vous le dise ? Vous n'étiez pas foutus de le comprendre tout seuls ?

Je dois lui ficher la trouille parce qu'il se contente de hocher la tête d'un air contrit. Je suppose que cette attitude repentante lui a valu un petit renvoi de trois jours au lieu de quelques mois de prison et cela me met en rage.

— C'est pour ça que vous ne vouliez pas de filles dans votre association ?

— Elles ne sont pas capables de fermer leur gueule ! Il faut toujours qu'elles chouinent, qu'elles se plaignent… Les garçons ont plus de tenue. Quand il leur arrive quelque chose de désagréable, ils ne vont pas le raconter partout !

Je rétorque sèchement :

— Ils n'osent pas. Ils sont lâches. Les filles ont plus de courage. Vous savez très bien qu'il est plus difficile de porter plainte que de se taire et de se laisser humilier.

Il hausse les épaules.

— Vous dites ça parce que vous êtes une femme.

— Je dis ça parce que j'ai été bizutée.

Il se tait, moi aussi. Mon silence laisse clairement entendre qu'il a intérêt à faire un gros effort s'il veut obtenir quelque chose de moi. Mais il ne parvient pas à se décider et je commence à être gelée jusqu'à la moelle.

J'attaque, sans cacher le dégoût qu'il m'inspire :

— Résumons. Vous êtes la dernière personne à avoir vu Emilie vivante, à part Fred mais il ne compte pas. Vous avez des antécédents d'actes sadiques. Vous avez peur, non sans raison, qu'on vous les balance en pleine poire et que cela fasse de vous le suspect numéro un. A mon humble avis, si vous n'êtes pas coupable, un bon avocat devrait vous sortir de ce mauvais pas. Mais je ne comprends toujours pas ce que je viens faire là-dedans.

Indécis, le nez rouge, l'œil humide, il me fixe avec appréhension.

Je répète, sarcastique :

— Qu'est-ce que vous attendez de moi, Loïc ?

— Le problème c'est le père de Fred, finit-il par avouer.

— Le professeur Russel ?

— Oui. Je voudrais que vous lui parliez. Expliquez-lui ce que je viens de vous dire. Dites-lui que ce n'est pas de ma faute. Que je n'y suis pour rien. Je n'étais plus là quand ça s'est passé.

— Qu'est-ce que le professeur Russel vient faire là-dedans ?

— Il y avait déjà eu une histoire avec Fred. La première fois qu'il est venu à l'association. On avait un jeu de rôles qui fonctionnait depuis des semaines, et… le professeur n'a pas apprécié. Il m'a prévenu que Fred n'avait pas l'autorisation de jouer. Il était trop fragile. Il m'a dit que si je continuais… il aurait ma peau.

Léger blanc. Je tente de donner un sens à ce que je viens d'entendre :

— Il voulait dire… qu'il vous ferait virer du lycée, je suppose ?

— Oui. Bien sûr.

— Il n'a pas menacé de vous tuer ?

— Non, évidemment. Mais si je me fais virer pour une histoire comme ça, aucune prépa ne voudra plus m'accepter. J'ai reçu des menaces de son avocat, hier. Ils ont l'intention de me charger au maximum. Je suis foutu, vous comprenez ?

— Tout est relatif.

— Vous lui direz ?

— Pourquoi vous ne le faites pas vous-même ?

— Il ne m'écoutera pas…

Je l'observe attentivement :

— Vous avez peur de lui. Et vous savez quoi ? Ce n'est pas son avocat qui vous fout la trouille à ce point. Vous avez peur que Russel vous cogne dessus. Je n'ai pas raison ? Il a promis de vous casser la gueule si vous mêliez Frédéric à vos petits jeux à la con, et vous savez qu'il le fera.

Il baisse la tête, au supplice. Je continue, bien décidée à remuer le râteau dans la plaie :

— Emilie l'aimait bien, le père de Fred…

Hochement de tête.

— Elle couchait avec lui ?

Il me regarde, pris au dépourvu. L'idée lui paraît saugrenue.

— Sûrement pas, affirme-t-il sans hésiter. Je crois qu'il la considérait plutôt comme sa fille. Et puis, il avait déjà une nana en plus de sa femme. Enfin, c'est ce qu'elle m'avait dit…

— Emilie savait que le professeur Russel avait une maîtresse ? Comment l'a-t-elle appris ?

— Putain, j'en sais rien ! s'exclame-t-il. C'était pas mes oignons ! Peut-être qu'il le lui a dit…

Je me mets à rire :

— Vous prenez vraiment les gens pour des idiots ?

— Pensez ce que vous voulez ! Elle était comme ça, Emilie. Elle parlait beaucoup avec les gens, elle fouinait, elle allait sur le Net, elle engrangeait toutes sortes d'infos sur son ordinateur… Elle ne restait pas en place cette fille, observe-t-il avec mépris. Elle faisait chier tout le monde…

— Merci pour elle.

— Ben quoi ? Je ne vais pas l'encenser parce qu'elle est morte. Tout ce qui m'intéressait, c'était de la sauter.

— Et vous y êtes parvenu.

— Ben oui.

— Mazal Tov.

18

Qui était vraiment Emilie ? Et Fred Russel ? Et Loïc Sentier ? Qu'est-ce qu'ils ont tous ces jeunes ? Ai-je donc tant vieilli ? A travers la vapeur d'eau qui flotte dans la salle de bains surchauffée, dans la glace au-dessus du lavabo, je me fais l'effet d'une photo sépia. Un fossile.

Tout à l'heure, dans la voiture, Loïc Sentier m'a donné l'impression de traduire les faits, de les rendre accessibles à une personne comme moi, quelqu'un qu'il assimile sûrement à son principal ou à la psychologue scolaire. Le seul but de sa démarche envers moi, son unique souci, était de se protéger. Le professeur Russel, dont il me croit la dévouée assistante, représente pour lui une sérieuse menace. Il agit donc en conséquence. Il joue le môme repentant qui a un peu déconné mais qui va s'amender. Il n'a même pas peur des flics, il sait qu'il ne risque pas grand-chose. Personne ne peut dire ce qu'il a fait ce soir-là, à part avoir eu un rapport sexuel sans violence avec la victime. Il n'y a aucun indice contre lui, il peut raconter ce qui l'arrange.

De mon côté, j'ai beau chercher chez lui des traces d'émotion, de regrets, de remords, je ne trouve rien. Loïc Sentier est un psychopathe parfaitement intégré socialement. Il finira à un poste clef dans une grande entreprise et pourra fonctionner toute sa vie sans jamais être inquiété pour autre chose que des bavures sadiques et quelques suicides autour de lui, sa femme peut-être ou un collaborateur. On le plaindra. Il se dira très éprouvé, toujours assez intelligent, assez manipulateur, et plus tard assez puissant, pour contenir et maquiller ses débordements dans les limites de la normalité.

Une fois sous ma couette, je contemple sans ciller les charges féroces de nuages noirs et violets à travers le ciel. A peine si, de temps en temps, un paquet de pluie frappant la vitre de plein fouet me fait sursauter.

Pourquoi Emilie a-t-elle finalement couché avec Sentier ? Comme me l'a clairement expliqué sa cousine, c'était donnant, donnant. D'après le portrait qui se dessine, ce n'était pas une tendre, elle non plus. Sans partager la froideur et l'absence de sentiments de Sentier, elle avait conscience de sa valeur et savait ce qu'elle voulait. Loïc n'a pas pu la mener en bateau, j'en suis certaine. Elle a donc obtenu quelque chose en échange. Mais quoi ?

Je ne vois qu'une raison : il a finalement accepté qu'elle entre dans l'association.

Mais là encore je bute sur une nouvelle question : comment l'a-t-elle fait changer d'avis ? Quel élément nouveau a bouleversé la donne ? C'est forcément en rapport avec Frédéric. Sinon pourquoi auraient-ils couché ensemble chez lui ce soir-là ?

Ce qui m'amène au point qui me trouble le plus dans ma conversation avec Loïc, et même avec la petite cousine d'Emilie : quel est le rôle de mon patron dans ce lugubre quatuor ?

Comment Emilie avait-elle découvert qu'il avait une maîtresse ? Est-ce qu'elle lui a fait des avances ? Sabine connaissait-elle l'existence de la jeune fille ? Si c'était le cas, elle ne semblait pas y attacher grande importance. La mort d'Emilie n'avait rien changé, ni dans son comportement, ni dans ses habitudes. Elle est restée concentrée sur son combat quotidien, comptant les heures, les jours et les cachets de Tranxène.

Et pourtant elle est morte avec trois grammes d'alcool dans le sang. Quand a-t-elle recommencé ? Je mettrais ma main au feu qu'elle était à jeun la dernière fois que je lui ai parlé, dans la chambre de Fred.

Alors quand ?

J'envisage un instant que son agresseur l'ait fait boire avant de la tuer mais cela ne tient pas debout. Tout s'est passé très vite, dix minutes tout au plus, une virée sanguinaire et brutale dans le plus pur style des expéditions punitives du milieu, qu'il soit russe, albanais, ou français. Natacha doit avoir eu connaissance du drame car elle ne s'est pas présentée à la consultation de Neurologie, alors qu'elle avait encore tout un programme de soins. Finalement, c'est aussi bien. Son retour nous aurait fait prendre de nouveaux risques. Ça va comme ça. Bon vent.

Un objet dur se coince sous ma nuque alors que je me laisse aller contre mes oreillers. Je me redresse, je tâtonne et je retire des profondeurs de ma literie trois paquets aux emballages brillants.

Sidérée, j'étale les paquets sur la couette, avant de lire la petite carte qui les accompagne : « Un début de garde-robe pour que tu puisses toi aussi trouver l'âme sœur… Merci pour tout. Linda. »

Merci ? Mais de quoi ?

Un rapide calcul me permet de faire remonter la dernière visite de Linda, un petit quart d'heure qu'elle a mis à profit pour planquer ses cadeaux, à la veille de la soirée passée chez mes parents. C'est là que je me suis illustrée en démobilisant toute la famille à propos de son mariage, la faisant passer par-dessus le marché pour une prétentieuse qui se croit mieux que tout le monde.

Je me souviens de cette soirée, soudain lucide, comme dessoûlée. Je n'ai pas pu faire une chose pareille. Je n'ai pas pu lui mettre tous ses frères et sœurs à dos pour m'assurer une mesquine victoire sur Karine, ou je ne sais quoi.

Eh bien, si. Je suis une misérable.

Consternée, je contemple les noms des marques à la mode qui s'étalent en travers des emballages et des vêtements qu'elle a choisis en pensant à moi, sans ménager sa science, ni son argent. Mais qu'est-ce qui m'a pris ? En général, je garde mes analyses pour moi, sachant qu'elles sont complètement foireuses la plupart du temps. Je ne me le pardonnerai jamais. Elle non plus, d'ailleurs.

Je dégage d'un assemblage compliqué de papier de soie un pantalon en velours d'un vert passé aux reflets chatoyants, un pull moulant dans une matière douce dont j'ignore le nom et un chemisier transparent censé se porter avec le pull. Il laisse entrevoir plus de soutien-gorge qu'il n'est raisonnablement nécessaire et le pantalon me fait les fesses d'une danseuse du Crazy Horse, détail que je ne suis pas sûre d'assumer.

Ma montre indique qu'il est l'heure d'aller travailler. Je n'ai plus le temps, ni de téléphoner à Linda, ni d'appeler les autres pour arranger les choses. Qu'est-ce que je fais ? Je lui rends ses cadeaux ? Cruel. Méprisant. Une gifle en plein visage.

Pas question. Ma ligne de conduite est claire : je remercie Linda, je lui baise les pieds, et je porte ses fringues même si cela me donne l'air d'une bimbo égarée sur un champ de bataille. Parce que au fond, c'est exactement ce que je suis.

Ce soir, le CIP est en effervescence. On sent vibrer dans l'air un courant d'excitation presque palpable, les gens marchent d'un pas alerte, quasi sautillant. On se croise avec des sourires entendus, des mines réjouies qui trahissent une allégresse générale un peu comme si du gaz hilarant s'était insidieusement répandu dans les couloirs.

— Salut, Véra ! me lance une infirmière. Tu viens au pot ?

Je tombe des nues :

— Quel pot ? Il y a un pot ? Excuse-moi, je viens à peine d'arriver…

— Tu n'es pas au courant ? Russel est élu président de la commission médicale !

A l'évidence, elle le prend comme une victoire personnelle. Je suis sur le point de lui rappeler qu'elle n'en tirera aucun bénéfice mais je me rattrape à temps. Hier, je me serais réjouie de la même manière des succès du patron, bien qu'ils n'aient aucune incidence sur ma propre carrière, ni sur ma feuille de paie. Aujourd'hui, face à son visage radieux, mon indifférence est patente.

— Ce n'est pas Picard qui devait être élu ? Comment il s'est débrouillé Russel ? Il lui a planté un couteau dans le dos ?

— Dix couteaux ! lance-t-elle, aux anges. Ça fait des mois qu'il met tous les membres de la commission dans sa poche sans que Picard s'en doute. Cette fois il va les massacrer !

— Qui ? Les neurologues ? Mais… quel intérêt ?

— Il va leur piquer leur fric, tiens ! Chacun son tour ! Tu vas voir, on va bien rigoler…

Je m'émerveille de voir cette excellente femme faire d'un partage inéquitable une bonne plaisanterie, mais je dresse sauvagement mon pouce pour mimer un enthousiasme que je ne ressens pas :

— Super !

Je m'enfuis avant d'être démasquée.

En pénétrant dans le réduit qui me sert à présent de bureau, mon courage s'évanouit d'un seul coup. C'est encore plus petit et plus triste que dans mon souvenir. Le téléphone n'est pas installé. Les étagères vides me rappellent que mes dossiers n'ont pas été transférés. Bras ballants, je prends pour la première fois conscience que Russel va gagner : je ne tiendrai pas.

— Salut, fait une voix suave derrière moi.

Le temps de me retourner, Hugo est entré dans le bureau. Adossé à la porte, bras croisés, il m'inspecte des pieds à la tête, avec un petit rire narquois.

— C'est pour Russel tout ça ?

Il examine le pantalon en velours, le petit pull tout doux, sans parler du chemisier transparent qui révèle les ombres de mon soutien-gorge noir.

— Bien sûr. Les fermetures sont en Velcro pour me retrouver plus vite à poil.

On se regarde et cela me réchauffe le cœur. Il me donne l'impression que tout va s'arranger.

— … C'est parfait, décrète-t-il. Tu me plais beaucoup.

Sans le quitter des yeux, je pose mes fesses sur la table de travail :

— Ah ça ! Dès qu'on vous montre un bout de soutien-gorge et une fesse en velours…

— C'était mon sujet de thèse, figure-toi. Le stimulus visuel dans la sexualité de l'homme adulte.

On rit, comme si on n'avait que ça à foutre tous les deux.

Son regard bleu ne quitte pas le mien. On dirait qu'il n'écoute plus. Je finis par lui demander, embarrassée par le silence qui s'éternise :

— Qu'est-ce que tu es venu faire ?

Il lève un sourcil, étonné :

— Ce n'est pas évident ? Je viens payer mes respects au professeur Russel, désormais l'homme le plus puissant de l'hôpital.

— … Même toi ?

— C'est le jeu, tu sais bien. Tu viens avec moi ?

— Merci, non.

— Allez, gronde-t-il gentiment. N'aggrave pas ton cas. Tu vas voir, avec moi ça passera tout seul. Si Russel pense que nous sommes ensemble, il te fichera la paix.

— Laisse tomber. Il me reste deux doigts de respect pour moi-même et j'y tiens. Et puis en plus…

Je m'interromps brusquement. La deuxième raison ne le regarde pas.

— Qu'est-ce qu'il y a ?

— … Je ne voudrais pas qu'on croit que… qu'on est ensemble.

La lueur rieuse dans ses yeux s'éteint brusquement mais il garde son sourire en coin, un peu comme un masque.

— Sympa pour moi.

Je m'empresse de préciser :

— Ça n'a rien à voir avec toi ! C'est que… tu es une proie très convoitée, tu sais ? Tout le monde te regarde. Je ne voudrais pas que les gens imaginent des trucs…

— Tu n'as qu'à les laisser parler ! Qu'est-ce que ça peut faire ?

Il est bouché ou quoi ? Je ne peux pas rester plus de cinq minutes en sa présence sans avoir envie de mourir. Il ne se souvient donc de rien ? Il n'a pas compris ce qui était en train de se passer quand il est arrivé ?

Quinze ans ont passé, mais j'étouffe en face d'Hugo comme j'étouffais ce soir-là, bâillonnée à l'élastoplast dans la salle de garde. Je le vois encore entrer, les mains dans les poches de sa blouse, embrassant la scène d'un seul regard…

Ne plus y penser.

Les joues en feu, je parviens à articuler :

— Sarah Vincent est ma meilleure copine.

— Et alors ?

— Je sais que tu veux juste me rendre service en m'emmenant à ce pot, tu crois sans doute que ça va sauver ma carrière et je trouve ça adorable de ta part… Vraiment. Mais… je n'ai aucune envie que de bonnes âmes aillent raconter à Sarah… n'importe quoi.

Ce n'est qu'une demi-vérité, mais l'essentiel, c'est qu'il s'en aille. Qu'il retourne vers le monde des nantis.

— Comme tu voudras.

Il a ouvert la porte, m'abandonnant à mon triste sort. Ses yeux me fixent une dernière fois alors que je suis toujours perchée sur ma table de travail, les jambes dans le vide. Il sourit, presque malgré lui :

— Super, l'ensemble, dit-il.

L'instant d'après, il est parti.

Mes dossiers ne sont nulle part à l'étage. On attend sans doute de moi que je me lance dans un jeu de piste pour découvrir l'endroit où on les a stockés — fatalement le troisième sous-sol. Ensuite je les entasserai dans des cartons que je porterai moi-même, au fil de nombreux allers et retours, jusqu'à ma niche où je les empilerai comme je pourrai sur une misérable étagère. J'aurai ainsi, après des heures d'un labeur pénible et humiliant dont tout le service aura été témoin, creusé ma propre tombe, en m'installant de mon plein gré dans le cagibi sous l'escalier.

Eh bien, puisqu'il ne tient qu'à moi, les choses vont en rester là. Mes dossiers pourriront au troisième sous-sol sans que je lève le petit doigt. Perdue dans mes pensées, je me balance paisiblement sur mon fauteuil quand la porte s'ouvre à toute volée :

— Ah ! Véra, je vous cherchais !

Russel se tient dans l'encadrement, sa courte personne rayonnant d'autorité virile, une force de la nature, un bloc de certitude. Je ne me lève pas, je ne me mets pas à genoux, je ne lui embrasse pas les mains. Je commence à avoir mauvais esprit.

— Pourquoi vous ne venez pas ? Vous faites encore la gueule ?

— Je n'aime pas mon nouveau bureau.

— Quoi ?

Mon attaque frontale l'a surpris. Il hésite une fraction de seconde sur la stratégie à adopter avant de lancer d'un air bougon :

— Euh… Bon, vous avez raison. Je ne sais pas pourquoi on vous a trimballée ici, c'est ridicule ! Grouillez-vous, il y a des gens qui veulent vous voir.

Russel me conduit jusqu'à une pièce attenante à la salle de thérapie où je retrouve la lieutenante G. Sanchez ainsi qu'une petite dame qu'on me présente comme la juge qui instruit le meurtre de Sabine. Fasciné, Galléac observe derrière la glace sans tain la petite fête organisée pour la victoire du patron.

— Vous faites vraiment un job génial, me confie-t-il avec un clin d'œil. Vous vous levez à midi et vous matez les autres toute la journée…

De l'autre côté du miroir mes collègues papotent avec entrain, leur gobelet à la main. Russel n'a pas lésiné, les bouteilles de champagne circulent de main en main, les petits-fours viennent de chez Dalloyau. Les conversations restent inaudibles car la salle de thérapie, une grande pièce confortable qui sert aussi aux réunions, est parfaitement insonorisée. Pour avoir le son, il faudrait appuyer sur un bouton rouge relié aux interphones. Ce système a été importé des Etats-Unis par Russel et commence à se généraliser en France. Il permet à un second psychiatre d'observer certaines séances de thérapie de groupe. On obtient ainsi un double point de vue, celui du thérapeute avec le groupe et celui d'un autre thérapeute en dehors du groupe, une technique qui donne parfois de bons résultats.

— Il y a peu de chances pour qu'ils démarrent une partouze, assure Russel, goguenard. Ils savent tous que c'est une glace sans tain.

Partouze jette un froid. La juge et la lieutenante Sanchez, qui viennent de refuser un verre de champagne, ne partagent en rien l'euphorie du service. Le spectacle que Russel les invite implicitement à contempler, celui de son triomphe, les laisse de marbre. J'observe avec amusement que Russel se met aussitôt au diapason. Il feint l'indifférence mais souffre de s'arracher à ce moment de gloire.

Je tends la main à la lieutenante, un peu étonnée :

— Fred est toujours suspect ? Je croyais que la

PJ avait retrouvé la trace des macs du jeune travesti…

La lieutenante ignore la main que je lui tends, amabilité que j'attribue à la façon dont s'est terminée notre dernière entrevue, quand Hugo a surgi à la cafétéria. Est-ce qu'elle me croit amoureuse de lui ? Manipulée par lui ? En tout cas, Hugo ne figure pas parmi ses favoris et elle a pris ombrage de notre relation.

La juge répond à sa place, regardant Russel d'un air d'excuse :

— Frédéric étant présent sur les lieux du crime, nous ne pouvons pas l'éliminer complètement de la liste des suspects. Vous nous comprenez, n'est-ce pas, professeur ?

— On m'avait dit que le non-lieu allait être prononcé, articule Russel, sur la défensive. En tout cas, dans le cadre de la première affaire…

Affaire ? Délicat euphémisme.

La nuance n'échappe pas à la juge, une toute petite femme très mince, avec un corps d'enfant et une épaisse chevelure brune ramassée sur la nuque. Sans se départir de son sourire, elle rétorque avec une autorité pointue :

— Je regrette mais ce deuxième meurtre retarde la décision. Désormais, la lieutenante Sanchez se chargera de la coordination entre les deux enquêtes.

Et elle ajoute en se tournant vers moi :

— La lieutenante m'a dit que vous avez une bonne relation avec Frédéric. Pourriez-vous nous aider à l'interroger avant son opération ?

Glacée, je me tourne vers Russel.

— Quelle opération ?

— Sa tumeur, coupe Russel. Picard veut opérer le plus vite possible.

— Mais… quand ?

— Lundi matin. Il m'a montré les images. Il a raison, il faut faire vite.

Au prix d'un violent effort, je parviens à répondre calmement :

— Sarah Vincent n'a trouvé aucun tissu correspondant à une tumeur maligne dans la biopsie…

— Elle est nulle, coupe Russel.

Il n'a pas l'intention de polémiquer sur le cas de son fils devant les flics mais c'est trop tard. La grosse lieutenante s'ébroue déjà :

— Ça veut dire quoi, ça ? susurre-t-elle.

— Rien, affirme brièvement Russel. Une des analyses est revenue négative, mais ça ne veut rien dire…

— Il y a quand même une possibilité pour que Fred n'ait pas de tumeur ?

— Aucune, coupe Russel. Les images de son cerveau sont formelles. La fille qui a fait les analyses est nulle.

Il est blême.

— Je ne comprends pas ce que vous racontez, Véra, ajoute-t-il en braquant sur moi un regard chargé de menaces. A vrai dire, je ne comprends pas quel jeu vous jouez. Vous avez l'air d'insinuer que je vais laisser mon fils se faire charcuter inutilement…

Sa voix tremble, il a du mal à contenir son désarroi et sa fureur.

— Lieutenant, avant que vous écoutiez les âneries du docteur Cabral, je dois vous signaler que cette opération présente de très gros risques, notamment celui de provoquer une lésion définitive des lobes frontaux…

— Ce qui veut dire… ?

— Qu'il peut en sortir idiot. Pas fou, pas psychotique, mais idiot.

— Alors pourquoi prenez-vous ce risque ? dis-je dans un murmure.

Il s'imagine que je jouis de la présence de la juge et des deux flics, que j'en profite pour me donner en spectacle, mais au contraire cette présence me paralyse. Par un vieux réflexe de caste, j'ai l'impression de trahir tout le corps médical en exposant nos divergences. Pourtant, une autre partie de moi-même me rappelle qu'il faut à tout prix sortir du huis clos de l'hôpital. Pour Fred comme pour moi, c'est une question de survie.

— J'ai beaucoup discuté avec le professeur Picard et son chef de clinique, Hugo Markovitch, explique Russel. Cette opération est notre seule chance de faire sortir Fred du trou dans lequel il s'enfonce chaque jour. La tumeur n'est pas seulement en train de le rendre fou, elle le tue à petit feu.

Je le coupe brutalement :

— Picard est votre pire ennemi !

La juge s'étrangle, la lieutenante G. Sanchez émet un petit rire de gorge.

Russel m'observe attentivement :

— Vous ne croyez tout de même pas que le professeur Picard va se venger sur mon fils parce que je l'ai évincé dans une petite compétition administrative ?

— Vous êtes psychiatre, non ? Pourquoi ne raisonnez-vous pas en psychiatre ?

— Ce serait quoi, d'après-vous, raisonner en psychiatre ?

— Tenir compte de l'inconscient.

Rires. La juge, la lieutenante, jusqu'à Galléac que la tension dans la pièce a sorti de sa contemplation, ils se gondolent. L'inconscient. Ah, ah.

— Vous voulez dire que Picard va inconsciemment bousiller mon fils ? reprend Russel sans leur accorder la moindre attention. Ce n'est pas absurde… Mais il n'est pas tout seul, Picard. Il a un staff. Il a Hugo Markovitch en qui j'ai toute confiance…

— Qu'est-ce que vous faites des conclusions de Sarah Vincent, alors ?

— Sarah Vincent n'est pas infaillible.

Son assurance me désarçonne. Je reconnais à contrecœur :

— Non, bien sûr…

Ils attendent, persuadés que je vais apporter un élément nouveau, déterminant. Mais qu'est-ce que j'y connais, moi, aux cellules du cerveau ? Pas grand-chose. J'opte donc pour un silence prudent.

— Je ne comprends pas, intervient la juge, agacée. Pourquoi accordez-vous plus de crédit à cette Sarah Vincent qu'aux autres membres du staff ?

— Parce qu'elle a des couilles.

J'ai cru bien faire en résumant la situation mais j'ai eu tort. A partir de ce moment, plus personne n'accorde le moindre crédit à ce que je raconte.

19

Bien qu'il soit déjà l'heure de la soupe, la juge décide d'embarquer la lieutenante et son adjoint pour un interrogatoire du témoin mineur dans le service de Neurologie. Cela me permet d'apprécier les efforts considérables déployés par la direction de l'hôpital en matière de sécurité. Il faut affronter les systèmes de verrouillage électroniques réactivés et montrer patte blanche toutes les cinq minutes.

Nous sortons de la chambre de Fred au bout d'un quart d'heure. Si la juge n'avait jamais interrogé de psychotique en pleine crise, elle sait désormais à quoi s'en tenir. Elle a exigé qu'on détache les sangles de cuir qui le maintiennent prisonnier sur son lit mais cela ne nous a pas été d'un grand secours pour communiquer avec lui, pas plus que ma prétendue bonne relation. Fred vagabonde sur une autre planète et il n'a pas daigné nous rendre visite.

Pendant tout l'interrogatoire, la lieutenante Sanchez n'a pas prononcé un mot, absorbée par l'épais dossier médical de Fred au point qu'on peut se demander si elle ne dissimule pas au fond d'elle-même un neurologue chevronné.

A présent, je grelotte sur le parking où j'ai raccompagné ce beau monde. La lieutenante grimpe dans sa voiture sans m'adresser la parole.

A mi-voix, j'interroge Galléac :

— Qu'est-ce qu'elle a ? Elle fait la gueule ou quoi ?

— Elle n'apprécie pas que vous fréquentiez le docteur Markovitch, explique-t-il.

— Elle est jalouse ?

Ça ne le fait pas rire.

— Elle pense que vous vous compromettez de façon stupide dans une seconde affairc de meurtre. Vous la décevez.

Je grince, les mâchoires serrées pour ne pas claquer des dents :

— Pourquoi vous vous acharnez sur Fred ? C'est Sentier, le chaînon manquant, vous le savez bien !

— Vous avez des infos sur lui ?

— Il pense que Russel va lui péter la gueule. Il est mort de trouille. Si vous voulez obtenir quelque chose de lui, c'est le moment.

Galléac me jette un regard acéré qui me fait soudain penser qu'il est peut-être moins bête qu'il n'en a l'air.

— Qu'est-ce qu'il vous a fait celui-là ? fait-il à mi-voix. On dirait que vous avez un compte à régler…

Installée sur le siège du passager, la lieutenante nous interrompt d'un violent coup de klaxon.

J'entoure mes épaules avec mes bras pour me réchauffer, répondant par un hochement de tête au salut que Galléac m'adresse en démarrant. Une petite bise glacée fait voleter mes cheveux autour de mon visage tandis que les feux arrière de la voiture disparaissent dans la nuit.

Je rentre à grands pas vers le CIP, courbée sous le vent, frigorifiée.

Soudain, une paire de phares braqués sur moi, un rugissement de moteur, et je me jette sur le côté, m'écroulant dans un massif de buis.

Une espèce de tank gris métallisé, sans doute une Mercedes, s'arrête à ma hauteur. Le conducteur m'observe derrière la vitre fumée tandis que je me débats convulsivement pour m'extirper du massif qui s'effondre sous mon poids à grands craquements de branches.

Puis c'est le bourdonnement d'une vitre électrique :

— Qu'est-ce qui vous a pris ? s'étonne Russel. Vous avez eu peur ?

D'un coup de reins, je retrouve la verticale :

— Absolument pas. J'ai raté le bord du trottoir…

— Montez, ordonne-t-il. Je veux savoir comment ça s'est passé avec les deux vieilles peaux.

La perspective de me retrouver coincée dans une voiture avec lui me colle une bonne suée. Je ne le sens pas. Je ne le sens pas du tout.

— Ça va, madame ? demande une voix grave.

Une silhouette en blouson bleu nuit et rangers vient de surgir à côté de moi. Le berger allemand qu'il tient avec une courte laisse renifle mes chevilles.

C'est un des vigiles engagés pour surveiller le parc pendant la nuit. Il braque sa lampe-torche sur mon interlocuteur.

— Bonsoir, m'sieur Russel.

Son collègue nous surveille, dans l'ombre du bâtiment, flanqué d'un chien identique. Je n'ai plus qu'à grimper dans la voiture sans faire de manières.

A peine ai-je fermé la portière qu'il coupe le moteur. Nous restons sans rien dire, moi parce que mon cœur bat trop fort, lui parce qu'il doit réfléchir à un nouveau moyen de me sacquer. Du moins, je le suppose.

— J'ai été injuste envers vous, Véra, commence-t-il, embarrassé. Vous êtes une des rares personnes qui s'intéressent vraiment à mon fils… La seule, peut-être.

Déconcertée, je grimace mon sourire le plus niais.

— Eh bien… Merci.

— Vous devez penser que j'ai mis du temps à m'en rendre compte…

L'occasion est trop belle. J'attaque :

— C'est vous qui avez demandé à Sheila de ne plus m'envoyer en intervention ?

— … Oui.

— A quoi ça rime de m'empêcher de faire mon boulot ? Ça vous permet de vous sentir tout-puissant ? Vous trouvez que c'est digne de vous ?

Ses mains gantées de cuir posées sur le volant, Russel fixe la nuit à travers le pare-brise.

— Vous avez raison, déclare-t-il enfin. Je suis ridicule. Depuis le début.

— Ce n'est pas ce que je voulais dire…

— Je suis paumé, Véra. Mon fils est psychotique et je suis bien placé pour savoir ce que ça signifie. Mais il n'a pas tué. Ces deux salopes pourront dire ce qu'elles voudront, il n'a pas tué.

— Je sais, dis-je.

En réalité, je n'en suis plus si sûre.

— Si sa mère avait été à la hauteur… Vous avez vu sa mère, Véra ?

— Non, mais je sais que Fred la réclame tous les jours…

— Elle refuse de le voir. Elle croit qu'il a tué Emilie et elle prétend qu'il la dégoûte… C'est… Elle est très névrosée. Je me demandais si… Enfin si…

Je me raidis.

— Vous ne pourriez pas passer à la maison pour lui parler ? demande-t-il tout à coup.

Je le fixe, totalement incrédule :

— Parler à votre femme ?

Il se tourne vers moi, son visage carré empreint d'un désarroi absolu, dévoilant sans pudeur la face cachée de son personnage, le mec paumé, humble, pathétique. Cette fois j'aurais souhaité qu'il la montre à quelqu'un d'autre. J'ai déjà donné.

— Vous pourriez essayer de lui dire un mot, plaide-t-il.

— … Je ne m'occupe plus de Fred, monsieur.

Bon sang. Il ne va pas recommencer.

— C'est vrai, excusez-moi. Je ne peux pas m'en empêcher… J'ai besoin de vous, Véra. J'ai besoin de tout le monde, en fait. Il faut qu'on se serre les coudes. Je… Cette élection à la présidence de la commission médicale, ce n'est pas un gadget vous savez. Cela signifie beaucoup pour moi. Pour tout le monde, je crois…

— Je vous félicite. Sincèrement.

Il y a toujours un courtisan qui roupille sous le rebelle. Me voilà en train de cirer les pompes d'un type qui, hier encore, me traînait dans la boue.

Lui, bien sûr, trouve ça tout naturel :

— Il m'a fallu des années pour en arriver là. Vous vous souvenez de mes débuts ? Quand je suis arrivé des Etats-Unis ?

Ma bassesse sans bornes m'empêche de lui rappeler qu'à cette époque je fréquentais la maternelle. Je me contente d'approuver du chef.

— Personne n'avait entendu parler de la psychiatrie d'urgence en France, me rappelle-t-il avec l'amère fierté des grands explorateurs oubliés. La psychanalyse était censée soigner tous les maux ! Quand ça ne marchait pas — c'est-à-dire les trois quarts du temps — on bombardait le patient d'électrochocs jusqu'à le rendre gâteux. La France avait vingt ans de retard sur l'Amérique, Véra. En arrivant, j'ai pris le problème à bras-le-corps et j'ai affronté tous les vieux cons qui ne voulaient surtout pas que ça bouge ! Je me suis bagarré et j'y suis arrivé. Dans ce pays, la psychiatrie d'urgence, c'est moi !…

Ça va. Je sais qu'il est un grand bonhomme mais je ne fais plus partie du fan-club.

— Les syndicats, Véra. C'est comme ça qu'on gagne de nos jours. Les petits-fours, les appuis politiques, c'est terminé. J'ai l'oreille des syndicats, voilà mon secret. Simplement parce que je suis un prolo. Mon père était maçon. Il est mort sur un chantier, écrasé par une grue. Ma mère a payé mes études en vendant des barbes à papa. Les autres patrons savent que je peux leur éviter une grève. Vu la politique de santé dans ce pays, c'est précieux…

Il se tait, perdu dans ses pensées, avant d'ajouter comme pour lui-même :

— Au fond, le seul domaine où j'ai échoué, c'est mon mariage… Ma femme vient d'un très bon milieu, vous le saviez ?

La dernière chose dont j'ai besoin, c'est bien des confidences de mon chef de service sur son couple.

— Sa mère est une aristocrate, son père un grand patron de médecine. Il m'a mis le pied à l'étrier quand je suis rentré en France avec mon diplôme de Princeton…

Là, il me cloue.

— Vous avez fait Princeton ?

Il en faut des barbes à papa pour payer de telles études ! Mais j'imagine que le beau-père a dû apporter son obole.

— Tout le monde s'en fout de Princeton, jette Russel avec dédain. Sans piston, je n'aurais jamais eu de place nulle part. Pourtant, au départ, on ne peut pas dire qu'il m'avait à la bonne, le vieux ! Vous savez où j'ai rencontré ma femme ? Sur une barricade pendant Mai 68 ! Quelle époque ! Nous étions fous amoureux tous les deux… Elle était belle à tomber par terre… Elle se croyait communiste…

Il éclate de rire à cette idée. J'amorce un mouvement décidé vers la portière en déclarant :

— Excusez-moi. Il faut vraiment que j'y aille.

— Rentrez chez vous, Véra, me conseille-t-il. Il faut que je revoie votre planning avec Sheila, mais ce soir, je ne m'en sens pas le courage. Il est tôt, prenez votre soirée.

— Mais… Antoine est débordé, je ne voudrais pas…

— Antoine est un con.

Je reste sans voix, choquée par cet accent implacable. Après un délai de trois secondes, je réplique avec maladresse :

— Vous êtes très injuste. Antoine est un excellent psychiatre…

Il poursuit sans m'écouter :

— J'ai peur pour mon fils, Véra. Peur comme jamais je n'ai eu peur de ma vie. C'est ma faute s'il est comme ça. Tout est ma faute. Je vous en supplie… Allez voir sa mère.

Complètement démontée, je bafouille des mots inarticulés. Comme s'il lisait en moi, Russel ébauche un sourire triste :

— Laissez tomber vos principes, Véra. Regardez-moi. Regardez ce qui reste de ma famille. Aidez-nous…

— Rien ne dit que je pourrais convaincre votre femme de voir Fred…

— Dites-lui qu'il a besoin d'elle. Vous verrez, ce n'est pas un monstre. Elle m'en veut parce que je… je l'ai trompée, voilà. C'est tellement banal… Du coup, quand je lui dis que Fred a besoin d'elle, elle ne me croit pas. Vous savez comment c'est, un couple qui ne marche pas… Il suffit que l'un tienne à quelque chose pour que l'autre prenne le contre-pied… Au bout du compte, c'est Fred qui paye.

Je dois me rendre à l'évidence. Malgré son orgueil monstrueux et son ego surdimensionné, il brûle d'amour pour le garçon qui gît attaché sur un lit, derrière de gros verrous. Et il n'y a plus pour s'occuper de son fils qu'un infirmier taillé comme une armoire à glace et une armée de savants fous qui voient des petits hommes verts dans son cerveau.

J'acquiesce, la mort dans l'âme.

— D'accord. Je lui téléphonerai.

Il sourit enfin, un pauvre sourire hésitant :

— Merci. Je vous revaudrai ça, Véra.

Toujours la même histoire. Donnant, donnant.

— Tu as dîné ? demande Hugo en m'ouvrant la porte.

Après le départ de Russel, quand je me suis retrouvée en train de rôder dans le CIP sous l'œil soupçonneux de Sheila, j'ai craqué. Lui laissant le plaisir de cafter ma désertion à Russel demain matin, j'ai quitté l'hôpital sans crier gare.

Sur l'autoroute, l'idée m'est venue de rendre visite à Hugo. J'ai hésité un peu avant de l'appeler, certaine qu'une demi-douzaine de filles m'auraient précédée, mais il a paru très content de m'entendre, m'assurant que je ne le dérangeais pas dans ses projets.

Il m'accueille pieds nus, en jean taille basse. Sa chemise grise entrouverte laisse voir de grands bouts de peau bronzée. Derrière lui, dans un salon tout en vitres donnant sur la Seine, la télé diffuse une émission de variétés aux couleurs criardes, où des vedettes trop maquillées se font des politesses.

Qu'est-ce que j'imaginais ? Qu'il passait ses soirées à lire Platon dans le texte ?

Prenant à peine le temps de me laisser ôter mon imperméable, il m'entraîne vers la cuisine, une pièce rectangulaire percée d'une grande fenêtre, où des boîtes venant d'un traiteur chinois s'empilent à côté du four à micro-ondes.

— Alors ? demande-t-il en sortant deux verres ballons.

Malgré son air désinvolte, il a l'air aussi emprunté que moi.

— Je te dérange ? Tu es avec quelqu'un ?

— Mais non… Pourquoi tu dis ça ?

— Je ne sais pas… Peut-être à cause de toute cette nourriture…

— J'ai passé une commande après ton coup de fil. J'espérais que tu dînerais avec moi.

Je lui souris :

— Merci, c'est sympa…

— Tu vas voir, c'est très bon, décrète-t-il en sortant les barquettes du carton.

Pendant quelques minutes, on fait semblant l'un et l'autre d'être hyper à l'aise, moi ouvrant une bouteille de Brouilly rouge et frais, lui dressant un couvert rapide sur la table de bistrot en marbre. Il allume même une grosse bougie rose et orange qu'il pose sur la table entre nos deux assiettes. En passant, il vérifie que la porte de la cuisine est bien fermée.

Un déclic se produit dans ma tête. J'ai la certitude

qu'il y a quelqu'un d'autre avec nous dans l'appartement, quelqu'un pour qui il avait commandé ce repas chinois.

C'est assez vexant, même si je reconnais que c'est un peu ma faute. Je l'ai obligé à changer ses plans en dernière minute. La fille — connaissant Hugo, c'est forcément une fille — est peut-être arrivée après mon coup de fil ou… je ne sais pas. De toute manière, il n'y a rien à espérer d'un type qui bronze à la lampe.

J'attaque sans préambule :

— Hugo, dis-moi la vérité. Est-ce que Fred a une tumeur ?

Il me jette un regard perçant avant de poser dans mon assiette un bol rempli d'une soupe claire au parfum de citronnelle.

— Tu fais la gueule ?

— Quoi ? Mais non, évidemment !

— Je te connais. Je sais très bien quand tu fais la gueule.

D'un haussement d'épaules, je balaye cette hypothèse absurde. Pourquoi je ferais la gueule ? Parce qu'il y a une autre fille dans l'appartement, avec qui il regardait cette émission vulgaire ? Parce que je me sens comme une collègue envers qui on doit se montrer poli ? Parce que je suis jalouse tout simplement ?

— Bon. Il a une tumeur oui ou non ?

— Qu'est-ce que tu as ? On dirait que c'est vital tout à coup.

— C'est très important.

— O.K. D'après moi, il n'a rien.

Effarée, je bredouille :

— Ce n'est pas possible. Picard et Russel ne peuvent pas se tromper à ce point…

— En neurologie, Russel ne connaît pas grand-chose. Il est tellement paniqué à l'idée que son fils reste dans cet état qu'il est prêt à croire n'importe quoi…

— Mais Picard, il s'y connaît lui ! Putain, c'est ton chef de service !

— Aux dernières nouvelles, la médecine n'est pas une science exacte. Tout le monde peut se tromper. Ensuite, on distingue effectivement une opacité sur l'IRM. Il y a quelque chose. Après c'est une question d'interprétation.

— Sarah Vincent affirme qu'il n'y a pas de cellules tumorales.

— Je sais. Elle s'est engueulée avec Picard ce matin. Une vraie mégère. On l'a entendue jusqu'au sixième étage.

— … Et toi ?

Il laisse échapper un rire désenchanté.

— Pour moi, c'est une simple malformation corticale. C'est bénin et ça ne bougera pas. Il aurait pu vivre avec toute sa vie sans que personne en sache rien. Le problème c'est que les tumeurs sont la spécialité de Picard. Il en voit partout.

— Tu crois qu'il ferait sciemment du mal à Fred ?… Parce qu'il est le fils de Russel ?

Cette fois Hugo est catégorique.

— Mais non. Sûrement pas ! Il se trompe mais il est convaincu de bien faire. Et il sera convaincu de bien faire jusqu'au bout.

Je le fixe avec des yeux écarquillés.

— Mais toi, tu as soutenu le point de vue de Sarah, non ?

— Je ne suis pas chargé de gérer la carrière de Sarah, répond-il sans se départir de son demi-sourire. J'ai bien assez de la mienne.

Il n'essaie pas de se défiler, me donnant le sentiment qu'il a décidé une fois pour toutes de me faire comprendre certaines choses.

Mais je refuse l'évidence. Hugo est un grand médecin, le meilleur de sa génération. Il a non seulement la science mais l'instinct. Il n'a pas pu laisser Sarah défendre seule un point de vue qu'il partage…

J'insiste encore :

— Picard t'a sûrement demandé ton opinion. Qu'est-ce que tu as dit ?

— J'ai approuvé son diagnostic sans réserve.

— Tu as quoi ?

— Pas la peine de crier.

— Hugo, c'est grave… Et si la vérité éclate ? Et si finalement les neurochirurgiens découvrent qu'il n'y avait rien ?

— On me pardonnera une erreur médicale mais pas d'avoir contredit mon patron. Picard est complètement parano depuis qu'il a raté son élection. Il se croit entouré d'ennemis. Je ne suis dans le service que depuis quelques semaines. Je ne peux pas prendre le moindre risque…

Je crie, excédée :

— Mais qu'est-ce que tu risques ? Rien ! Absolument rien ! Tu es fonctionnaire de l'Assistance publique ! Tu es invirable !

Cette fois, il me rit au nez. Ça doit être la bougie

ou bien la vapeur chaude de la soupe et des hakao dont les arômes nous titillent les narines, il est de nouveau parfaitement lui-même.

— Je me présente à l'agrégation cette année. C'est pour ça que j'ai obtenu un poste à Saint-Guy. Je n'avais pas assez d'appuis à Sainte-Anne. Ici, grâce à Russel, j'ai bien l'intention d'être nommé agrégé cette année.

— Je suis sûre que tu as un dossier en béton. Tu n'as pas besoin de lécher les bottes de qui que ce soit !

A son tour de me regarder comme une bête curieuse :

— Véra… Même toi tu ne peux pas être aussi naïve ! Il y a un poste par an pour tout l'hôpital. C'est une lutte au couteau dans tous les services et entre les patrons. A qui sera le plus influent pour faire passer son poulain. Je suis le poulain de Picard, ce qui ne vaut plus rien, mais aussi celui de Russel qui n'a personne à proposer dans son service…

— Faux ! Il a quelqu'un.

— Antoine ? Pff ! Tu l'as vu ces temps-ci, avec son blouson mauve et ses rouflaquettes ? Il voudrait se suicider, il ne s'y prendrait pas autrement !… Non, Véra, désolé. Le poulain de Russel, c'est moi. Il a usé de son influence auprès de Baquet pour me faire venir à Saint-Guy. Et je compte bien prendre un jour la place de Picard.

Il me gratifie d'un sourire d'excuse :

— Je veux devenir calife à la place du calife. C'est aussi simple que ça.

J'en reste bouche bée. Mon étonnement est celui d'un alpiniste qui, parvenu au sommet après une longue marche, découvre un paysage complètement nouveau. Cet environnement familier dans lequel j'évolue chaque jour et que je pensais connaître comme ma poche, je le découvre soudain sous un autre angle, celui de la hiérarchie, de l'ambition, de la gestion de carrière avec ses lois, ses codes, ses interdits implacables. Inutile de dire que le simple fait d'être une femme vous exclut d'emblée de la compétition.

— Tu ne manges pas ? demande Hugo avec douceur. C'est le meilleur traiteur de Paris. Je me souviens, dans le temps tu adorais la cuisine asiatique.

Je ne m'étonne même pas qu'il ait gardé un souvenir aussi précis de moi. Docile, les yeux baissés, je lampe ma soupe. C'est très bon.

— Alors, comme ça, on va tous laisser un gamin se faire triturer inutilement le cerveau… dis-je pensivement.

Je ne m'offusque même plus. Je me concentre sur les saveurs délicates de ma soupe thaï.

— Fred Russel n'est pas n'importe quel gamin. Il n'a pas besoin de nous. Il a bien assez de bonnes fées penchées sur son cercueil.

— Berceau.

Hugo me regarde sans comprendre. J'ajoute, gracieuse :

— On dit « penché sur son berceau », pas « penché sur son cercueil »…

— Ma langue a fourché, et alors ?

— C'est un lapsus. Très révélateur.

— De quoi ? ricane-t-il.

— Au fond, tu sais que Fred est foutu.

Silence. La lueur de la bougie tremblote, caressant nos visages pour les rendre plus jeunes et plus beaux. Je m'accroche au bord de la table pour ne pas déraper sur les souvenirs qui m'assaillent.

— Je te déçois ?

Je relève la tête, arrachée à mon écœurement, surprise d'avoir parlé. Il n'y a plus un seul hakao. Quelqu'un a bien dû les manger. Peut-être moi. Moi aussi, je participe à tout ça.

— C'est vrai, dis-je d'une petite voix, tu me déçois.

Et ça englobe l'émission de variétés, la fille à poil dans le placard, tout. Il n'a pas l'air plus ému que ça :

— Au fond, ça ne m'étonne pas que tu aies fait psychiatrie, observe-t-il en riant. A l'époque, je te trouvais tellement étrange que je n'osais même pas te draguer. Tu te souviens ?

— Non.

— Menteuse.

Je me sens vraiment patraque tout à coup. Je finis mon verre de Brouilly d'un trait, puis je me lève.

— Tu t'en vas déjà ?

— Je t'ai dit que je ne pouvais pas rester.

Planté devant moi dans son jean élimé, il bloque l'accès à la porte.

— Tu ne te sens pas bien ? Mais si enfin ! Qu'est-ce qu'il y a ?

Il a passé un bras autour de mon épaule, ma bouche s'approche dangereusement de sa peau nue au creux de la clavicule, son visage se penche vers moi, puis sa bouche.

Combien de temps restons-nous enlacés contre cette porte, dans la pénombre tremblotante d'une bougie rose et orange ? Une minute ? Dix minutes ? Je me trouve propulsée dans un songe lointain et oublié, un plaisir, un abandon inconnu. Le sol mou s'enfonce sous mon poids et je dois m'accrocher à lui pour ne pas tomber. Il me porte à demi, me soulève, me pose sur la table sans quitter ma bouche, ses deux mains dans mes cheveux, la troisième sur mes seins, les miennes sous sa chemise, partout contre sa peau tiède.

Jusqu'à ce qu'il murmure, son front contre le mien :

— Je t'ai cherchée, tu sais…

Et là, je sais quelle sera sa prochaine question : « Tu t'es fait opérer ? » Ou, variante : « Tu es toujours pareille ? »

Mon vaisseau spatial explose en plein vol. Les morceaux retombent dans un lourd ralenti, envahissant la cuisine de souvenirs pénibles. Cette nuit-là, dans la salle de garde, des internes déchaînés avaient foutu une fille à poil, la bâillonnant à l'élastoplast pour l'empêcher de crier. Sauf que ce n'était pas exactement une fille, ni tout à fait un garçon, et ils s'étaient tus, médusés. C'est à ce moment-là qu'Hugo est entré…

J'ouvre la porte à la volée, traverse en trombe le salon, arrachant au passage mon imperméable qui traîne sur le dossier d'une chaise. Je l'entends crier derrière moi quelque chose que je ne comprends pas.

Il arrive avant moi sur le palier et bloque l'ascenseur. Comme on est au douzième, ça résout le problème de ma sortie.

— Mais ça ne va pas non ? s'exclame-t-il, furieux. Qu'est-ce qui te prend ?

On se regarde, essoufflés. Il est pieds nus et je grelotte dans mon petit chemisier transparent. Je ne sais pas comment font les filles à la mode pour ne pas attraper la mort.

— Qu'est-ce que tu as ? J'ai dit quelque chose ?

— Mais non. Absolument pas…

Je descends d'une longue lignée d'arracheurs de dents portugais, les meilleurs menteurs du monde.

— Ce qui me dérange c'est… ton ambition à la con, le fait que tu sois capable de trahir père et mère pour arriver…

— Tu ne crois pas que tu exagères un peu ?

— Et laisser un môme se faire charcuter pour rien, c'est pas exagéré ? Il faut que je te dise un truc, Hugo : les mecs comme toi, ça m'a toujours un peu dégoûtée…

Il a un rire sans joie :

— Tu caches bien ton jeu. Tu n'avais pas l'air trop dégoûtée tout à l'heure…

— Eh bien, tu vois, on se trompe.

— Qu'est-ce qui te défrise au juste ? demande-t-il d'un ton sec. Le fait que je t'aie ouvert les yeux sur les mécanismes du milieu dans lequel tu vis ? Que j'aie cassé ton petit rêve rose ? Tu aurais préféré que je te mente ? Que je joue au héros généreux et désintéressé ?

— Au contraire. Je te remercie de m'avoir parlé franchement…

— C'est clair, tu me remercies ! Tu te barres en

plein milieu d'un dîner que j'ai commandé en espérant te faire plaisir !

— Ne me prends pas pour une idiote, s'il te plaît ! Tu n'as pas commandé ce dîner pour moi !

Il ouvre des yeux ronds :

— Ah non ? Et pour qui ?

— Il y a quelqu'un avec toi. Depuis le début.

Je ne suis pas mécontente du ton sur lequel j'ai dit ça. Pas une once d'amertume, juste ce qu'il faut d'ironie, de hauteur, de détachement, comme si cette ruse puérile m'amusait presque.

Touché. Un ange passe. On a l'air assez cons tous les deux sur ce palier.

— Entre, dit-il enfin. Deux minutes.

20

Elle vient d'éteindre cette foutue télé. Plantée au milieu du salon, la télécommande à la main, elle paraît surprise de me voir. Son crâne rasé tranche avec sa couche de fond de teint et ses faux cils acryliques mais ses traits sont si purs que rien ne parviendrait à l'enlaidir.

— Bonsoir, Natacha.

— Bonsoir, docteur.

Elle sourit gentiment, serrant sur sa poitrine siliconée les pans d'un peignoir d'homme en éponge noir. Elle a de grands pieds osseux qui dépassent et une grâce d'enfant poussé trop vite.

— Je lui avais dit de vous prévenir ! s'écrie-t-elle, sur la défensive.

— Ne t'en fais pas, il n'y a aucun problème… Tu vas mieux ?

— Natacha, tu peux nous laisser, s'il te plaît ? demande Hugo.

Au lieu de quoi, elle se précipite vers moi :

— Docteur Cabral, commence-t-elle d'une voix

pressante, vous avez été vraiment sympa avec moi. Je ne veux pas que vous croyiez qu'il y a quelque chose entre Hugo et moi…

Je passe cinq bonnes minutes à lui assurer qu'elle n'a rien brisé entre nous, qu'il peut faire ce qu'il veut, que cela m'est complètement égal. Le message s'adresse indirectement à Hugo qui trépigne en la sommant de retourner dans sa chambre.

Quant à moi, l'intermède a l'immense avantage de me permettre de me ressaisir. Fini le vague à l'âme, les jambes molles et les mains moites. Tout est rentré dans le seul ordre que je supporte.

Dès que Natacha a quitté la pièce, je m'écrie :

— Tu es complètement dingue ! Tu as vu ce qu'ils ont fait à Sabine ?

— Chut ! Parle moins fort, elle n'est pas au courant !

— Quoi ? Tu ne le lui as pas dit ?

— Pour qu'elle se sente responsable ? Quel intérêt ? Tu sais bien que ce n'est pas sa faute !

— Excuse-moi, mais là, tu me dépasses ! Elle ne sait même pas que tu risques ta peau pour elle ?

— Qu'est-ce que ça changerait qu'elle le sache ? Qu'est-ce que ça m'apporterait ? J'ai commencé un traitement et je vais continuer jusqu'à ce qu'il soit terminé, c'est tout. Tu sais, j'ai beaucoup réfléchi après que tu m'as prévenu. Je ne pouvais pas la laisser partir dans l'état où elle était et en même temps, je ne pouvais plus la garder… Qu'est-ce que tu voulais que je fasse ?

Sidérée, je le regarde fouler les grands tapis rouges de son salon vide. La nuit, l'immense nuit parisienne, bouffe toute la lumière des lampes halogènes.

— Tu croyais quoi ? demande-t-il d'un ton cinglant. Qu'elle allait se payer une clinique privée ? J'ai réfléchi... Il m'a semblé que je pouvais lui offrir une petite parenthèse dans sa vie de merde... Le temps qu'elle se remette.

— Quelle générosité ! Je suppose que tu y trouves aussi ton compte...

— Je sais que tu ne penses pas grand bien de moi, Véra, mais je ne couche pas avec mes patientes. Encore moins avec ce type de patiente !

Je m'exclame, sarcastique en diable :

— Tu ne prétends tout de même pas que tu as fait ça pour rien ?

— Dégage, répond-il avec lassitude. S'il te plaît. Va-t'en.

— Avec plaisir.

Malgré mon sourire, je quitte les lieux dans le même état de tristesse que celui dans lequel je le laisse. Moi aussi je l'ai déçu.

J'ai la sottise de prendre ça pour une victoire.

Au matin, le ciel saturé d'humidité me rappelle les toiles cirées froides et mouillées des cantines de mon enfance. Dehors flotte une odeur de boue.

Sur l'étagère, mon répondeur clignote avec l'enthousiasme d'un chiot sur le point de sortir. La petite lumière rouge, que je tente d'ignorer le temps d'avaler mon petit déjeuner, frétille avec une juvénile indifférence pour mon mal de crâne.

— Allô, Véra ?

Aïe. La fleur sur le fumier.

— J'avais rendez-vous avec Karine pour la location de la salle et elle m'a plantée ! Tu ne sais pas où elle est ? Je n'arrive pas à la joindre !

Sa gaieté me procure un surcroît d'accablement. Elle ne sait pas encore que tout le monde l'a lâchée. Il faut que je me rachète très vite, si possible avant même qu'elle apprenne ma trahison.

En attendant, le dernier message me procure une inquiétude sournoise :

— Docteur Cabral ? Nathalie Maignan, inspectrice du Trésor. Je viens de recevoir les papiers que j'avais demandés à votre banque. J'aimerais que nous prenions rendez-vous au plus vite.

Le ton de sa voix a pris un je-ne-sais-quoi d'autoritaire qui me laisse subodorer une métamorphose de la gentille fille qui buvait mon thé en soldat de la République.

Comme elle ne peut pas me caser avant la fin de l'après-midi, ça me laisse quelques heures à tuer. Je songe évidemment à appeler Linda mais, en proie à une crise de lâcheté sans précédent, je repose le récepteur dès qu'elle décroche.

Je ne suis qu'une misérable.

— Madame Russel ? Docteur Cabral. Vous vous souvenez de moi ?

Au sourire que j'arbore en lui tendant la main, on pourrait croire que je vais lui fourguer une encyclopédie. D'ailleurs elle m'accueille avec autant de circonspection que si c'était le cas.

Pourtant, elle m'attendait. Dans ma hâte de me débarrasser de cette corvée, je me suis montrée assez directive au téléphone, la prévenant de ma visite sans lui laisser le choix. Je ne souhaite qu'une chose, que mes relations avec Russel reprennent leur cours normal. Je veux la paix, pas à n'importe quel prix mais presque.

Dans l'entrée, la grande toile abstraite à dominante rouge a disparu, laissant place à une grande gouache multicolore. Je ne sais pas lequel des Russel aime l'art moderne mais il a l'air de s'y connaître.

Sans un mot, mon hôtesse me conduit dans le salon et me désigne un fauteuil circulaire suspendu à une poutre de métal. C'est une longue femme blonde, habillée d'une jupe grise et d'un twin-set de cachemire mauve qu'elle porte avec un collier de perles. Elle s'assied sur un canapé, croisant ses longues jambes avec distinction.

Quant à moi, je pose une fesse précautionneuse sur le fauteuil suspendu, maudissant secrètement les designers avant de commencer :

— Vous devez trouver ma visite un peu étrange, madame, mais j'ai espéré toutes ces dernières semaines vous voir à l'hôpital…

— Je faisais une cure de sommeil. Mon mari savait où j'étais.

Digne et froide. Une ex-beauté blonde qui, à l'aube de la cinquantaine, voit sa vie comme un désastre et vous le fait savoir par un regard turquoise désenchanté, un port de tête un peu raide, une mâchoire crispée. Une femme qui porte sa solitude comme un drapeau.

— Fred vous réclame…

— C'est ce qu'on m'a dit.

Point. Je viens de lui fournir une information qu'elle détenait déjà. Ce qu'elle en pense, ce qu'elle ressent, elle n'a pas l'intention de me le faire savoir.

— Je crois que ça serait bon pour lui de vous voir.

— Ce qui est bon pour Fred a cessé de m'intéresser…

— Depuis… ce drame ?

— Non. Bien avant.

— Mais… pourtant vous m'avez aidée ce soir-là, vous êtes montée dans l'ambulance avec lui…

— Quand je vous ai vue en arrivant, avec tout ce sang… J'ai fait face du mieux que j'ai pu… N'importe qui en aurait fait autant…

— En arrivant ? Vous n'étiez donc pas dans votre chambre ?

Elle m'observe avec une ironie glacée :

— Dans ma chambre ? Avec ce qui se passait dans mon appartement ?… Non, je venais d'arriver. Nous étions invités à dîner par le professeur Baquet ce soir-là. Il y avait les Picard. A un moment, un serveur a fait une maladresse, il a renversé de la sauce sur Edouard qui s'est mis en rage. Il a accusé Picard et Baquet de vouloir le ridiculiser et il est parti. Je ne l'ai pas suivi. J'ai continué à dîner tranquillement.

Elle réfléchit un instant, comme si elle se souvenait pour sa part d'une soirée agréable.

— Je suis la fille d'un grand professeur, on a dû vous le dire ? Un ami des Baquet. Je connais le professeur depuis que je suis toute petite. Edouard a toujours prétendu qu'il l'ignorait quand il m'a épousée mais j'en doute…

— Donc vous avez découvert le drame en arrivant, dis-je pensivement. Vous m'avez tendu le tupperware pour que je mette son doigt…

— Vous aviez l'air très choquée.

Et elle, pas tellement. On aurait dit qu'elle était surtout embêtée pour moi.

— Pourquoi m'avez-vous dit que vous préféreriez être morte ?

— Parce que c'est vrai. J'ai épousé un monstre et j'ai conçu son fils, tout aussi monstrueux. Tous les jours, je me lève en me demandant s'il y a une fin au supplice que j'endure. C'est certainement ma faute mais… Je ne sais pas pourquoi il faut que j'endure ça…

Tétanisée, j'attends quelques secondes avant de demander :

— Pourquoi dites-vous que c'est votre faute ?

— J'ai sûrement fait quelque chose pour mériter ça.

— Pour mériter quoi ?

— Qu'ils me détestent tous les deux.

Silence. J'espère qu'elle va continuer d'elle-même mais ça a l'air de lui suffire. Pas moi.

— Madame Russel, il s'agit de votre mari et de votre fils. De votre famille. Pourquoi vous détesteraient-ils ?

— Je ne sais pas. Edouard était amoureux de moi au début. Et moi de lui. La Belle et la Bête, quelle idiotie ! Quelle farce crapuleuse. Il est peut-être là, mon péché originel. La plupart des femmes s'imaginent qu'elles vont transformer leur grossier mari en un prince distingué. On nous colle ça dans la tête dès l'enfance. Surtout si vous êtes jolie…

Elle marque une pause, perdue dans ses pensées. J'essaie de ne pas rompre le charme en demandant doucement :

— D'après vous… comment les choses se sont-elles détériorées ?

— Edouard a accaparé Fred dès la naissance. C'était d'autant plus facile que Fred a eu des problèmes très tôt. Il était malade, fragile, Edouard courait les médecins, passait ses nuits à potasser des bouquins. Nous vivions aux Etats-Unis à l'époque. Il n'était pas encore médecin, nous étions assez pauvres.

— Votre père ne vous aidait pas ?

— Certainement pas. J'avais rompu avec lui pour pouvoir me marier. Edouard travaillait nuit et jour. Il fallait bien que je m'en remette à lui. Mon fils allait mal, j'étais complètement perdue.

— Et il l'a tiré d'affaire.

— Oui. Mais je n'ai jamais retrouvé mon petit garçon. Du plus loin que je me souvienne, Fred a toujours préféré son père. Moi j'étais là pour le laver et le nourrir. Une bonniche. Pourquoi croyez-vous que je n'ai pas eu d'autres enfants ? J'avais compris la leçon.

— Vous n'avez jamais songé à divorcer ?

— Pourquoi dites-vous ça ?… A cause de cette Sabine ?

A vrai dire, je n'y ai même pas pensé. Je me tais, embarrassée.

— Vous croyiez que je n'étais pas au courant ? Edouard s'en cachait à peine ! Je sais que cette pauvre gourde attendait qu'il divorce, mais quand je le lui ai proposé, il a refusé. Il m'a dit qu'il ne me laisserait jamais partir avec son fils. Je le connais, je sais qu'il aurait préféré nous voir morts tous les deux, plutôt qu'heureux sans lui…

— Alors vous êtes restée mariée et rien n'a changé…

Ses prunelles turquoise restent plantées dans les miennes sans fléchir une seconde.

— J'ai eu cette lâcheté, oui, déclare-t-elle tranquillement. Mais je la paye. Comme tout le reste. Dieu me maintient en vie dans cet unique but : je dois payer jusqu'au dernier centime chacune de mes erreurs.

Et comme je reste interloquée par la violence de ces paroles, elle ajoute :

— Vous comprenez pourquoi je n'irai pas voir Fred, docteur. Chacun de nous cache au fond de lui un petit espoir de s'en sortir un jour. Pas moi. Je n'ai aucun espoir.

Elle a prononcé ces mots avec simplicité, sans emphase. Je lui réponds de la même façon :

— Madame Russel, vous n'étiez pas en cure de repos ces derniers temps…

Pour la première fois depuis le début de l'entretien, je la sens déstabilisée, hésitante.

— Vous avez tenté de vous suicider, n'est-ce pas ?

Elle hoche lentement la tête. Je continue pour l'encourager :

— Ce n'est pas la première fois…

— J'ai vraiment cru que cette fois-ci, j'y arriverais, avoue-t-elle. En rentrant de l'hôpital, après l'opération de Fred, j'ai compris qu'Edouard allait se venger…

— Mais vous n'y êtes pour rien…

— Qu'est-ce que cela peut faire ? Il faut bien un coupable. Edouard a perdu la bataille, vous comprenez ? Ce qui devait arriver est arrivé. Fred est fou.

Je l'observe intensément, pas sûre de comprendre :

— Vous voulez dire que Fred a des… troubles psychiatriques depuis l'enfance ? Cette maladie infantile dont vous parliez, c'était une maladie psychiatrique ?

— Bien sûr. Pourquoi croyez-vous qu'Edouard soit devenu psychiatre ? Pour soigner son fils… Il n'était pas parti aux Etats-Unis pour faire médecine, vous savez ! Quand je l'ai connu, il voulait être homme d'affaires… J'ai été la première surprise quand il a décroché son diplôme. Je croyais qu'il était ambulancier…

Je reste un instant sans voix. Ambulancier ? Tululut, tululut… Est-ce le moyen que Fred a trouvé pour appeler son père ? Ou est-ce seulement un vieux souvenir d'enfance remonté à la surface lors de son propre trajet en ambulance ? Et les drapeaux américains dont il remplit des pages et des pages ? Fred nous parle de son enfance. Ou de son père.

Pauvre gosse. Même s'il a bel et bien tué Emilie, je voudrais comprendre pourquoi il a largué les amarres ce soir-là. Qu'est-ce qui s'est passé entre Emilie, Loïc Sentier et lui qui aboutisse à ce débordement de violence ? Et quel rôle Russel a-t-il vraiment joué en débarquant à l'improviste ?

Je me force à revenir au drame personnel de mon interlocutrice :

— Donc ce soir-là, vous avez pensé que votre mari allait vous reprocher de ne pas avoir su éviter ce crime…

— J'ai pris les mêmes trucs que Fred. Edouard en a tout un stock dans la pharmacie. A petites doses, ça fait beaucoup de bien à Fred. En tout cas, ça l'a stabilisé pendant des années…

Je manque tomber à la renverse :

— Le professeur Russel possède de l'ecstasy ?

— Mais non. Seulement de l'acide lysergique. Du LSD, en d'autres termes. On l'utilise parfois en psychiatrie. C'est une question de dosage. Vous vous souvenez du chanteur des Doors, Jim Morrison ? Il en est mort. Alors j'en ai pris assez pour me faire sauter la cervelle moi aussi. Pourtant, j'ai survécu. Pas de chance, une fois de plus.

21

Des ados font du skate devant la Trésorerie, place Saint-Sulpice, virevoltant, bondissant autour de la fontaine, faisant claquer leurs planches dans l'air froid. Je me fais voler sous le nez une superbe place de parking mais je me console en songeant que l'agressivité au volant trahit une angoisse profonde d'impuissance. Il faudrait rappeler aux chauffards que le Viagra est en vente libre. Il faut dire qu'étant très en avance pour mon rendez-vous avec l'inspectrice des Impôts, je peux me permettre une certaine grandeur d'âme.

Je fais le tour du pâté de maisons, encore sous le choc de mon entretien avec madame Russel. Le résultat ne risque pas de mettre au grand beau mes relations avec Dédé-le-Pitt puisqu'elle a maintenu jusqu'au bout son refus de voir son fils. Dans le cadre si sympathique du donnant, donnant, le moins qu'on puisse dire c'est que je n'apporte pas grand-chose. N'empêche que j'ai appris un tas de choses passionnantes qui éclairent la famille Russel sous un jour très différent.

D'abord Fred a une mère gravement dépressive, sans doute depuis sa naissance. Le fait que son mari ait dû s'occuper de l'enfant malade a causé chez elle une blessure profonde, lui renvoyant une image de mauvaise mère. Elle s'est sentie humiliée par cette intrusion du mari dans le couple qu'elle formait avec son enfant, injustement mise à l'écart. Elle s'est drapée dans son orgueil. Russel l'avait certainement mise sur un piédestal : elle était très belle et d'un milieu social bien plus élevé que le sien. Les parents de la demoiselle s'étant opposés au mariage, la déesse attendait qu'on l'adore pour le prix de sa trahison. Quoi qu'ils fassent, l'amour de son mari et de son fils lui semblait insuffisant par rapport au sentiment de culpabilité insoutenable qu'elle ressentait. En réalité, le péché originel que madame Russel paye depuis des années et qu'elle fait payer à toute sa famille, c'est d'avoir déçu ses parents en épousant Russel. Une culpabilité qui l'a entraînée en enfer.

Me voilà garée sous les fenêtres de l'inspectrice. Initialement, j'avais l'intention de prendre un sandwich dans un café mais j'y renonce pour pouvoir réfléchir à mon aise.

Dans cette petite tragédie, on découvre un Russel rejeté qui a reporté tout son amour sur son fils. Il est devenu un père ultra-protecteur, étouffant. Sabine avait cru percevoir une certaine agressivité de Fred vis-à-vis de son père, ce qui n'aurait rien d'étonnant s'il se sent espionné depuis l'enfance.

Au mépris des règles les plus élémentaires, Russel s'est institué psychiatre de son propre fils. La seule excuse qu'on puisse lui trouver c'est qu'il a fait ses études pour soigner son fils et qu'il n'a sans doute jamais pu y renoncer par la suite, même en sachant que c'était une hérésie.

Quelle est la maladie de Fred ? Une maladie neurologique ? Neurobiologique ? Quels sont les symptômes que Russel a dissimulés ? Ces symptômes expliquent-ils son empressement à accepter une opération hasardeuse ?

Emilie savait-elle que Fred était malade ? Certainement. D'après ce que j'ai compris, c'était le genre de fille qui ne laissait pas grand-chose lui échapper. Est-ce qu'elle a vendu ces informations à Sentier pour le prix de son admission dans l'association ?

La sonnerie de mon portable me tire de ma rêverie.

— Docteur Cabral ? fait la voix mélodieuse de la lieutenante G. Sanchez. Nous venons de mettre Loïc Sentier en garde à vue. Il aimerait beaucoup vous voir…

Je m'étrangle :

— Moi ? Pourquoi moi ?

— Il craque un peu, ce pauvre jeune homme. Il a besoin de voir son psy…

Seul le décor a changé. L'inspectrice demeure fidèle à elle-même, aimable, courtoise, mais avec un zeste de fermeté dans le ton qui me rappelle la Mère Supérieure de Notre-Dame-de-la-Bonne-Mort, où s'est déroulée notre scolarité au retour d'Angola. C'était en 1971, et l'institution — jumelée avec l'Instituto Dos Todos Santos de Luanda où mon père était professeur de mathématiques — avait été préservée du souffle diabolique de 68. A l'intérieur des murs, une fois passé le portail noir où l'interphone faisait figure d'ultime concession à la modernité, aucune espèce d'évolution ne menaçait. Il y régnait, et règne encore, une atmosphère d'ordre et de piété figée, immuable.

Pourquoi est-ce que j'y repense alors que je m'assieds sagement devant l'inspectrice ? Parce qu'elle a ce regard peiné que prenait la Supérieure, avec, sur le front, ce pli qui promet que l'addition risque d'être salée.

Je m'efforce de reporter mon attention sur ce qu'elle est en train de me raconter :

— ... Alors, compte tenu du conflit qui oppose l'administration fiscale centrale — Bercy donc —, par l'intermédiaire de la brigade financière, à votre ancien comptable, et compte tenu du fait que la plupart des dossiers litigieux laissent soupçonner un certain degré de complicité entre les différents partis...

Je bondis :

— De quoi parlez-vous ?

— Laissez-moi finir. Pour l'instant, vous n'êtes pas seulement soupçonnée d'avoir dissimulé une partie de vos revenus pendant votre activité professionnelle en libéral...

Sous l'effet de l'adrénaline, mon rythme cardiaque commence à jouer du yoyo :

— Comment ça : soupçonnée d'avoir dissimulé ? Qu'est-ce que j'ai dissimulé ?

Elle me sourit, humaine.

— Ne vous fâchez pas, docteur. Vous verrez, j'ai été sympa avec vous… Je ne vous ai pas trop chargée…

Etrange mais cette petite manifestation de sympathie ne me calme pas du tout. J'essaie tout de même de saisir la suite :

— Vous vous souvenez des 500 000 francs d'écart que j'ai relevés entre votre déclaration de revenus et l'exercice réel de votre cabinet ?

— Vous m'aviez dit que vous pouviez interroger ma banque par l'intermédiaire du juge de la brigade financière ?

— Ce que j'ai fait, docteur ! Le juge a réagi très vite.

— Alors ?

— Vous avez bien facturé 475 000 francs d'honoraires à la société W.S.A. pour des consultations de psychologie, docteur. J'ai adressé une demande rogatoire à cette société en même temps qu'à votre banque et c'est tout à fait clair. Voici vos factures.

Je la regarde, abasourdie. Devant moi s'étalent les notes d'honoraires sur le papier à en-tête de mon cabinet ainsi que les virements correspondants sur un compte au nom de M. Cabral.

Ma voix n'est plus qu'un croassement :

— Qu'est-ce que c'est que ce compte ?

Elle sourit :

— J'espérais que vous alliez me le dire…

— Ecoutez, cet enfoiré de comptable a fait de fausses factures à mon nom pour se faire virer du fric…

— C'est sans doute un peu plus compliqué que ça…

— Qu'est-ce qui est plus compliqué ? Vous n'avez qu'à regarder, le compte est à sec. Le fric a été tiré en liquide par petits paquets…

— De moins de 50 000 francs, oui. A cause de Praxine…

— De qui ?

— Un programme informatique de la Banque de France qui repère les mouvements en liquide de plus de 50 000 francs… Vous voyez : tel jour 49 000, tel autre encore 49 000, le lendemain 50 000 et ainsi de suite. Classique.

Je nage complètement :

— Ecoutez, je ne sais pas ce que je peux faire pour vous prouver ma bonne foi…

— Pour commencer, vous pourriez parler au juge… Il est prêt à vous recevoir quand vous voulez.

— Pourquoi le juge ? Pourquoi vous ne me collez pas un redressement tout simplement ?

— Parce que nous pensons que vous avez fait le taxi, docteur. Le taxi pour votre frère.

Oh non ! Pas Alexis ! Je la regarde, prête à mordre :

— Je ne comprends pas.

— Cet argent provient de commissions occultes.

— Je ne vois vraiment pas ce qui vous permet de dire ça !

— Vous voyez, W.S.A. n'est pas une société qui a tellement besoin des prestations d'un psychologue. C'est la Weapon S.A./ Missiles et chars d'assaut en tout genre.

Et comme je reste coite, elle ajoute :

— Votre comptable a fait passer les commissions que votre frère ne pouvait pas toucher sur la comptabilité de votre cabinet, et il s'est arrangé pour les sortir en liquide. Je suis persuadée qu'on s'est servi de vous et que vous n'avez rien perçu de ces honoraires. Croyez-moi, ce sera facile à prouver.

— Vous vous trompez, dis-je d'une voix blanche. C'est moi qui ai facturé cette boîte. Je suis la seule bénéficiaire de ces virements.

Je peux à peine attendre d'être sortie de la Trésorerie pour appeler Alexis.

— Je sais, Véra, je sais...

Je hurle :

— Ne joue pas à ça avec moi, Alexis ! Tu te rends compte de ce que tu as fait ?

— Je n'étais pas au courant ! Ce connard s'est servi de toi sans me prévenir !

— Tu veux que je te dise ? Je n'en crois pas un mot !

Silence. Et puis, il répond :

— Il ne t'arrivera rien, crois-moi.

— Ah bon ? Et je suis supposée me pâmer d'aise parce que tu vas régler l'addition ? Mais ce n'est pas la question, mon vieux. C'est bien plus grave que ça... C'est nous deux, Alexis ! Ce que tu as fait de nous deux...

Je serre mon portable contre mon oreille à m'en faire blanchir les articulations. Il soupire :

— Je voudrais que tu me croies, Véra. Fais-moi confiance.

— Désolée, je ne peux pas. Tu vois, je te prenais pour un prince, mais tu es juste un toquard.

La garde à vue de Loïc Sentier se déroule Quai de Gesvres. Ma carte tricolore me permet de me garer dans la cour que je traverse sous le crachin en direction de la brigade des mineurs. La lieutenante me salue d'un signe de tête et m'entraîne le long d'immenses corridors gris, Galléac sur les talons. Malgré la pluie, il est d'humeur badine :

— Vous ne trouvez pas que le docteur Cabral est notre petit rayon de soleil, chef ? lance-t-il en m'adressant un clin d'œil complice.

Un pet sonore retentit dans tout le couloir, avec un bruit gras et mou qui résonne contre les murs nus. Deux policiers en tenue jettent à Galléac un regard sévère.

— Eh ! C'est pas moi, les mecs !

Pour ma part, j'accélère.

— J'ai appris des tas de choses sur vous, docteur, déclare la lieutenante Sanchez en chargeant droit devant elle. Notamment que vous aviez rendu visite aux parents d'Emilie le jour de l'incinération. Vous avez vu Sentier ce jour-là…

— C'est exact.

— Qu'est-ce qu'il vous a raconté ?

— Il voulait que j'intercède auprès de Russel… Et puis il m'a parlé d'Emilie. Apparemment elle avait une raison bien précise de lui donner rendez-vous ce soir-là, mais il ne m'a pas dit laquelle.

Galléac pose son arme sur le tapis roulant et franchit le détecteur de métaux sous l'œil vigilant des policiers de service. Je marche sur ses talons pendant que mon sac à main passe aux rayons X. Je surprends le coup d'œil indiscret de la lieutenante Sanchez sur l'écran de contrôle. Qu'est-ce qu'elle croit découvrir dans mon sac ? Des capotes ?

Après un ultime escalier et un dernier contrôle, le couloir se transforme en un boyau semé de portes commandées électriquement qui s'ouvrent et se ferment à grand bruit sur notre passage. Il fait une chaleur étouffante et de larges auréoles s'étalent sous les aisselles de la lieutenante quand nous parvenons enfin dans la petite pièce où doit se dérouler l'entretien.

— Ça ne vous ennuie pas que je reste ? demande la lieutenante avec son exquise courtoisie.

Il n'y a qu'une seule bonne réponse, je la donne sans hésiter :

— Faites comme vous voulez. Vous êtes chez vous…

La main sur la poignée, elle me toise avec un sourire :

— C'est drôle. On dirait qu'il compte beaucoup sur vous…

— Je ne vois vraiment pas pourquoi…

— … Il vous croit intime avec le professeur Russel. Ne le décevez pas trop.

Loïc Sentier se lève d'un bond en me voyant entrer.

— Vous l'avez vu ? Le professeur Russel, vous l'avez vu ?

— Bonjour, Loïc.

Ils ont dû le cueillir au saut du lit car il porte le même tee-shirt crasseux et le même pantalon de jogging avachi que lors de notre première entrevue dans sa petite chambre de bonne. Je m'émerveille que ce gosse négligé, poitrine creuse et regard myope, puisse se percevoir comme un seigneur et nourrir activement des fantasmes d'omnipotence, de violence et de gloire.

Cela ne m'empêche pas de lui serrer la main avant de m'asseoir de l'autre côté d'une petite table aux pieds de fer. Derrière moi, j'entends racler les chaises de la lieutenante et de Galléac.

— Qu'est-ce qu'il a dit ? demande-t-il anxieusement.

— Je regrette, j'ai vu le professeur Russel mais je ne lui ai pas parlé de toi.

Derrière ses carreaux crasseux, le regard de Loïc exprime une incompréhension teintée de panique.

— Mais pourquoi ? gémit-il. Vous ne voyez pas dans quelle merde je suis ? Il va m'enfoncer…

— Ecoute, je crois qu'il ne s'intéresse pas à toi. Il ne sait même pas que tu étais chez lui ce soir-là…

— Vous êtes sûre ? Vous n'allez pas lui dire ?

Les deux coudes sur la table, le seigneur du Moyen Age cache sa figure dans ses mains.

— Loïc, je ne suis pas la copine du professeur Russel. Je n'ai pas l'intention de lui transmettre tes messages, tu comprends ?

Il saute en avant et saisit violemment mon bras :

— Je veux sortir d'ici ! Emilie et Fred…

Mais Galléac a bondi. Il attrape Loïc par le tee-shirt et le soulève à moitié :

— Lâche-la, connard !

Je hurle :

— Arrêtez ! C'est bon ! Je me débrouille…

Pétrifié, Loïc retombe sur sa chaise. Il est livide.

— Emilie et Fred avaient trouvé une combine pour soutirer pas mal de fric à Russel, fait-il dans un souffle.

— Emilie ? Tu m'as dit toi-même qu'elle le prenait pour un dieu !

— Ce n'est pas vrai. Au début, oui, bien sûr… mais elle a changé. Après, elle disait que c'était un enfoiré.

— Après quoi ?

— Je ne sais pas.

— C'était quoi leur combine à tes copains ?

— Ils ne m'ont pas dit. Je crois qu'ils se méfiaient un peu de moi. Il faut dire qu'on n'était pas super-potes au départ…

Je souris :

— Loïc, ça ne tient pas debout… Pourquoi t'ont-ils invité ce soir-là ? Pour partager gentiment un secret alors que vous n'étiez même pas copains ?

— Ils voulaient investir l'argent que Russel allait leur donner dans mon association. C'était ça, leur truc. Ils avaient décidé qu'à nous trois on allait se servir du « Glaive » pour réaliser nos rêves… Emilie avait plein d'idées pour racketter les gens et se faire du fric mais il fallait une bonne mise de fonds au départ…

— Et toi ? Tu étais d'accord ? Ça changeait tout de même l'esprit de l'association, non ?…

Il se tortille sur sa chaise, suant à grosses gouttes.

— Eh bien… Euh non, pas tellement. On serait devenu pour de bon des seigneurs. De toute façon, je n'avais pas le choix. Ou j'acceptais, ou ils montaient leur propre association avec dix fois plus de fric et des nanas… Je les connais, ils m'auraient coulé…

— Donc ils t'ont invité pour sceller votre nouvel accord et Emilie a couché avec toi…

Il baisse la tête.

— Oui, murmure-t-il. Elle n'en avait rien à foutre, mais j'avais tellement envie de la baiser, cette salope, que je l'ai fait quand même… Elle a regardé le plafond tout le temps…

— Et Fred ? Il était où pendant ce temps-là ?

— Avec son père. On l'avait entendu rentrer…

— Quand exactement ?

— Hyper tôt ! On venait de commencer.

Un courant électrique parcourt les deux flics dans mon dos. Ils savent déjà que Russel est rentré avant sa femme mais pas à ce point. S'il est resté deux heures dans l'appartement avec les trois ados, des abîmes de possibilités s'ouvrent alors, allant de la dissimulation de preuve — qu'ils soupçonnent déjà — à toutes les formes de complicité.

— Fred, ça l'a fait vraiment chier, continue Loïc, d'autant qu'il n'avait pas le droit d'inviter des copains… Alors il est allé le voir, discuter avec lui, tout ça. Emilie était déjà à poil, j'ai continué… Putain, quand j'y pense, c'était même pas un bon coup cette fille ! Qu'est-ce qui m'a pris d'aller la sauter !

Je le laisse pleurnicher sur lui-même avant de demander :

— Et après ?

— Après, je me suis tiré par la porte de service. Emilie était dans la salle de bains.

— Et c'est tout ? Tu ne t'es pas soucié de savoir comment ils allaient obtenir ce fric de Russel ? Tu n'as pas proposé tes services ?

— J'avais peur qu'il me voie avec Fred. Je vous ai déjà dit qu'il m'avait menacé…

— Qu'est-ce que vous aviez fait à Fred pour qu'il en arrive là ?

Loïc Sentier se dresse comme un diable, renversant sa chaise :

— Mais vous ne comprenez pas ? hurle-t-il. Fred n'était pas contre moi, il était avec moi ! Son père n'est pas intervenu parce qu'on lui faisait du mal, mais parce qu'il faisait du mal aux autres !

Un ange passe. Debout, écarlate, Loïc me fixe avec des yeux exorbités.

— Je l'avais admis dans mon camp pour son premier jeu. Vous savez quel rôle il a choisi ? Bourreau ! Voilà ce qui lui plaisait à Fred ! Faire le bourreau, tout timide qu'il était !

Je mets quelques secondes à me remettre de ma surprise. Derrière moi, la lieutenante n'en perd pas une miette.

— Comment Russel a-t-il appris que son fils jouait au bourreau ? Je suppose que ce n'est pas toi qui le lui as appris…

— Emilie lui avait montré des photos d'une fête. Elle m'en voulait à mort de ne pas la laisser faire partie de l'association. Une fois qu'elle vous tenait, elle n'abandonnait jamais.

22

Retour dans le bureau de la lieutenante G. Sanchez.

— Au fond je comprends que vous ayez fait une fixation sur ce garçon, reconnaît-elle en prenant place dans son fauteuil. C'est une belle petite ordure…

— Le putain de scoop, c'est ce qu'il raconte sur bébé Fred ! affirme Galléac, satisfait. Ce n'est pas une preuve directe mais ça confirme ce que nous pensions…

Le dos tourné, je contemple la Seine dans la brume du soir, opulente et sinistre.

— C'est pour ça que vous m'avez fait venir ? dis-je en me tournant vers eux. Pour que je lui fasse cracher le morceau ?

Galléac regarde la lieutenante qui lève discrètement les yeux au ciel. Elle replace avec soin une mèche grise dans son chignon graisseux.

— Ne vous faites pas de bile. Personne ne montera sur l'échafaud à cause de vous. Sentier s'est bien sauvé par l'escalier de service ce soir-là, trop tôt pour avoir tué Emilie. Il a croisé trois étudiants qui montaient un lit au septième étage, il leur a donné un coup de main. Ils l'ont identifié.

— Ma tête à couper que ces petits salopards s'apprêtaient à faire chanter Russel, déclare Galléac.

Je me tourne vers la lieutenante, agacée.

— Emilie avait un ordinateur, non ? Je l'ai vu dans sa chambre. Un multimédia très puissant. Vous avez saisi son disque dur, je suppose ?

— Effacé ! déclare la lieutenante en claquant dans ses doigts. Quelqu'un nous a pris de vitesse...

— Mais qui... ? Loïc ? Il serait monté chez les parents d'Emilie après m'avoir parlé ? Il y avait encore beaucoup de monde quand je suis partie...

— Il n'est pas monté, coupe la lieutenante. Et c'était fait bien avant l'enterrement de la petite. Le professeur Russel a sans doute profité d'une visite de condoléances à la maman d'Emilie pour s'occuper de ce disque dur.

— Ce qui confirme l'hypothèse du chantage, vous pigez ? A tous les coups, la petite a découvert un cadavre dans le placard. A moins que ce ne soit le petit angelot à son papa qui le lui ait fait découvrir...

— Ce doit être assez juteux, rappelle la lieutenante, puisque après ça, Emilie s'est mise à déboulonner son héros. Le problème, bien entendu, c'est qu'on n'a pas le droit de demander ce que c'est à Russel. En tout cas, après avoir exigé de l'argent, les deux gamins ont fêté la victoire dans leur chambre mais Fred a pris du LSD et les choses ont mal tourné...

Ils m'observent, pas mécontents de la tournure que prennent les choses. Ils progressent vite, leurs intuitions se révèlent justes, leur score augmente de jour en jour. Tant mieux pour eux.

Pour moi, c'est un désastre. Russel ne me le pardonnera jamais. Je l'entends d'ici : « Mais dans quel camp êtes-vous, Véra ? » Bonne question. Dans quel camp suis-je ? Plus dans celui de Fred, en tout cas, et je me sens stupide d'avoir cru à son innocence.

La seule chose qui me console un peu d'être venue, c'est cette vue sur le Styx dans un crépuscule de cendres.

Une sonnerie aigrelette résonne dans la quiétude du bureau. Galléac saute sur son portable, la lieutenante tripote celui qui pendouille sous un de ses bourrelets avant de me lancer :

— C'est le vôtre.

Je m'arrache de la fenêtre pour extraire de mon sac l'appareil vagissant comme un nouveau-né.

— Hugo ?

— Tu ne sais pas où est Natacha ? Je viens de rentrer chez moi, elle n'est plus là et ses affaires ont disparu.

— Merde.

— Tu n'as pas une idée ?

— Aucune.

— Elle est peut-être retournée là-bas ?… Tu ne crois pas ?

Désolée, mais je ne peux pas m'intéresser au sort de Natacha. J'ai épuisé toutes mes réserves de compassion.

— Je ne peux pas te parler là, je suis avec la lieutenante Sanchez pour l'affaire Russel.

— Dis-leur qu'on opère Fred demain.

— D'accord, je leur dirai.

Je cherche quelque chose à ajouter pour qu'il ne raccroche pas. Un trait d'esprit, une remarque caustique, une repartie amusante qui le retienne une seconde encore. Qui lui donne envie de me revoir.

En désespoir de cause, je m'entends répondre :

— Je passerai voir du côté du bus si quelqu'un a aperçu Natacha…

— Génial.

C'est tout ?

Je ne peux pas me résoudre à raccrocher malgré le regard de braise de la lieutenante Sanchez dans mon dos.

— Véra…

— Oui ?

— Tu fais quelque chose ce soir ?

Enfin.

Il fait toujours aussi glauque sous l'échangeur. La grosse carcasse du bus avec ses vitres voilées veille dans la nuit. Un peu plus loin, ça tapine malgré le froid, méthodiquement, sans l'hystérie des grands jours. Des corps à moitié nus se détachent comme à regret en me voyant ralentir, tout en cuisses et nichons blafards, presque bleus, animés d'une volonté mécanique. Je cherche les trois travestis qui occupaient l'angle du carrefour ou, à défaut, la silhouette de Bibou.

Soudain, dans un grand courant d'air froid, ma

portière s'ouvre du côté du passager, laissant s'engouffrer une grande femme très parfumée.

— Véra ! s'exclame Natacha avec réprobation. Qu'est-ce que vous faites ici ?

Je m'étrangle :

— Qu'est-ce que je fais ? Devine ! Je te cherche ! Hugo te cherche ! Tout le monde te cherche !

— Il ne fallait pas !

Je coupe le moteur, fatiguée. Pauvre Hugo. Tous ces risques pour rien. Natacha m'observe avec sympathie.

— C'est vrai ? Vous vous faites du souci pour moi ?

Une perruque blonde lui fait une tête de top model, sans rien de commun avec l'être au crâne rasé que j'ai croisé chez Hugo.

Je demande en vrac :

— Tu vas bien ? C'est sûr ? Pourquoi tu es partie ? Tu as eu peur ?

Un sourire creuse ses joues épilées à la cire. Elle fait soudain son âge, à peine dix-huit ans.

— Comme vous êtes gentils tous les deux, dit-elle d'une voix étranglée. Je ne savais pas qu'il existait des gens comme vous…

— Oh, ça va. Je connais le coin, je suis passée. Voilà.

Et si je n'avais pas eu autant envie de revoir Hugo, je n'aurais sans doute rien fait du tout.

— Merci, dit-elle avec émotion.

— Tu veux vraiment rester ici ?

— Je ne peux pas l'abandonner.

— Qui ça ?

— Bibou.

Je m'insurge :

— Mais merde ! Tu t'en fous de Bibou ! C'est une vieille indic pourrie, rien d'autre ! Tu ne dois rien à personne, Natacha !... Tu oublies cette sorcière et tu te tires !

— Véra, coupe-t-elle gentiment. Tu ne comprends pas ? C'est pas une indic, Bibou. C'est ma mère.

Je tente désespérément de faire coller ensemble les pièces d'un puzzle fou.

— Qu'est-ce que tu racontes ?

— Je n'ai jamais été albanaise. Je suis née à Caen. C'est Bibou qui a inventé l'histoire des Albanais quand on est montées à Paris. C'était pour qu'on nous foute la paix. Sinon, tu penses, on se serait fait massacrer...

— Mais le bus... Qui a tout cassé ?

— Des manouches, des potes à ma mère. Elle commençait à avoir la trouille, tu comprends... Il y a trois salopes sur son coin qui lui faisaient des embrouilles depuis que j'étais partie...

Je dois être complètement bouchée parce que je répète sur le même ton incrédule :

— Elle a payé des potes pour qu'ils cassent le bus ?

— Tu ne vas pas le dire, hein ? Je te raconte ça parce que Hugo et toi vous êtes vraiment des amis. Je sais que c'est moche pour Marie-Claude et les gens du bus, mais elle n'avait pas le choix.

Et elle ajoute, en manière d'excuse :

— C'est dur le tapin quand on est vieux...

— Je ne te crois pas.

La pauvre gosse n'en revient pas.

— Tu ne crois pas que c'est dur ?

— Je ne crois pas que Bibou soit ta mère et que tu sois ici de ton plein gré. Désolée, je ne marche pas.

En réalité, je ne veux tout simplement pas admettre ce que cela implique. Natacha fouille nerveusement dans son sac.

— Tu veux voir mes papiers ?

Je fixe sans la voir la carte d'identité qu'elle me tend, sur laquelle, dans le coin droit, sourit un petit garçon qui ressemble à Bibou. Je relève lentement la tête, pour lui demander, éperdue :

— Mais alors... Si les Albanais n'existent pas, qui a tué Sabine ?

— Je ne sais pas.

— Oh, que si.

Mon air accusateur lui fait monter les larmes aux yeux.

— Tu crois que c'est moi ? Mais tout le monde était si gentil là-bas ! C'est Sabine qui m'a rasé la tête avant mon intervention. Tu sais ce qu'elle a dit ? Que c'était les plus beaux cheveux qu'elle ait rasés de sa vie... Et elle a gardé une mèche. Comment j'aurais pu la tuer ?

— Arrête ! Ce n'est pas de toi que je parle !

— Mais de qui ? Des manouches ? Des copains de ma mère ? C'est pas des tueurs, même pour du fric...

Elle secoue la tête, navrée.

— Il n'y a personne, Véra. Je te le jure sur ma vie. Personne.

Tac, Tac, Tac, font les talons de Bibou sur le trottoir. Ce soir, elle porte un manteau de fausse fourrure coupé au ras des fesses et de longues boucles d'oreilles dorées. Elle nous observe avec méfiance de l'autre côté du pare-brise.

— Véra, supplie Natacha, je voudrais qu'on reste copines.

Je la fixe, émue par son maquillage de petite fille qui joue à la princesse et ses longues jambes noueuses.

— Bien sûr qu'on est copines…

Ses lèvres effleurent ma joue une fraction de seconde avant qu'elle ne s'élance sur le pavé en direction de Bibou. De la vapeur chaude sort de sa bouche quand elle lui parle.

Je n'ai plus rien à faire ici.

Hugo est un homme comme les autres. Je ne perdrai plus la tête. La passion et son abominable cortège de coliques et de fièvre appartiennent au passé. Désormais une vitre pare-balles se dresse entre lui et moi, une surface bien étanche, qui ne laisse filtrer ni sa chaleur ni ses microbes. Je dévore un couscous royal dans ce petit restaurant marocain où il a ses habitudes, bien en sécurité derrière mon hygiaphone.

Je viens de lui raconter tout ce que j'ai appris en lui conseillant vivement de se méfier de Fred.

— C'est trop gros, déclare-t-il sèchement. Russel ne peut pas nous avoir menti à ce point-là sur la maladie de son fils !

— Elle est sous vos yeux depuis le début, cette maladie ! Vous autres, neurologues, vous vous croyez tellement supérieurs que vous n'avez même pas convoqué un psychiatre !

— Tu me vois convoquer un rival de Russel ? Ou un sous-fifre d'un autre service pour contester ce qu'il dit ?

— Essaye toujours. Tu verras bien.

Il avale une gorgée de son rosé Sidi Bouaroun de première qualité en faisant claquer sa langue.

— Excuse-moi, mais j'estime qu'avec Russel on a toute l'expertise psychiatrique nécessaire.

— Sauf qu'il refuse de croire que son fils est fou. Il s'est battu toute sa vie pour empêcher la maladie d'évoluer et il ne s'avouera jamais vaincu…

— Mais enfin, tu le prends pour un monstre ? Tu crois qu'il nous laisse sciemment intervenir sur le cerveau de son gamin alors qu'il sait que c'est inutile ?

Je termine une brochette d'agneau bien grillée avant de répondre :

— C'est son seul espoir. Admettre que Fred est psychotique et qu'il a tué deux personnes, c'est admettre qu'il va passer sa vie dans un hôpital psychiatrique. Pour Russel, c'est insupportable. Il aime trop son fils et il s'aime trop lui-même pour supporter cette déchéance. Alors il joue le tout pour le tout.

— C'est absurde ! Cela revient à penser qu'en intervenant sur le cerveau des criminels on pourrait les rendre gentils !

— Hugo, si ton fils avait tué deux personnes, tu te raccrocherais à n'importe quoi.

— Ce que tu es pénible ! Quand je pense que c'est moi qui t'ai invitée à dîner !

Il ne plaisante qu'à moitié.

— Je vois très bien où tu veux en venir, déclare-t-il.

— Tant mieux.

— Tu veux que je m'oppose à cette opération, quitte à flinguer définitivement toutes mes chances d'être agrégé. Eh bien, je n'ai pas changé de position, c'est non.

Il a martelé ces derniers mots avec une ironie blessante. Je sais par cœur ce qu'il sous-entend : il n'est pas curé, il n'a aucune raison de se dévouer aussi inutilement, etc., etc.

— Tu es un drôle de mec, Hugo. Tu as risqué ta vie en prenant Natacha chez toi...

— Apparemment je n'ai rien risqué du tout !

— Ta vie, oui, mais ta carrière non. Dommage que Russel n'ait pas eu de fille. Tu aurais pu l'épouser...

— Je n'aurais peut-être pas poussé le zèle jusque-là, fait-il en riant...

N'empêche que l'hypothèse n'est pas idiote. Je le scrute un instant avant de demander :

— Pourquoi tu n'es pas marié, toi ? Tu n'avais que l'embarras du choix...

— Parce que les femmes m'ennuient. Tu vois, je ne te baratine pas. Tu peux me taxer de sexisme, de tout ce que tu veux... Pour moi, au bout de quelques semaines, toutes les relations se ressemblent. Les mêmes situations, le même enthousiasme convenu, les mêmes mots... Mais le pire c'est qu'en vieillissant, même les corps m'ennuient...

— La malédiction du don Juan.

Il éclate d'un rire moqueur :

— Il n'y a qu'avec toi que je ne me serais pas

ennuyé. Mais j'étais trop jeune pour le voir à l'époque.

Réservé mon sourire, très réservé.

— Tu n'as rien raté, dis-je.

— Sans blagues, ça m'a fait un choc de te revoir. Tout à coup, je me suis demandé si je n'avais pas fait une énorme bourde. Si je n'étais pas passé à côté de ma vie…

Il jette ça dans le plat sans me regarder, sans se préoccuper des éclaboussures. Heureusement que je suis à l'abri.

— Tu sais, Véra, j'ai cru longtemps que tu étais amoureuse de moi.

Cette fois, je m'étrangle. Je tousse, je crache, je postillonne du couscous dans tous les coins. A la table voisine, un monsieur époussette quelques grains sur son col en me gratifiant de regards courroucés.

Je hoquette :

— Moi ?

— Je sais que c'est ridicule ! D'autant que je passais mon temps à sauter toutes les filles ! Tu devais me prendre pour le dernier des derniers…

— C'est le moins qu'on puisse dire.

— Mais ça me réconfortait de le penser. Etrange, non ? J'en étais fier, bien que moi, je ne sois pas amoureux de toi. Tu me semblais si différente… Je voulais te protéger, t'aider. Au fond, je gardais ton amour au chaud pour le jour où j'en aurais besoin…

C'est trop. Personne ne peut se laisser sereinement tirer dessus, même derrière une vitre pare-balles. Je me lève brusquement.

— Qu'est-ce qu'il y a ? Ça te vexe ?

— Il y a que je devrais être à l'hôpital.

Toujours assis, Hugo m'observe avec une ironie un peu triste.

— Ce n'est pas le boulot, décrète-t-il. Tu pars parce que je viens d'aborder le sujet qui fâche.

Je m'écrie, la main sur le cœur :

— Quoi ? Mais pas du tout !

— Je commence à croire que tu ne me pardonneras jamais.

— Non, mais attends, qu'est-ce que j'ai à te pardonner ? Tu as toujours été adorable avec moi !

Malgré mes efforts, je n'arrive pas à soutenir le bleu de son regard inquisiteur.

— Je t'ai vue à poil, déclare-t-il en baissant la voix. C'est ça que tu ne peux pas supporter chez moi. Je t'ai vue quand je suis entré dans la salle de garde cette nuit-là… Je t'ai tendu une blouse et je t'ai tourné le dos pour ne pas… Pour que tu ne croies pas que je me rinçais l'œil.

Ils m'avaient mise debout sur une chaise, ils avaient arraché mon slip et le silence s'était fait. Personne n'avait jamais vu ça. C'est là qu'Hugo est entré. En une fraction de seconde, il a tout compris. Sans broncher, il a fendu le cercle des internes qui venaient de me lâcher, se contentant de me tendre, presque distraitement, une blouse blanche qui traînait sur le dossier d'une chaise. Je l'ai enfilée. Je me souviens que je tremblais, que j'avais honte de trembler en plus du reste. Les autres n'avaient d'yeux que pour lui qui se mettait à table, calme, plein d'un dédain glacial. J'ai arraché l'élastoplast sur ma bouche mais je n'ai pas appelé au secours. J'ai craché au visage de mon tortionnaire le plus proche. Presque simultanément la voix de Hugo a retenti dans la pièce. Il coupait un morceau de pain. Il a dit : « Fais pas le con, Arnaud. » Le type s'est essuyé le visage en ricanant, les autres étaient déjà à table autour d'Hugo. J'ai ramassé mes vêtements et je suis sortie.

Quinze ans plus tard, il mange avec la même application, le même calme que ce jour-là.

— Je ne t'ai jamais revue à la fac. Je t'ai cherchée longtemps, j'avais peur que tu n'aies abandonné les études. Je voulais te dire que j'étais désolé. Tu ne veux pas t'asseoir ?… Qu'on en parle ?

— C'est fini tout ça, dis-je d'une voix blanche, j'ai été opérée.

— Pas dans ta tête, Véra. Dans ta tête, tu es exactement pareille.

Je m'enfuis, laissant claquer la porte du restaurant derrière moi. Dehors le froid me saute dessus et me laisse pantelante au bord de la chaussée. Pourtant, je ne retourne pas chercher mon blouson. Je fonce vers ma voiture, trébuchant comme une femme ivre.

23

L'hôpital dans la nuit ressemble à un cargo à quai. Je m'engouffre dans les locaux du CIP, congelée, encore sous le choc de ma discussion avec Hugo.

— Deux interventions en attente pour vous, Véra, annonce Sheila avec une gaieté un peu forcée.

Me voilà donc de nouveau dans les bonnes grâces du patron. Jusqu'à quand ? Malgré une pointe de soulagement, je sens que je vais avoir du mal à surmonter ma méfiance. Néanmoins, je me force à envoyer un message de paix sous la forme d'un commentaire sur le froid et le fait que j'ai oublié mon blouson quelque part.

Avec un peu d'appréhension, je dirige mes pas vers mon bureau, le seul, le vrai, celui dont la large fenêtre carrée donne sur la pelouse du parc. Bonne surprise. Il est vide et, bien que mes dossiers n'aient pas réintégré leurs étagères originelles, ceux d'Antoine n'y sont plus. Le téléphone et le chauffage fonctionnent normalement.

— Véra ? Tu as une minute ?

Antoine vient de passer la tête dans l'entrebâillement de la porte. J'espère qu'il ne va pas me tanner avec cette histoire de bureau. Je brandis mes deux fiches d'interventions :

— Juste une minute, alors ! Il faut que je parte tout de suite…

— Ne t'inquiète pas. Si ça t'amuse de te défoncer pour rien, je ne vais surtout pas te retenir…

— Oh, toi, ça n'a pas l'air d'aller.

Ses cheveux trop noirs sont plaqués sur son crâne, accentuant la pâleur de son teint et ses traits tirés. Son pull à col roulé bleu canard jure avec le violet du blouson. Il a exactement l'air de ce qu'il est, un type qui se donne un mal de chien pour entrer dans la peau d'un autre.

— Russel ne me présente pas à l'agrégation ! annonce-t-il. Ça fait dix ans que j'attends qu'il ait assez de pouvoir pour me faire passer et tout ce qu'il trouve à faire, c'est soutenir un neurologue ! Tu peux le croire ?

— … Euh… oui.

Un blanc. Sa poitrine se soulève comme s'il avait couru.

— Tu savais que Russel n'avait pas l'intention de soutenir ma candidature ?

— Oui.

— Pourquoi tu ne me l'as pas dit ?

— Antoine… Je n'ai pas à colporter tous les bruits de chiottes de l'hôpital. Et tu te trompes de combat. Je ne suis pas ton ennemie. Ce n'est pas moi qui refuse de te présenter…

Silence. Il reste planté devant moi, bras ballants, sonné.

— Tu vois, j'ai vraiment cru que tout pourrait changer, dit-il enfin. J'ai vraiment rêvé.

— Ecoute, je comprends que ce soit un choc mais il ne faut pas baisser les bras. On va en parler à Russel. On se battra pour ça comme pour le reste…

On dirait qu'il ne m'entend pas :

— Tu sais quoi ? J'ai l'impression d'avoir conduit une auto à toute allure dans un jeu vidéo. Christophe était amoureux de moi, j'allais être nommé agrégé…

— Et alors ? C'est bien de rêver ! C'est comme ça qu'on progresse.

— Le jeu s'est arrêté, je me retrouve assis sur mon siège devant un petit écran. En réalité, je n'ai pas bougé. Christophe me trouve trop vieux, Marianne m'a viré de la maison, et je n'ai aucun avenir dans ce service.

Il constate, en homme tombé au fond d'une crevasse qui sait qu'il ne sert à rien de crier.

— Tu n'as jamais eu cette impression, Véra ?

Je me garde de lui dire que c'était il n'y a pas si longtemps et qu'il y a grandement contribué. Je poursuis avec conviction :

— On peut obtenir des résultats face à Russel mais il faut qu'on arrête de jouer chacun pour soi.

— Je sais, j'ai des torts envers toi… Je t'ai laissé tomber.

— Ce n'est pas ce que je voulais dire.

— Moi, je voulais te le dire. Quant à Russel, il va le regretter. Je te le garantis.

— Ça veut dire quoi, ça ?

— Russel a des casseroles aux fesses et je ne parle pas seulement de son fiston. Ça se saura, fais-moi confiance. Tout finira par sortir au grand jour…

— Arrête ! C'est non seulement abject mais en plus c'est une mauvaise idée.

Il se tourne vers moi avec, au fond de ses yeux émeraude, une lueur de haine fanatique.

— Au contraire, c'est la première bonne idée que j'ai eue depuis longtemps. Tu savais qu'il a fait sa thèse sur le LSD 25 ?

— Aux Etats-Unis ?

— Tiens, regarde !

Avec des gestes fiévreux, il fouille dans la sacoche de cuir qu'il tient sous son bras. Il en sort une photocopie qu'il me tend d'un geste théâtral. C'est la page de garde d'une thèse de Ph. D. au nom d'Edwards Russel sur un sujet que mon anglais approximatif me permet de traduire comme les « Mécanismes opératoires de l'acide lysergique diethylamide 25 et ses dérivés ».

— Où tu as eu ça ? A la bibliothèque de l'Ecole de Médecine ?

— Je n'ai même pas eu besoin de quitter mon bureau ! Tout est sur Internet maintenant !

Antoine éclate d'un rire nerveux :

— Et comme par hasard le LSD qui a intoxiqué son fils a été fabriqué par la pharmacie de l'hôpital ! C'est pas énorme, ça ?

Je le coupe, irritée par ce débordement incontrôlé de bile pure :

— Qu'est-ce que tu veux prouver ? Il a le droit

de commander tous les médicaments qu'il veut à la pharmacie de l'hôpital ! Les flics savent que le LSD venait de chez lui… Ce n'est pas un secret d'Etat.

— Ce que je vais prouver, c'est que ce soir-là il s'est trompé dans son dosage ! C'est lui qui a fait sauter le caisson de son fils ! C'est lui qui est responsable du meurtre !

Je me laisse tomber dans mon fauteuil avec un soupir :

— Antoine… Calomnier quelqu'un, ce n'est pas le bon moyen de se battre !

Antoine me fixe, livide, hors de lui :

— Tu sais ce qui m'a alerté ? C'est qu'il m'a convoqué pour me demander de lui fournir des nouveaux projets pour sa future unité de recherche !

J'ouvre des yeux ronds.

— Eh bien, de quoi te plains-tu ? C'est la chance de ta vie !

— Ne me fais pas rire. Il voulait surtout que je bouche un trou. J'ai l'impression qu'en réalité, il abandonne une partie du projet initial, celle qui concerne les applications thérapeutiques du LSD 25 en psychiatrie. Curieuse coïncidence, tu ne trouves pas ?

— S'il détenait ce genre de produit chez lui, il a de quoi se sentir responsable de ce qui arrive à son fils. C'est comme ces pères de famille qui cachent un flingue chargé dans le tiroir de leur table de nuit. Tout va bien jusqu'au jour où leur fils tue un camarade.

Il s'apprête à partir comme si toute contradiction

lui était insupportable, puis se tourne vers moi, la main sur la poignée de la porte :

— Russel tombera avec moi, promet-il avec un petit rire. Ce sera la seule chose que j'aurai réussie dans ma vie, mais ce sera beau. Fais-moi confiance.

Quelques heures plus tard, le cheveu plat après une nuit de travail dans le froid, les yeux enfoncés au milieu des orbites, je suis de retour chez moi.

Sur mon répondeur, deux messages de Russel que je passe sans prendre le temps de les écouter. Il empoisonne déjà ma vie professionnelle, je ne vais pas le laisser m'emmerder dans le privé.

Et puis Serge, le fiancé de Linda, celui qui ne veut pas aller à l'église. Il a l'air embêté :

— Véra, euh, je ne sais pas ce que ça veut dire, mais Alexis m'a appelé de Londres pour que je te représente dans une affaire fiscale. Il paraît que tu ne t'entends pas avec son avocat. Appelle-moi à mon cabinet pour qu'on en discute (léger rire). Je ne te cache pas que, pour moi, tout cela est un peu étrange…

Et puis encore :

— Véra, c'est maman. Viens déjeuner, il y aura les parents de Serge. Je ne sais pas pourquoi, personne n'est libre. Je compte sur toi pour nous soutenir. Clic.

Plantée devant ma fenêtre, mon bol de café à la main, je contemple la rue déserte, les arbres figés dans l'aube froide. La vie ressemble à un manège éteint. C'est dimanche.

A midi pétant, j'entre avec ma clef dans l'appartement du boulevard Richard-Lenoir.

— Ah, quand même !

— Salut, maman !...

— Pourquoi tu m'apportes du vin ? Tout le monde est venu avec du vin ! Le nôtre n'est pas bon ?

— Mais si, dis-je en continuant ma progression dans le couloir. Papa est là ?

— Dans la chambre de Rosemarie. Il ne voulait pas rater la bénédiction.

Du pape s'entend. Chaque dimanche, depuis son petit balcon, le Saint Père bénit la foule amassée sous ses fenêtres. Il mélange un peu toutes les langues mais c'est retransmis sur le câble et ça fait un malheur. Heureusement, les parents de Serge ne sont pas arrivés.

Un peu plus loin, les enfants de Rosemarie circulent en robe de velours et pantalon de flanelle, bien que leur mère clame partout qu'elle juge ses singeries ridicules.

— Ils vont se pointer en survêtement ! lance-t-elle à l'adresse de ma mère. On aura l'air malin, hein, Véra ?

Si elle croit que je vais abonder dans son sens, elle se fourre le doigt dans l'œil jusqu'à l'os. C'est chacun pour soi, ma vieille. En ce qui me concerne, le principe d'une reddition sans conditions est acquis.

Ma mère est déjà montée au créneau, virulente :

— Il paraît que ce sont des gens très bien, très vieille France.

— Et nous ? ricane Rosemarie. Qu'est-ce qu'on est pour eux, à ton avis ?

— Vieux Portugal. Ça se marie très bien.

— Tu rêves.

— Véra ! appelle ma mère. Je te mets en bout de table, ça ne te dérange pas, ma chérie ?

Pourquoi ça me dérangerait ? Le paillasson ferait très bien l'affaire.

J'arrive dans le salon pavoisé où Linda, belle à couper le souffle dans une robe de mousseline mauve, me saute au cou.

— Tu es splendide ! C'est le pull que je t'ai offert ?

— Je ne le quitte plus.

Elle, tout bas :

— Merci d'être venue ! Tu as vu ? Les autres n'ont pas pu se libérer ! Tu ne trouves pas que c'est salaud ?

— Ne t'inquiète pas. Excuse-moi, il faut que je voie Serge… Bonjour, Serge !

Vêtu d'un élégant costume anthracite, le fiancé penche vers moi sa silhouette élancée, un poil efféminé peut-être, en tout cas pour mon goût. Il a une figure douce, des yeux d'un brun boueux, de longues mains pâles. Pourtant son regard pétille quand il sourit, démentant l'impression d'endive du premier examen.

Je commence avec une chaleur sincère :

— Je voulais te féliciter ! C'est très fort d'avoir tenu bon. Je suis totalement derrière toi. Même si je suis la seule.

— Tu es la seule ?

— Tu vois bien.

D'un coup d'œil circulaire, je parcours le salon désert. Au fond, la table est dressée avec l'argenterie des grands jours.

— Tu veux dire que les autres ne sont pas venus… exprès ?

— Je le crains.

Il me regarde, désemparé :

— J'ai fait quelque chose ?

— A ton avis ?

Il réfléchit et puis :

— Non, je ne vois pas.

— Notre-Dame-de-la-Bonne-Mort, ça te dit bien quelque chose ?

Je le fixe, espérant follement qu'il va comprendre tout seul.

Effectivement, un sourire malicieux vient éclairer son regard :

— Ah. Ça y est, j'y suis. J'ai… Il m'a bien semblé recevoir quelques messages en ce sens ces derniers temps… Ça vous tracasse tant que ça ?

— Plus que tu ne penses.

— Mais tu sais que Linda est d'accord avec moi. Je ne lui ai rien imposé.

C'est là qu'il va me falloir faire preuve de doigté pour préserver la haute opinion qu'il a de sa fiancée.

— C'est ce qu'elle te fait croire.

Il rit :

— Tu ne vas pas me dire qu'elle se sacrifie pour me faire plaisir !

— Je crois que ça t'arrange de ne pas le voir.

Je le regarde sous le nez avec un sourire identique au sien :

— Peut-être même que tu trouves ça normal.

A sa tête, j'ai touché juste. Mais bien sûr, ça le gêne aux entournures. Il prend un air grave, croix de bois, croix de fer :

— Je t'assure que tu te trompes, commence-t-il. On en a beaucoup parlé tous les deux. Elle m'a dit qu'elle s'en fichait. A la limite, je crois même qu'elle préfère que toute sa famille ne vienne pas à son mariage.

Je ne peux pas m'empêcher de glapir :

— Et tu l'as crue ?

— Pourquoi pas ?

— Parce qu'elle est portugaise.

— D'origine.

Je souris, sarcastique :

— C'est cela. D'origine. Chacun sait que ça ne compte pas.

Il me trouve soudain nettement moins sympathique et j'en suis désolée. Il me plaît bien, ce garçon. Il est rapide, en tout cas.

— Tu es dans quel camp, Véra ?

— Contrairement aux apparences, dans le tien. Et je me donne un mal de chien pour t'aider, mon vieux.

— J'en ai tant besoin que ça ?

— Compte le nombre de crucifix dans cette maison et fais marcher ta tête. Même un avocat devrait pouvoir comprendre…

Il ne répond rien, fixant par-dessus mon épaule sa fiancée qui s'affaire nerveusement autour de la table. Rosemarie croise au large tel un sous-marin soviétique en pleine guerre froide.

— Eh bien, moi qui croyais que tu voulais me parler du coup de fil d'Alexis, soupire-t-il.

— L'un n'empêche pas l'autre.

Il hausse les épaules, en homme qui n'aime pas trop s'impliquer dans les affaires d'autrui.

— Je n'ai pas très bien compris le fond de l'affaire mais je crois que c'est réglé maintenant.

— Ah bon ? Tu ne risques plus rien.

— Tu n'as pas l'air très au courant, remarque-t-il, étonné. Tiens. Je t'ai apporté le journal…

Je patauge complètement. Quand il me tend l'exemplaire du *Journal du Dimanche* posé sur la table basse, j'ai la très nette impression qu'il me fait une blague.

— Page 10. C'est triste à dire mais pour Alexis et toi, c'est plutôt une bonne nouvelle.

En haut de la page, une photo de mon comptable, menottes aux poignets.

— Albert Sergent est mort à la Santé, lit Serge par-dessus mon épaule. Assassiné.

Je relève les yeux, blême :

— Par qui ?

Il hausse les épaules :

— Par un détenu, évidemment. Ils prennent des commandes de l'extérieur. Trop de gens voulaient sa peau, je suppose.

— Alexis est au courant ?

— Bien sûr. C'est lui qui m'a dit de te prévenir.

24

C'est trop beau pour être vrai mais le lundi s'annonce comme un jour ordinaire. Sheila, qui vient de s'installer derrière le standard avec le dernier numéro de *Modes et Travaux*, va tenter de tricoter un bonnet pour renouer avec ses habitudes.

— Il faut y aller doucement, Véra, rien ne dit que l'accalmie va durer.

Je suis bien d'accord avec elle. Prudence et Modestie en attendant que ça se tasse. Pour ma part, je suis rincée.

Dans mon bureau, je découvre un Post-it jaune collé au centre de l'écran noir de mon ordinateur. Je lis :

« Tu es une sacrée salope. Sarah. »

Je me rue au standard :

— Sheila, vous avez vu le docteur Vincent ?

Elle lève les yeux vers moi, surprise :

— Non, mais le docteur Markovitch a retrouvé votre blouson.

Je le prends machinalement, en insistant :

— Sarah Vincent est forcément passée, il y a un message sur mon ordinateur…

— Ah oui. Elle me l'a dicté… Euh, je suis désolée, c'est elle qui a insisté…

Tout va bien. Me faire traiter de salope par standardiste interposée, j'adore.

Je prends immédiatement la direction de la sortie, traversant l'accueil comme une fusée. Dehors, l'hiver fige le parc de l'hôpital sous une mince croûte de glace. Tout blanchit, même la nuit qui tombe lentement, les ailes coupées par le froid.

Mes grosses semelles crissent sur le gravier et je serre contre moi les pans de mon blouson fourré. Je ne croise que des silhouettes au nez rouge, qui se sauvent en direction de leurs voitures comme si le fait de nous saluer allait nous coûter nos dernières calories.

Dans le couloir du service d'Anatomie pathologique, je croise Sarah dans une somptueuse veste de fourrure gris clair, du loup peut-être, ses clefs de voiture à la main. Je me plante devant elle, le Post-it à la main.

— Ça ne va pas de laisser ce genre de messages au standard ? Tu ne crois pas que j'ai assez d'emmerdes comme ça ?

Elle me toise en mâchant son chewing-gum :

— Peut-être que tu les mérites…

— Sarah ! Qu'est-ce que tu as ? C'est quoi le problème ?

— Hugo Markovitch.

Ah. Nous y voilà.

— J'ai dîné avec lui, hier soir. Tu veux savoir ce qu'on a mangé ?

— Ne fais pas la maligne. Je sais que c'est toi.

— Moi, quoi ?

J'ai commencé par aboyer mais son visage tendu, vieilli, m'ôte toute agressivité. J'essaie de sourire :

— Sarah, on ne va pas se crêper le chignon à cause d'un mec… De quoi on a l'air ?

Elle détourne le regard, vaincue :

— Tu as raison. Je me sens assez ridicule comme ça.

— Je te jure qu'il ne s'est rien passé !

— Quand je t'ai demandé si tu sortais avec lui, tu as prétendu que tu avais fait le tour de la question.

— Je… C'est ce que je croyais.

— C'est pour toi qu'il m'a plaquée…

Mais où est-ce qu'elle a été chercher ça ? Je ne sais plus où me mettre.

— Sûrement pas, dis-je. On se voit beaucoup à cause de l'affaire Russel…

Sarah hausse les épaules, profondément blessée :

— Il est venu aujourd'hui. Il voulait me parler de la biopsie de Fred. Il est resté plus d'une heure avec moi, à envisager toutes les possibilités. Il n'est pas commode quand il bosse, j'ai été obligée de sortir mes bouquins pour lui prouver que j'avais raison. Apparemment il se pose beaucoup de questions à propos de l'intervention. Il a obtenu que Picard la décale d'une semaine.

— Mais c'est génial ! Ça veut dire que tu as gagné !

Silence. Elle mâche son chewing-gum sans me quitter des yeux :

— C'est toi qui as gagné. Il n'a parlé que de toi. Ce que tu dis, ce que tu penses, ce que tu ferais à sa place… Il est amoureux de toi, Véra.

Je lui adresse un sourire crispé :

— Je ne crois pas. C'est un don Juan…

Elle continue, sans prêter attention à ce gargouillis :

— Tu vois, c'est la première fois que ça m'arrive. Il m'a parlé plus d'une heure comme à une étrangère. Il ne se souvenait même pas qu'on avait couché ensemble…

— … Je suis désolée.

— Je t'en prie, coupe-t-elle. Pas de ça.

Elle passe devant moi dans un effluve parfumé, ses cheveux noirs rentrés à l'intérieur de son grand col de fourrure, et s'éloigne à grands pas.

La radio crachote dans la voiture, m'envoyant sporadiquement des indications sur le trajet que je dois prendre. Sheila s'étonne que je ne sois pas déjà arrivée, comme si j'étais entrée dans un cinéma porno entre deux bretelles d'autoroute.

— Je ne suis pas Peter Pan, Sheila ! Je ne sais pas voler.

— Le professeur Russel a appelé deux fois pour savoir si vous étiez partie, gémit-elle, stressée.

— Vous lui avez dit qu'Antoine était plus proche du site que moi ?

— Bien sûr ! Mais il voulait que ce soit vous !

Sacré Russel. Toujours les mêmes vieilles méthodes. Ses manœuvres finissent même par déstabiliser Sheila qui, le décolleté en berne et la choucroute de guingois, semble avoir atteint son seuil d'incompétence.

Au bout d'une longue avenue bordée de barres de béton de vingt étages, hymnes à la gloire de l'architecture sociale des années soixante, la lueur d'un gyrophare m'indique que je suis arrivée. Ça me descend comme un liquide froid dans les veines et je coupe la radio.

Je serre la main de deux flics quadragénaires en jeans et parkas noires qui portent des brassards phosphorescents sur lesquels on lit : P.J. Pendant qu'ils m'expliquent ce dont il s'agit, nous traversons un petit attroupement de gens en robe de chambre pour prendre l'ascenseur jusqu'au onzième étage.

— C'est une femme jeune, blanche, trente ans, sans antécédents judiciaires. Ce matin, elle a volé un bébé à la maternité. On l'a identifiée vers dix-neuf heures, mais quand on a sonné chez elle, elle s'est barricadée dans sa cuisine avec le revolver de service de son mari. L'arme est chargée.

— Il fait quoi le mari ?

— Veilleur de nuit à la fourrière de Pantin. Il a un permis.

— Donc elle est dans la cuisine avec un flingue et le bébé ?

Le second flic, un grand escogriffe émacié avec une balafre au-dessus de l'œil, intervient :

— On ne sait pas où est le bébé. On ne l'a pas entendu une seule fois et le mari affirme qu'il n'est pas au courant. Pourtant, il était présent dans l'appartement toute la journée.

Je m'étonne :

— Sa femme vole un moutard et lui ne s'aperçoit de rien ?

— C'est ce qu'il prétend. Cela nous fait penser qu'elle a planqué l'enfant quelque part, qu'il n'est pas dans l'appartement…

— C'est pour ça qu'on vous a appelée. On aurait pu enfoncer la porte mais si elle se tue, on n'a aucun moyen de le retrouver.

D'abord, elle hurle à se casser la voix, un torrent d'injures, débité à toute vitesse avec une violence qui trahit sa confusion et sa peur. Mauvais cocktail.

— Ne restez pas derrière la porte, prévient le grand escogriffe. Si elle tire, vous allez prendre une balle.

Je me pousse et je reprends :

— Madame Ferrer, je ne suis pas médecin à la maternité. Je suis psychiatre.

— Salauds ! Je ne suis pas folle !

— Mon cul ! lance une voix dans mon dos.

Je fais volte-face pour me trouver face à un homme encore jeune, tatoué, les cheveux noirs plaqués en arrière par un gel dont la senteur douceâtre se mêle à celle du tabac.

Les flics sont déjà sur lui, furieux.

— Reculez, monsieur. On vous a dit de rester dans votre chambre.

— Putain mais combien de temps ça va durer cette affaire ? Il faut que j'aille bosser, moi…

Il a sorti un paquet de Marlboro de sa combinaison bleue. Malgré son teint cireux de gros fumeur, il est assez beau garçon, avec des yeux noirs et un genre latin qui doit plaire. Je m'approche :

— Vous n'avez pas d'enfant, monsieur Ferrer ?

— C'est elle qui peut pas. C'est bien simple, vous pouvez lui demander n'importe quoi, elle n'y arrive pas !

Je grimace un sourire indulgent :

— Pourtant vous vous êtes marié avec elle…

— Ben, je savais pas qu'elle ne pouvait pas avoir d'enfants… C'est comme son travail. Avant elle avait un bon boulot, elle était coiffeuse, et puis plus rien. Ils l'ont foutue dehors et elle a jamais rien retrouvé. Mais je vais divorcer, ça, c'est sûr. Un coup comme celui-là, elle ne me le fera pas deux fois…

— Merci, monsieur. Vous pouvez retourner dans votre chambre. On va la sortir de là…

Il renifle, dubitatif :

— Vivante ? Telle que je la connais, ça m'étonnerait.

Les deux flics me laissent agir. Attentifs, ils m'écoutent parler à travers la porte, essentiellement pour demander à la jeune femme de me laisser entrer. Je ne lui parle ni de se rendre, ni de me dire où est le bébé, je veux juste la voir seule à seule.

Petit à petit, le volume sonore des hurlements, leur grossièreté, leur hystérie, baisse.

— Ils sont encore là, les flics ?

Elle crie encore, mais pour la forme.

— Ils ne bougeront pas. Personne ne souhaite que ça se termine mal…

— Attendez.

Un silence, pendant lequel on l'entend fureter derrière la porte, et puis :

— Allez-y, entrez.

Comme dans un film, elle se tient face à la porte, jambes écartées, pointant sur moi le revolver qu'elle tient à deux mains. L'exiguïté de la cuisine rapproche encore la gueule du revolver. J'avoue que j'ai une petite pensée pour Russel, pour la bonne idée qu'il a eue de m'envoyer ici.

Sourire quand même.

— Merci de m'avoir ouvert.

De longs cheveux décolorés tombent de chaque côté du visage, sales et mal peignés. Elle porte un polaire zippé et un jean collant qui met en valeur ses longues jambes. Dans son visage blafard, sans maquillage, le regard est absent.

— Vous aurez le temps de rien faire, murmure-t-elle.

C'est à la fois un constat et une menace.

— On peut s'asseoir ?

— Allez-y.

— Mais vous ? Vous ne voulez pas vous asseoir ? Je vous promets que je ne bougerai pas…

Pour toute réponse, elle me fixe avec son revolver à bout de bras. Je m'assieds de l'autre côté de la table. L'évier déborde de vaisselle sale. Des assiettes moisies, des croûtes de fromage, des cadavres de bouteilles encombrent le plan de travail maculé de brûlures de cigarettes. La poubelle dégueule à côté d'un tas de sacs bourrés à craquer qui attendent d'être sortis. Un filtre à café laisse dégoutter un peu de liquide noirâtre sur le lino. On se regarde. Le revolver pointé sur moi tremble.

— Qu'est-ce que vous regardez ? Vous voulez faire le ménage ?

— Non.

— … Vous aussi vous couchez avec lui ?

— Avec qui ? Votre mari ?

— Vous voyez ! Vous avez deviné tout de suite ! Il vous a draguée ? Il vous plaît ?

Je secoue lentement la tête, les deux mains bien en évidence, à plat sur la table :

— On dirait que ça ne colle plus tellement entre vous… Vous voulez me dire pourquoi ?

Elle baisse soudain les bras. Le revolver disparaît le long de sa jambe. Je parviens à rester impassible mais je respire plus facilement.

— Il m'a tout pris, affirme-t-elle en hochant la tête.

Elle-même n'arrive pas à y croire.

— Même l'enfant que je voulais, il l'a fait à une autre…

— Quelle autre ?

— Muriel, ma meilleure copine. Ils couchent ensemble. Ils croient que je ne le sais pas.

— Vous voulez dire que votre meilleure amie est enceinte de votre mari ?

— Etait enceinte. Elle a accouché aujourd'hui. Une petite fille. Elle est à moi, maintenant. C'est normal.

— La petite que vous avez prise à la maternité… c'est la fille de votre mari ?

— Oui. Je l'ai appelée Rébecca. Vous trouvez que c'est bien, Rébecca ?

— Très joli… Elle va bien ?

Elle hoche la tête lentement. Je la fixe, perplexe, maudissant les flics et leurs enquêtes approximatives. Pour moi, savoir si cette Muriel existe pour de bon, si elle a accouché et si cette jeune femme a vraiment kidnappé son bébé, cela fait toute la différence. Si c'est vrai, cela signifie qu'elle essaie simplement de faire justice elle-même, si c'est faux, elle est en plein délire paranoïaque. Dans les deux cas, j'ai dans l'idée qu'en ce qui concerne son mari, elle n'a pas tellement exagéré.

— Elle m'aime déjà, vous savez. La petite. Elle m'aime.

— Et vous l'avez mise où ?

J'ai oublié de tourner sept fois la langue dans ma bouche, c'est sorti comme ça. Elle répond, très naturellement :

— Je lui ai fait une petite niche là-dessous.

Je suis son regard en direction de l'évier, sous lequel un placard doit servir habituellement à cacher la poubelle.

— Vous êtes sûre qu'elle est bien ?

Elle me fait oui de la tête.

— Rébecca et moi, on va aller dans un foyer. Je vais recommencer à travailler et je gagnerai assez pour prendre un appartement… Il m'a tout pris mais je peux repartir de zéro… Je sais que j'en suis capable. Tout ce qu'il me faut, c'est ma Rébecca.

— Pourquoi dites-vous que votre mari vous a tout pris ?

— Après notre mariage, il m'a interdit de travailler. Je voulais attendre d'avoir un gosse mais il mettait des capotes… Un jour il m'a tellement frappée que j'ai pas pu sortir. Il m'a dit qu'il recommencerait jusqu'à ce que je sois virée… Alors j'ai arrêté.

— C'est pour ça que vous n'avez pas d'enfants ? Parce qu'il met des capotes ?

— Il ne veut pas d'enfant de moi. Il dit que je pue.

Est-ce qu'elle fabule ? Est-ce qu'elle délire ? Est-ce qu'elle est prisonnière d'un pervers ? Je lui souris, perplexe :

— Vous ne voulez pas me montrer Rébecca ?… Je ne la toucherai pas, je n'appellerai pas… Je veux juste la voir…

Une ébauche de sourire où transparaît une certaine fierté à l'idée de me montrer l'enfant. Elle ouvre d'une main le placard, et, sans lâcher le revolver, saisit par les deux anses un couffin qu'elle remonte avec précaution sur la table.

Un seul coup d'œil me permet de vérifier que le minuscule bébé dort profondément entre ses draps roses. Je souris à la jeune femme :

— Elle est magnifique…

C'est à ce moment que la porte vole en éclats :

— Bougez pas ! Police !

— Non !

La jeune femme pousse un cri de fauve. Dans un atroce ralenti, je la vois poser son revolver contre son sein gauche et appuyer sur la détente…

La détonation m'arrache les tympans. Le bébé hurle. La jeune femme s'effondre lentement sur la table puis glisse jusqu'au sol, la main lâchant le revolver à regret. J'ai juste le temps de saisir sa tête au moment où elle va heurter le sol. Elle soulève péniblement ses paupières et, au prix d'un effort surhumain, articule :

— Merci.

Et puis, elle s'éteint.

25

Au bout d'un moment, je prends enfin conscience d'une présence derrière moi. Une masse immobile et muette qui contraste avec le chaos tout autour. Au milieu des crachouillis des talkies, du brouhaha causé par la bousculade et l'arrivée de l'ambulance, le bloc derrière moi demeure étrangement silencieux.

Des hommes en blanc m'écartent avec précaution du corps de la jeune femme pour avancer la civière et son sac en plastique.

Mes genoux craquent. Telle une petite vieille, je me redresse avec une grimace et me tourne vers celui qui attend patiemment.

C'est Russel.

— Ça va ? grommelle-t-il.

Me prenant par le coude, il me conduit hors de la cuisine.

Le couloir a rétréci, les murs se touchent. Un visage blême se penche vers moi, couronné de cheveux noirs qui dégagent un parfum douceâtre. Je ne comprends pas ce qu'il me dit, sur un signe de Russel les flics l'ont écarté.

Les voisins en robe de chambre s'aplatissent contre le mur pour nous laisser franchir la distance qui sépare ce couloir interminable du palier avec ses dix portes et ses murs couverts de graffitis.

Au moment de monter dans l'ascenseur, je fixe Russel, hébétée :

— Pourquoi est-il entré ?

— Le flic ? Vous lui avez donné une occasion d'intervenir, il a sauté dessus. Il a fait ce que les flics savent faire. Maladroitement, je vous l'accorde, mais…

— Vous étiez là ?

— Moi ? Oui, j'étais là.

— Pourquoi l'avez-vous laissé entrer ? Ça se passait très bien, il suffisait d'être patient avec elle…

— Ecoutez, Véra, coupe-t-il d'un ton sec. Vous n'allez pas me faire une crise parce que vous avez raté votre coup ?

— J'ai raté mon coup ?

— Excusez ma franchise mais de l'autre côté de la porte, tout le monde a pensé que vous vous étiez d'abord préoccupée de son arme avant de parler de l'enfant ! Introduire un bébé dans un champ de tir, ce n'est pas une idée de génie si vous voulez mon avis… Encore heureux que la malheureuse n'ait fait que se suicider !

Ce ton, Grand Dieu, ce ton… Chaque mot me fait l'effet d'une décharge électrique. Je grince :

— Selon vous, j'aurais dû sortir mon petit carnet et respecter les points A, B, et C de la négociation ?

— Simple question de bon sens, Véra.

— Vous savez ce qu'il me dit, mon bon sens, Edouard ? Il me dit que c'était à Antoine d'intervenir et pas à moi ! Il me dit que vous me faites prendre trop de risques, trop souvent !

Il me toise, effaré :

— Je croyais que c'était ce qui vous plaisait, les risques ! Ce n'est pas ce que vous aviez prétendu pour vous faire embaucher ?

— Vous l'avez fait exprès ! Vous nous manipulez comme un gros poussah qui bouge ses pions, bien calé contre des coussins…

— Attention, Véra…

— Attention quoi ? Ne dites pas la vérité ? Ne dites surtout pas tout haut ce que vous pensez tout bas ? Respectez la consigne ?

Deux flics sautent dans l'ascenseur juste avant la fermeture des portes. On se tait et puis Russel articule, les dents serrées :

— Vous faites un syndrome posttraumatique, ma chère…

Je repars aussi sec :

— J'en ai rien à foutre de votre syndrome ! Vous faites bon marché de la vie des psys qui bossent pour vous et bon marché de la vie des gens en général ! Il n'y a qu'à voir ce que vous avez fait à votre fils pour en être convaincu ! Vous voulez que je vous dise ? Vous êtes un homme dangereux !

— C'est vous qui êtes complètement nulle, ma pauvre petite !

— Dites ce que vous voulez, je vais porter plainte ! Et tout de suite !

Je ne prête aucune attention aux regards curieux

que nous lancent les deux flics. Russel, lui, en a pleinement conscience. Parfaitement maître de lui, il sourit avec bienveillance :

— C'est exact, reconnaît-il, je me suis planté. Je me rends compte que vous êtes beaucoup trop jeune pour faire ce métier…

Les deux flics lui adressent un sourire compréhensif par-dessus ma tête avant de quitter l'ascenseur. Je déboule comme une furie sur le trottoir de l'avenue.

— Où allez-vous ? lance Russel dans mon dos.

Je réponds sans me retourner :

— Chez moi !

— Je veux votre lettre de démission demain matin sur mon bureau.

— Allez vous faire foutre !

Ma démission ! Et puis quoi encore ? En reprenant ma voiture, je me sens dans un état second. A l'idée d'aller faire des sauts de carpe entre mes draps, je change de destination. Je n'ai rien à faire chez moi, il faut que je voie Antoine.

Arc-boutée sur mon volant, je repense à ma conversation avec Russel, me promettant d'en répéter chaque mot à mon collègue. De façon obsessionnelle, je ressasse les différents moyens de contrecarrer Russel et de nous faire entendre dans le service. Il faut que nous cessions de nous comporter comme des vers de terre. Non. Ne pas parler de vers de terre à Antoine. Rester sobre.

La départementale qui mène à l'hôpital traverse autant de ZUP hérissées de hangars préfabriqués que de coquettes bourgades composées de pavillons enfouis dans la verdure. C'est là qu'habitait Sabine, à vingt minutes de l'hôpital, un bâtiment de quatre étages entouré de pelouses grasses, avec de larges baies vitrées et de grands balcons où, l'été, s'épanouissent des parasols blancs. Des arbres majestueux veillent sur la tranquillité des lieux tandis qu'un panneau rectangulaire planté au ras de la pelouse, annonce en lettres gothiques : Résidence Colbert.

Je me gare juste sous ses fenêtres. Je ne sais pas ce que je viens chercher, ni même ce que je suis susceptible de découvrir, mais j'ai les clefs de son appartement dans mon sac et grand besoin de munitions contre Russel.

Sur la porte en plaqué acajou ornée d'un numéro doré, les scellés ont été brisés, indiquant que l'accès à l'appartement est à nouveau autorisé. Pourtant, j'hésite encore. J'ai l'impression que Sabine va sortir de l'ascenseur et me demander ce que je fabrique. Il me faut un moment pour me convaincre qu'elle est bien morte et qu'après le passage des flics, sa famille a sans doute commencé à emballer ses affaires.

Mais rien n'a bougé dans le salon aux rideaux de velours bleu. Le canapé et ses fauteuils assortis, le buffet chargé de petits souvenirs, les napperons sous les lampes, tout cela m'accueille avec cet air maussade des lieux abandonnés. Bien que les stores métalliques soient baissés, je n'allume qu'une petite lampe avec un abat-jour à froufrou.

Pur réflexe professionnel, j'inspecte d'abord le buffet, histoire de voir si Sabine avait recommencé à boire pour de bon. A côté des piles d'assiettes en porcelaine de Limoges, je ne trouve que des jus de fruits variés, Perrier, sirops et boissons diététiques. On dirait qu'elle a attendu le dernier jour de sa vie pour s'envoyer une dernière rasade. Qu'est-ce qui s'est donc passé ce soir-là dans le service ? Avait-elle une raison particulière d'être stressée ?

Dans les autres placards, règne le même ordre désuet, le même talent pour les traditions. Sabine avait peaufiné le rôle de maîtresse de maison qu'elle espérait tenir un jour.

Je repense à l'appartement de Russel, boulevard Malesherbes, avec ses toiles abstraites et son fauteuil suspendu. Russel venait chercher ici une quiétude bourgeoise à l'arôme de blanquette de veau qu'il avait rejetée de son propre univers. Pour rien au monde il n'aurait quitté les tableaux qui lui coûtaient des mois de salaires. Face à l'esthétisme sophistiqué du boulevard Malesherbes, la douillette résidence Colbert n'avait aucune chance.

Pauvre Sabine. Elle n'était pas idiote. Comment son amour pour cet homme ne lui a-t-il pas soufflé qu'il méprisait ses abat-jour et ses napperons ? Qu'il n'accepterait jamais de descendre, ne serait-ce que d'un demi-cran, dans cette échelle sociale à laquelle il avait tout sacrifié ?

Je repense au chantage qu'Emilie a tenté d'exercer sur Russel. Qu'est-ce que ça pouvait être ? Pas Sabine, elle ne comptait pas plus qu'une paire de bonnes pantoufles. Emilie était assez intelligente pour s'en apercevoir rapidement. Elle a donc trouvé autre chose, quelque chose qui justifie que Russel prenne le risque d'effacer son disque dur.

Russel sait depuis le début pourquoi Fred a tué Emilie.

Mais Sabine ? Qu'est-ce qu'elle a dit ? Qu'est-ce qu'elle a vu ? Qu'est-ce qu'elle a découvert pour que Fred la tue, elle aussi ? Existe-t-il une chose en particulier qui déclenche la fureur de Fred ?

Sans me soucier de l'heure qui tourne, je pose une pile d'albums de photos sur la table basse du salon et commence à les parcourir. Deux d'entre eux sont consacrés à Russel, à leurs rares escapades. Quand ils se sont connus, elle avait vingt-cinq ans ; quand elle est morte, quarante-deux. Presque vingt ans et je parie qu'il ne viendra pas à l'enterrement.

Plus mince, éclatante, pleine d'espoir encore, elle se serre contre lui au bord d'une plage et il la tient dans ses bras d'un air de propriétaire. Elle a dû aimer cet air-là. Quant à moi, de voir Russel jeune me fait une drôle d'impression. Il a une petite barbe noire, des yeux étirés vers les tempes, comme son fils, des épaules de lutteur. Dans le genre carnassier, il est assez séduisant.

1972. Le départ en Amérique. Il ne connaissait pas encore Sabine mais elle a visiblement gardé tout ce qu'elle a pu gratter. Ses albums sont un musée à la gloire d'un seul homme. Si elle avait pu y coller une de ses couches-culottes, elle n'aurait pas hésité.

Madame Russel enceinte devant l'Empire State Building, épanouie, radieuse, et d'autres images disparates de la petite famille, de mauvaises photos qui ont dû la faire pleurer.

La sonnerie du téléphone me fait sursauter. Mon cœur s'affole, je me demande qui peut appeler une morte au milieu de la nuit ; je me précipite pour éteindre la lampe, pensant que ce sont des voisins, les flics. Et puis je réalise que c'est mon propre portable.

— Véra ! s'écrie Hugo quand je décroche enfin. Où es-tu ?

— Au bal. T'entends pas la musique ?

Il rit.

— J'ai téléphoné au Centre, il paraît que tu as eu une intervention difficile et que tu as disparu. C'est quoi, une intervention difficile ?

— Hugo, grouille.

— J'ai eu des mots avec Russel.

— Quand ?

— Aujourd'hui, en fin d'après-midi. Je lui ai annoncé que je faisais annuler l'opération de Fred. J'ai exigé du temps et des consultations avec des pédopsychiatres…

— Attends. Répète-moi exactement ce que tu as dit à Russel.

— Comment ça ?

— Tu as mentionné mon nom ?

— Evidemment ! C'est toi qui m'as fait changer d'idée ! Et puis j'en ai marre de son arrogance ! J'ai voulu lui montrer qu'il avait des gens de valeur dans son équipe !

— Merci… C'est sympa.

Mis à part le fait qu'il a creusé ma tombe.

— Il était fou de rage, m'avertit Hugo. Pour le calmer, il a fallu que je lui démontre qu'on risquait tous notre carrière si les choses tournaient mal.

Enfin, j'ai quand même eu l'impression que tu allais en entendre parler…

— Ne t'inquiète pas, c'est déjà fait.

Je raccroche après avoir fait promettre à Hugo de m'attendre avant de quitter l'hôpital. Lui aussi doit savoir que Russel ne m'a pas balancée pour rien sur cette intervention bâclée. Ce n'est pas en vain qu'il a laissé les flics intervenir au pire moment. C'était son idée d'une bonne leçon.

Les albums de Sabine ne m'apprennent rien et Russel me sort par les trous de nez. J'ouvre le dernier quand une enveloppe négligemment glissée entre les pages atterrit sur le sol. C'est une enveloppe en papier kraft de taille moyenne, portant le nom de Sabine et l'adresse de l'hôpital. Elle est ouverte, et Sabine était bien trop méticuleuse pour être responsable du désordre de son contenu. La police est passée par là, sans aucun doute.

A l'intérieur, un mot laconique de la maman d'Emilie :

Chère mademoiselle, suite à notre conversation téléphonique je rends au professeur Russel les documents le concernant que j'ai trouvés dans les affaires de ma fille. Bien à vous…, etc.

P.-S. Copie de ces documents au juge Biancci, magistrat instructeur.

Suit une série d'articles émanant visiblement d'une recherche sur Internet. Ils concernent les équipes de sauvetage opérant sur plusieurs désastres aux Etats-Unis au milieu des années soixante-dix. Une photo en noir et blanc, visiblement agrandie plusieurs fois, retient mon attention. Malgré la mauvaise définition due à l'agrandissement, je reconnais Russel jeune, en tenue d'ambulancier, bras dessus, bras dessous avec un jeune médecin en blouse blanche. Ils fixent l'objectif, sales, harassés. La légende indique que le jeune Russel Edwards, étudiant en médecine à Princeton et l'ambulancier français Edouard Russel viennent d'arracher trois personnes des décombres après une lutte contre la mort de vingt-quatre heures.

Russel Edwards. Edouard Russel.

Amusant.

La page de garde de la thèse de Ph. D. éditée par l'université de Princeton flotte devant mes yeux avec son prénom orthographié à l'anglaise. Ce n'est pas un prénom. C'est un nom. Le nom de l'Américain blondinet qui se tient aux côtés de l'ambulancier français. Deux homonymes, à ce détail près que le prénom de l'un est le nom de l'autre. Il y a donc deux Russel et je parie ma selle et mes bottes qu'il n'y a qu'un seul diplôme.

Sabine a donc fini par connaître le secret de Russel. Puisque ces documents lui ont été adressés à l'hôpital, elle a dû se faire passer pour sa secrétaire pour les obtenir. Quelque chose avait dû l'alerter, sans doute les dessins de Fred sur les ambulances et ses drapeaux américains. A moins qu'il n'ait profité d'un instant de lucidité pour lui faire une confidence. Elle m'avait laissé entendre qu'il ne divaguait pas tout le temps.

Sur l'enveloppe, le cachet de la poste m'indique

qu'elle a reçu ces documents la veille de sa mort. La veille.

Comment a-t-elle réagi en recevant cette photo ? De la même façon que moi. Elle a mis en place une par une les pièces du puzzle. Ensuite, elle a décroché son téléphone et composé le numéro que l'écriture ronde d'Emilie a tracé en bas de la photo. Un numéro aux Etats-Unis.

La gorge sèche, j'attends la tonalité. La ligne fonctionne toujours. Avec l'impression d'incarner un personnage qui se retrouve dans une histoire qui n'est pas la sienne, je compose ce numéro sans savoir qui va décrocher.

C'est une vieille dame à l'accent distingué, presque britannique. Prise au dépourvu, je me lance dans mon anglais hésitant :

— Hello, je voudrais parler à monsieur Edwards, s'il vous plaît, Russel Edwards…

Un silence et puis :

— Qui êtes-vous ?

Elle est sur la défensive. N'ayant aucune raison de me cacher, je me nomme et j'explique que j'ai vu le nom du docteur Edwards sur un dossier…

— Mon fils est mort depuis vingt-trois ans, répond la dame.

L'émotion qui transparaît dans sa voix me donne le courage de continuer :

— Oh ! excusez-moi, ce n'est mentionné nulle part. Je suis désolée… Je… Que s'est-il passé ? Il était si jeune…

Un léger silence et puis la dame répond :

— Il a été écrasé par un chauffard alors qu'il revenait d'une mission de sauvetage.

— Je… Je suis désolée. Je l'ai vu sur une photo. Il partait souvent en mission ?

— C'était la dernière fois. Il venait de passer sa thèse, il n'avait plus besoin de faire ça pour gagner sa vie. Il voulait être psychiatre…

Je n'ose pas continuer. Mes mains transpirent en serrant le combiné. Je m'entends respirer trop fort.

— Et… le… chauffard ?

— On ne l'a jamais retrouvé.

26

Au moment où j'arrive sur le parking, le berger allemand du vigile est en train de pisser sur la roue de la voiture d'Antoine. Tout fout le camp.

En entendant le grésillement de la serrure de la porte d'entrée, Sheila m'interpelle de sa voix perçante :

— Véra ? C'est vous ?

Je passe la tête, pressée.

— C'est bon, je suis rentrée. Vous deviez vous demander où j'étais passée…

— Oh, je me doutais bien que vous aviez besoin d'un peu d'air. Le professeur Russel m'a prévenue que ça s'était mal terminé…

Je coupe avec un sourire crispé :

— Vous avez vu Antoine ?

— Il est rentré il y a un quart d'heure, explique-t-elle en se plongeant dans son magazine. Hélène et Gilbert sont sortis, il vous reste deux fiches. Mais ça n'a pas l'air trop grave.

— D'accord, je m'en occupe, dis-je en disparaissant à mon tour.

Le bureau d'Antoine est vide, l'écran de l'ordinateur noir, la lampe allumée. Il a dû partir un peu vite, sans prendre le temps de l'éteindre. Je me glisse à l'intérieur pour griffonner un message laconique du genre : « Il faut qu'on se voie. Appelle-moi très vite. Véra. »

En reposant mon stylo, je heurte le clavier de l'ordinateur, ce qui a pour effet de rallumer l'écran. Il n'était donc pas éteint, seulement en veille. Ce qui signifie qu'Antoine s'est interrompu en pleine besogne et qu'il va revenir.

Je m'assieds dans son fauteuil, l'œil irrésistiblement attiré par le texte sur l'écran.

Ce qui me titille, c'est que ça ressemble à une lettre. De fait, c'en est une. Toute honte bue, je me décide à la lire :

A ma femme, à mes enfants, à tous ceux que j'ai trahis,

A l'heure où je vous écris, il n'y a personne sur terre que je n'ai pas déçu, y compris moi-même.

Je ne cherche pas le pardon, je ne mérite que l'oubli. Je ne suis pas digne de vivre et je vais m'effacer très vite, me repentant seulement d'avoir traîné aussi longtemps. Ne pensez plus à moi, qui vous ai tant, et si mal, aimés.

Antoine

Je n'ai pas attendu la signature pour me lever et sortir en trombe du bureau.

La porte claque derrière moi, résonnant étrangement dans le corridor désert. Où est-il passé ? Qu'est-ce qui lui prend tout à coup ? Maîtrisant mon affolement, j'arpente les lieux en poussant chaque porte. Le bureau d'Hélène est fermé à clef, personne aux toilettes, rien dans la cuisine non plus. Saisie d'un doute affreux, je cours vers mon bureau qui reste toujours ouvert.

— Antoine ?

J'allume. Personne. La pièce garde cet air lugubre que lui confèrent mes étagères vides, les murs nus. Je note qu'une bonne âme a remonté les cartons contenant mes dossiers du troisième sous-sol et les a posés dans un coin.

— Véra ?

D'un bond, je fais volte-face.

— Hugo ! Merde, tu m'as fait une de ces peurs.

— Tu… Tu ne sais pas où est Fred ? Quelqu'un lui a ouvert…

— Et l'infirmier ?

— Il n'a rien vu.

Il me faut une demi-seconde pour comprendre :

— C'est Russel ! C'est lui qui le fait sortir ! C'est pour ça que personne ne remarque jamais rien ! Hugo, je crois que Russel a tué Sabine, pas Fred. Elle lui a donné rendez-vous en Neuro, c'est pour ça qu'elle a picolé, pour se donner du courage ! Sabine savait…

Il m'arrête d'un geste :

— Elle savait quoi ?

— Russel n'a jamais été à Princeton. Il n'en a jamais eu le temps, ni les moyens. C'est un énorme bobard. Une fraude parfaite.

Il me fixe, ahuri :

— Oh putain !…

— Il est autodidacte. La seule chose qui devait lui manquer, c'est le diplôme. Un bout de papier, tu te rends compte ? C'est trop con…

— Si c'est vrai, il est foutu. Mort.

— Justement, il se bat. Il est prêt à tout, tu comprends ? Préviens les flics !

— C'est déjà fait.

Je me rue dans le hall en appelant Sheila. Il doit y avoir une bonne dose de panique dans ma voix parce qu'elle sort en trombe du standard :

— Vous n'avez pas vu Russel ? C'est très important ! Il ne vous a pas dit où il allait ?

— Non. Il m'a demandé du café pour Antoine il y a un quart d'heure mais je ne l'ai pas vu depuis…

Je répète, bouche bée :

— Il a fait du café ?

— Il y en avait du tout frais dans la cuisine, je lui ai conseillé d'aller se servir…

Je n'ai pas vu de tasse à côté de l'ordinateur dans le bureau d'Antoine, il n'a donc pas bu de café en écrivant sa lettre et encore moins après. On se tape rarement un petit caoua avant de se mettre à mort. Question d'état d'esprit. De plus cette gentille attention de la part de Russel me paraît des plus suspectes.

Sheila me fixe avec appréhension. Elle ne comprend rien mais elle sent que ça va mal.

— Vous avez les clefs du bureau de Russel ?

— Ah ça, Véra ! Je ne me permettrai pas…

— Sheila, les clefs !

Je lui fais peur. Elle me tend le trousseau qu'elle

garde constamment à la ceinture, qui n'est autre que le trousseau de la secrétaire du service.

Je dévale le couloir, Hugo sur les talons, dans un sprint digne des Jeux Olympiques. D'une main tremblante, je glisse la clef dans la serrure.

Antoine est par terre, roulé en boule dans une mare de vomi. Hugo se précipite tandis que je compose le numéro du service d'urgence. A côté du téléphone, la tasse de café vide semble nous narguer.

— Non, je ne sais pas ce qu'il a pris. Perte de conscience, cyanose, douleurs, oui… Il souffre énormément.

On peut faire confiance à Russel pour soigner les détails.

Hugo allonge Antoine qui agonise lentement. Des cernes noirs creusent ses traits tordus par la souffrance, une mousse blanche reste accrochée à la commissure de ses lèvres.

Tout en lui ôtant sa chemise souillée, je souffle à Hugo d'une voix chevrotante :

— Antoine a compris que Fred est un cobaye de Russel…

— Quoi ? Aide-moi, putain !

Je m'agenouille à côté de lui, fébrile :

— Russel fait des expériences thérapeutiques sur le LSD ! Il a voulu soigner son fils avec cette saloperie… Antoine a dû lui dire qu'il avait lu sa thèse. Il s'est vengé !

Il ne m'écoute pas. Je le regarde soulever la tête d'Antoine, mettre ses doigts dans sa bouche…

— Tiens-le, je vais le faire vomir.

— Je te préviens, je suis nulle pour ces trucs-là…

— Je m'en fous.

Antoine vomit sur la moquette, il y en a partout ; je continue de parler en essayant de ne pas regarder.

— C'est Fred le prochain sur la liste, il faut que je le retrouve !

Il lève les yeux, glacial :

— Tu ne bouges pas d'ici.

A cheval sur le torse d'Antoine, il attaque un massage cardiaque.

— Tu es stressé ?

— On ne peut rien te cacher

— Tu veux que je te dise, Hugo ? La psychiatrie d'urgence, ce n'est pas ton truc.

Il relève brusquement la tête, dardant sur moi son regard bleu des mers du Sud :

— Mon truc, c'est toi.

Sur ce, l'équipe d'urgence fait une entrée fracassante, nous écartant sans ménagement du patient qui soulève péniblement ses paupières.

— Attendez, il veut dire quelque chose ! Antoine ! Antoine, je t'en supplie, où est Russel ?

— Poussez-vous, il ne vous entend pas !

Mais Antoine a pointé un doigt vers le plafond.

— Là-haut ? En Neuro ?

Il secoue la tête et tient toujours son doigt.

— Il faut y aller maintenant, presse l'interne prêt à l'intuber.

Antoine va s'en sortir. Je suis déjà dans l'ascenseur.

Le dernier étage de l'hôpital est réservé à l'administration et l'accès au toit se fait par un escalier de secours qu'on peut rejoindre à ce niveau. A ma stupéfaction, je me heurte à deux agents en uniforme :

— L'étage est fermé au public, madame.

— Je ne suis pas le public !

— Désolé, c'est interdit. Périmètre de sécurité.

Je me hisse sur la pointe des pieds pour voir par-dessus son épaule.

— Qu'est-ce qui se passe ?

Ça grouille de flics. En civil, en uniforme, avec ou sans brassard, avec ou sans talkie, ils ont l'air de se démener. Au sein de cette agitation, je repère un chignon gris.

— Lieutenant Sanchez !

Elle tourne la tête et me gratifie d'un regard qui cache admirablement sa joie de me revoir.

— Qu'est-ce que vous foutez ici, vous ?

Je comprends tout de suite :

— Russel ?

— Sur le toit. Avec son fils.

Son brassard phosphorescent jure étrangement avec le tissu fleuri de sa robe qui pendouille jusqu'aux mollets.

— Ils y sont depuis quand ?

— Cinq minutes. Ils sont montés là-haut en nous voyant arriver. Et maintenant… vous ! Pourtant j'avais dit à ces cons que ce n'était pas un rodéo. Je suppose que tout l'hôpital est au courant ?

— Euh… non, je ne crois pas.

Je ne lui dis pas qu'ils ont été discrets. On ne

contrarie pas la lieutenante Sanchez, surtout quand elle a les boules.

— Ils sont seuls ?

— Oui. Il nous a prévenus que si on bougeait, il sautait avec son fils.

— Il va sauter de toute façon.

— C'est ce que je pense.

— Laissez-moi y aller ! Lieutenant, c'est mon boulot ! Vous n'allez pas appeler le CIP de Rueil, non ?

Si on ne sort pas tout seuls de ce merdier, on est bons pour fermer le service.

La lieutenante m'observe en se curant les dents :

— Pourquoi vous vous excitez comme ça ? C'est un assassin. Laissez-le crever.

— Vous... vous ne pensez pas ce que vous dites !

Elle lâche un pet sonore :

— Ah non ?

Je la bouscule et je fonce. Elle m'aurait suppliée d'y aller, elle ne s'y serait pas prise autrement.

Mes chaussures volent toutes seules au-dessus des marches métalliques qui vibrent jusqu'en bas. La porte pour accéder à la terrasse est close. Je tourne lentement la poignée pour l'entrouvrir et glisser un œil.

Tout d'abord je ne distingue que la silhouette efflanquée de Fred au beau milieu de la vaste étendue plate du toit, hérissée çà et là d'antennes. Il flotte dans son pyjama bleu. Bizarrement, ses pieds nus le rendent encore plus vulnérable. Russel se tient devant lui, massif. On dirait qu'il tente de le persuader de quelque chose mais je suis trop loin pour entendre. Il embrasse les mains de son fils avec adoration.

La porte claque derrière moi. Russel tourne la tête comme un fauve prêt à mordre. Nous nous regardons un long moment sans parler.

— Vous êtes venue nous voir sauter ? dit-il enfin.

Je fais quelques pas vers eux. Je distingue leurs visages à présent.

— J'espère que vous n'allez pas le faire.

— Vous n'avez pas peur ?

— De quoi ?

— Que je dise à Fred de vous pousser dans le vide, par exemple… Ce serait un accident horrible mais… Bon. J'expliquerai à quel point vous m'avez courageusement défendu.

Je souris, comme si nous étions en train de plaisanter gentiment.

— Fred ne vous obéit pas au doigt et à l'œil…

— C'est pourtant moi qui lui ai dit de tuer Emilie.

— Non. Fred n'a tué personne. Vous l'avez fait vous-même.

Il esquisse un mouvement de recul. Il paraît blessé, comme s'il était en droit d'espérer qu'on ne lui colle pas ce meurtre-là sur le dos.

— Les bras et les jambes, dis-je avec calme. C'était du chiqué, ça se voyait. Ça a dû vous coûter de lui faire ça, professeur…

Il a lâché les mains de Fred.

— Ne m'appelez pas professeur.

— Pourquoi ? A cause d'un bout de papier ?

Vous avez fait beaucoup de choses ici. Vous avez été le meilleur…

Il esquisse un pâle sourire. Je lui fais plaisir, malgré tout.

— S'il vous plaît, professeur, Fred ne mérite pas de mourir. Vous non plus. Vous pouvez payer autrement pour ce que vous avez fait…

Il a un petit rire sans joie.

— Vous nous voyez, lui en hôpital psychiatrique, moi en tôle ?

— Il s'en sortira…

— Jamais, coupe-t-il. Je l'ai chargé au maximum avant de tuer la petite pute. Je… Je croyais que je serais capable de le faire revenir. Je n'avais pas prévu ça, mon Dieu…

Sentant qu'il se passe quelque chose, Fred se blottit dans ses bras. Russel le serre tendrement contre lui. Ils font bloc. Je n'aime pas ça. Je n'aime pas du tout ça.

En me rapprochant de la bordure du toit, j'aperçois en bas les voitures de police serrées les unes contre les autres.

J'essaie d'attirer l'attention de Fred.

— Ça va, Fred ? Tu n'as pas froid ?

Son regard flou se pose sur moi comme un papillon frémissant, aussi léger, aussi improbable. Il a les lèvres bleues.

— Tululut, tululut, répond-il.

— Tu viens avec moi, Fred ? fait Russel en l'entraînant.

D'un bond, je me place devant Russel, près du bord mais pas assez pour basculer dans le vide.

— Professeur, s'il vous plaît, venez avec moi. Ça va s'arranger.

— Qu'est-ce que c'est que ce baratin insipide, Véra ? Quels sont vos arguments ? Qu'est-ce que je vous ai appris ? Allez ! Dépêchez-vous ou on saute !

Il a l'air de s'amuser. Je fixe l'adolescent gracile avec sa mâchoire carrée, ses lèvres pleines et ses yeux noirs, avant de répondre :

— Je n'ai aucun argument, professeur. Votre vie est un désastre mais votre fils est si beau…

Russel reste interdit.

— N'est-ce pas qu'il est beau ?

Je n'ai que le temps d'attraper Fred pour le serrer dans mes bras. Russel a pris son élan et s'est jeté dans le vide.

FIN

"Psy d'urgence"

Tropique du pervers
Virginie Brac

Le docteur Véra Cabral a décidé d'abandonner la routine de son cabinet de psychiatre pour les urgences de nuit, appelées à intervenir dans les situations les plus extrêmes. Des tentatives de suicide aux prises d'otages, elle découvre sur le terrain les aspérités du métier. Sur sa route, elle croise le capitaine Sedan en charge d'une délicate affaire dans les milieux politiques. L'attitude pour le moins équivoque du policier trouble la psychiatre qui entreprend alors sa propre enquête…

(Pocket n°11678)

Psychose à Fleury Mérogis

Double peine

Virginie Brac

Véra Cabral, psychiatre urgentiste, a l'habitude d'être confrontée à des situations extrêmes.
Cependant, lorsqu'elle est appelée un soir à Fleury Mérogis, elle se trouve face à un conflit particulièrement violent : une détenue du nom de Giselle Lesage a pris un bébé en otage après avoir égorgé une surveillante. Pourquoi agir ainsi à la veille de sa libération ? Derrière le monstre supposé, Véra ne tarde pas à découvrir une femme meurtrie, au lourd secret...

(Pocket n° 12618)

Cet ouvrage a reçu le Grand Prix de littérature policière

www.pocket.fr
Le site qui se lit comme un bon livre
Informer
Toute l'actualité de Pocket, les dernières parutions collection par collection, les auteurs, des articles, des interviews, des exclusivités.
Découvrir
Des 1ers chapitres et extraits à lire.
Choisissez vos livres selon vos envies :
thriller, policier, roman, terroir, science-fiction...
POCKET
Il y a toujours un Pocket à découvrir sur www.pocket.fr

Achevé d'imprimer sur les presses de

BUSSIÈRE

GROUPE CPI

à Saint-Amand-Montrond (Cher)
en septembre 2005

POCKET - 12, avenue d'Italie - 75627 Paris Cedex 13
Tél. : 01-44-16-05-00

— N° d'imp. : 52273. —
Dépôt légal : octobre 2005.

Imprimé en France